你可曾去栽养过一样东西吗？
她现在怎样了呢？
她开花了吗？
她被风吹雨淋了吗？
外面的风景适合她吗？
再次亲手摘断，
你的心，还会疼吗？

KUWEI
酷威文化
图书 影视

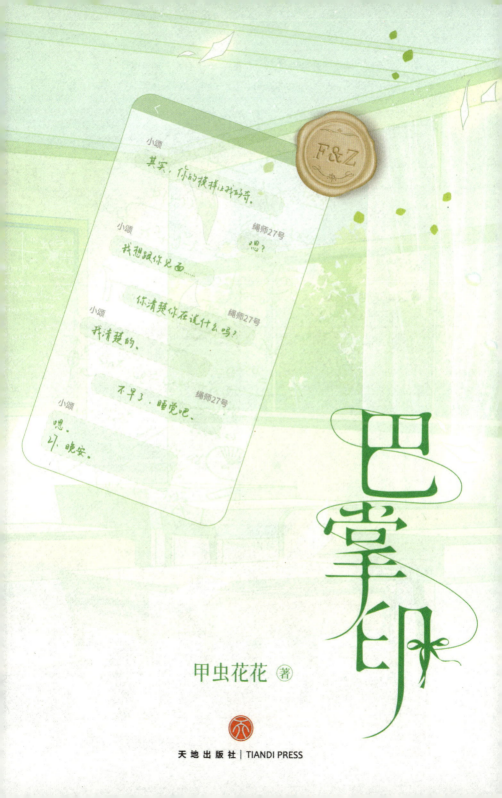

小颂
其实，你的模样让我好奇。

小颂
我想跟你见面……
绳师27号
嗯？

绳师27号
你清楚你在说什么吗？
小颂
我清楚的。

绳师27号
不早了，睡觉吧。
小颂
嗯。
以 晚安。

F&Z

巴掌印

甲虫花花 著

天 地 出 版 社 | TIANDI PRESS

树叶打旋下落，树冠"沙沙"摇动，发出一种预见未来的声音。
如果自然能够预见，如果自然也在期待，她会悄悄地变得更好。

他的身上没有任何气味，
简单而干净，令她足够心安。

Bu Zhang Yin

路灯晃过，车灯流淌，

她心里默默地划过一个想法：

之后的学习生活，仍然有他陪在身边。

人们都说，高三生活令人难忘。

封雅颂非常确信，她的高三生活，

一定格外精彩。

CONTENTS
目录

执行人：小颂 　　　　监督人：27

语文		数学
	英语	物理
化学		

XUE XI CHONG CI BIAO

WAN CHENG JIANG LI

完成奖励

- ✓ 48色重搪瓷固体水彩
- ✓ 向27号提问
- ✓ "十一"见面
- 毕业旅行

第一章

交流圈

姓名 —————

性别 ————— 年龄 ————— 所在地 —————

密 ————— 封 ————— 线 —————

姓名

这段故事从哪里开始讲比较好？

这样，先介绍一下，女主人公叫封雅颂。

她母亲是语文教师，《诗经》倒背如流，嫁了个姓"封"的，正好借这个读音，给女儿取名为封雅颂。她母亲取完了名挺开心，觉得这名字在某种程度上体现了自己的文学素养。

她父亲是国企工程师，常年出差在外。封雅颂小时候，他会从机场给她带巧克力，后来不知从哪次开始就不带了。

封雅颂是独生女，计划生育正好卡在了他们这一代。

封雅颂的脑子不笨，打小成绩还不错，偶尔作业偷个懒，偶尔考试传纸条，偶尔熬夜看小说，都能蒙混过关。封妈监督了她整个小学，发现女儿很乖很自觉，也乐得清闲，便安心放养。有时封妈跟同事聚会，回家晚了，封雅颂已经写完作业乖乖上床睡觉了。

每当这种时候，封妈便一边洗脸，一边跟封爸视频，然后举着手机，欣慰地拍了一下女儿的睡颜，然后把她的房门带上。

封雅颂从小不缺零花钱。她爱吃的零食就那么几样，但喜欢买好看的文具，附近的几家文具店她每周都去转两次。封妈也不限制她接触电子设备，初中时她就有了自己的手机。每次母亲在家时，她看电视或用电脑，都会主动跟母亲请示，这个习惯到了高中一直未变。

说了这么多，有个事要特别提一下——

不知道其他小孩儿多早会对身边的异性产生兴趣，从封雅颂的经历来说，这件事从幼儿园开始便对她有所影响。幼儿园时，小男生会伸手揪乱她午睡后刚刚梳好的小辫子；小学时，班里的男生会故意藏起她最漂亮的那块橡皮；初中时，课桌里会出现来自高年级学长的信；到了高中，或许就是男生主动带零食或者邀请她去看篮球赛吧。

男孩子随着年龄增长，对异性表达好感的方式也趋于高级。更确切地说，是趋于文明。

尽管这些好感早就有迹可循，可是"早恋"的火苗却始终没有在封雅颂身上烧起来。

一方面，封雅颂感觉这些同龄的男生多少有些幼稚；另一方面，这些男生太"近"了。近了，也就不美了。

封雅颂小学时拥有了一个 QQ 号，用来听音乐和养电子宠物。偶然一天，一个陌生号码添加她为好友，并表示想与她聊聊天。

封雅颂回复了一个微笑的表情，或许表达了默许的意思，于是对方开始有条不紊地跟她聊天，吐露工作的不顺、家庭的压力，偶尔分享几首浪漫的歌曲。

这是一个与她父亲差不多年纪的中年男人。而封雅颂第一次点开了自己的资料，性别女，30 岁。这个 QQ 号是母亲申请后给她用的，所以并没有修改资料。

每每晚上封妈不在家，封雅颂就拿上作业坐在电脑前，熟练地登录 QQ，一边听音乐一边写作业，偶尔回复那位网友的消息。

她做作业很认真，所以消息回复得比较慢，又怕被对方察觉真实身份，也回复得也比较简练。关于生活的话题一概不谈，唯有关于歌曲、电影一类的话题才稍稍多说两句。如此一来，成功塑造了一个高冷的文艺成熟女性形象。

这样的聊天持续了两个月，封雅颂体会到了角色扮演的快乐，体会到了冒充大人带来的新鲜感，甚至感到自己身上的某种魅力得到了有力证明。

直到有一天，那位网友提出想要和她见面。

收到消息的那一刻，封雅颂听见楼道传来了母亲的脚步声，于是迅速地关闭了电脑。

那个消息没有收到任何回复，便被埋进了漆黑的屏幕里。

一两年后，QQ 聊天在同学间快速地流行了起来。封雅颂申请了自己的 QQ 号，加了许多现实中的好友。至于那个旧日的 QQ 号，她再也没有登录过，或许已经失效了吧。不过一个习惯倒是蹊跷地保留了下来——与陌生的大人聊天。

封雅颂习惯伪装成成熟的大人，向他们倾吐困惑。比如和同学闹矛盾了，她会形容为跟同事产生摩擦；比如作业多得做不完，她会吐槽为工作压力太大。而对面的网友刚开始会保持得体的距离感，为她梳理烦恼，或者讲述自己或真或假的生活。不过，不久之后，那些人都会提出交换照片、视频聊天、约会见面等要求，到此聊天便彻底终止。

后来，大家常用的聊天工具由 QQ 变成了微信。封雅颂也长大了一些，学习与生活渐渐充实，以至于很长一段时间都遗忘了这个习惯。

而那些网络中的陌生人啊，他们的生活是与她完全平行的。距离遥远，从不相交，唯有这样她才能够获得平静的自由。

你看，简单介绍了主人公，果然就知道怎样讲这个故事了。

高二暑假，开学前一周的晚上，封雅颂还有大量作业没有完成。

高二结束的期末考试，她的成绩并不理想，尤其是物理，刚刚及格，这与她的目标相差甚远。初放假时，封雅颂就给自己定好了周密的学习计划：物理要把"五三"中基础知识部分的题目刷一遍；化学、生物要把知识点整理出来，查漏背诵，再练几套高考真题……

一个月"唰"的一下就过去了，别说自己计划的练习，她连老师布置的作业都没怎么动笔。

越有压力，越是拖延，封雅颂在学习桌前坐了一天，一本小说都快看完了，面对摊开的试卷，却依旧没有落笔。吃了晚饭又回到屋里，封雅颂失落又烦躁。今天一过，假期就只剩下六天了。

假期已经荒废，后悔已经晚了，封雅颂甚至开始对开学感到恐慌。她漫无目的地玩着手机，点开微信看看公众号，点开微博瞅瞅热搜，点开论坛翻翻帖子，页面下划，封雅颂在帖子里看到了一个标题——

迷茫？焦虑？无助？你或许需要一场深度情感交流。

封雅颂一下愣住了，怀疑这部手机监视了她的生活。

她立即点开帖子，里面以一段精准的文字，描述了人们内心有诸多真实的情感需求，却无法表露出来的现象。最下方则留有一个微信号。

对亲近的人保留外在的美好，与陌生人分享内心的深渊。加微信进群：XXX。

封雅颂长长地呼了一口气。

窗外的天已经黑下来了,老小区吵吵闹闹的,居民遛弯儿时的聊天声、孩童的嬉闹声,伴着燥热的蝉鸣,交织成这个暑夏里最平常不过的夜晚。

而封雅颂临窗坐在桌前,感觉冥冥之中,曾经自己那颗模糊的、难以解释的心一下子被点亮了。

封雅颂将号码复制下来,点开微信添加进去,犹豫一下,按下搜索。

页面立即跳到了资料页。

微信号主是纯黑色的头像,昵称是"绳师27号"。昵称旁边有一个蓝色小人儿,代表性别"男"。除此之外,没有更多信息了。

昵称很隐晦,头像太简洁。或许是封雅颂意识到了这个微信号背后真真实实地存在着一个心理医生一般的人物,她突然兴奋起来,这是之前与其他人聊天时都未曾有过的。

封雅颂将好友验证申请修改了几遍,最后写下"每个人的内心都有深渊"。

她点击发送,等了几分钟,对面没有通过申请。

封雅颂把试卷拖到面前,心不在焉地做了两道选择题,又瞅了一眼屏幕。

这时房门被敲响,封雅颂赶紧把手机一按,扣在桌面上。

封妈推开门,探进头说:"出来吃西瓜吧。"

封雅颂说:"我等会儿再吃。"

封妈:"吃点水果放松放松,劳逸结合,别一直坐着。"

封雅颂看向门口:"妈,我做题要计时的,做完这份卷子再吃。"

封妈："那行，你做吧。"她又说，"我跟李阿姨她们下楼遛弯儿去了啊。"

封雅颂点头："去吧去吧。"她的目光重新落回试卷。

房门"咔"的一声关上了。

封雅颂把手机拿起来，点开微信，发现好友验证已经通过了。

消息页里，一句"我通过……可以开始聊天了"的提示挂在上面。

封雅颂往下划着翻找，想找到一个合适的表情包——不要"沙雕"，要可爱，但又不能太亲昵。最后，她选定了一个托着下巴的兔子表情，还没点发送，对方的消息先过来了。

绳师 27 号："说一下你的需求。"

封雅颂很难描述，思考着打了一串文字发过去。

小颂："我看到了论坛里的帖子，感觉描述得很准确，所以想先加群了解一下。"

对方的回复几乎是同时的。

绳师 27 号："群分几个类型。"

绳师 27 号："想要找人聊天还是有其他需求？"

这样直接的问话令封雅颂心头一跳，她默默打字。

小颂："我想要聊天。"

绳师 27 号："好。"

下一秒，她被拉进了一个群聊——

情感交流圈（纯聊天，禁广告）。

群里很热闹，见有新人进群，很快一条条"欢迎新人"的消息就开始刷屏了。

封雅颂不知该怎么打招呼，于是点了个表情发出去。她点开群简介，打算先了解一下，这时房门突然一响。

封雅颂立即把手机扣在桌面上。

封妈端着马克杯走进来："我把西瓜榨成汁了，要不你一晚上也不记得吃。"

封雅颂惊魂未定，看见封妈快走到桌边了，才想起来应了一声。

封妈把杯子搁在桌角："学一会儿就站起来活动活动啊，坐久了对腰和颈椎都不好。"

封雅颂目光一扫，看到桌上的试卷上只写了两道选择题，其余都空着。她心里一下就紧张起来，好在封妈并没注意，放好杯子就往外走。

封雅颂微松了口气，问："你不是去遛弯儿了吗？"

封妈说："这就下楼了。"她又嘱咐，"西瓜汁赶紧喝啊，回头氧化了。"

"知道，这就喝。"

房门关闭，封雅颂往椅背上一靠，竖着耳朵听。

封妈的脚步移到大门口，她停顿穿鞋后，开门下楼了。

封雅颂重新拿起手机。

群消息转眼就刷成"99+"了，一个叫"梧桐"的管理员连续"艾特"了她好几次："新人请把备注改成'城市 – 身份 – 昵称'形式。"

城市和昵称好说，身份要怎么填？

封雅颂点开群成员，看大家身份一栏写的大多是"科研狗""码农"之类的。

封雅颂想了想，把自己的备注名改成了"京安 – 大学生 – 小颂"。

刚改好，群里就有几个人热情地找她聊天。

天津 - 金融狗 - 墨寒："我们离得近啊，加个好友吧。"

广州 - 码农 -00："小颂，我加你了，通过一下。"

河北 - 教育培训 - 上帝之手："你广州的掺和什么？"

广州 - 码农 -00："京安是哪里啊？"

河北 - 教育培训 - 上帝之手："我们省的，离北京很近。"

天津 - 金融狗 - 墨寒："离天津也近啊。"

封雅颂回了个尬笑的表情。关闭群聊后，她发现自己收到了近十条添加好友的请求。

一个个看过去，除了在群里说话的，还有几个没说话的陌生人也添加了她。

这样热情，后面隐隐透出不怀好意。封雅颂清楚。

不过她加这个群本身也带有排遣心理。

封雅颂先通过了天津的墨寒和河北的上帝之手两个人的好友请求。

上帝之手立即放弃群聊，找她私聊。

河北 - 教育培训 - 上帝之手："是最近不开心吗？"

小颂："一方面吧。正好看到了这个群，就加进来看看。"

河北 - 教育培训 - 上帝之手："哈哈。"

河北 - 教育培训 - 上帝之手："是不是感觉生活很无聊？"

河北 - 教育培训 - 上帝之手："你是上学的，还是上班的？"

小颂："在上学。"

河北 - 教育培训 - 上帝之手："大学吗？"

封雅颂想了一下，开始瞎编。

小颂："嗯。快毕业了。"

河北 – 教育培训 – 上帝之手："厉害厉害。做我的女朋友吧！"

封雅颂不懂厉害的点在哪里。

小颂："哈，我就是加群看一看啦。"

河北 – 教育培训 – 上帝之手："我不管啦，好不容易遇到个年龄相仿的。"

河北 – 教育培训 – 上帝之手："我应该比你大两三岁，现在是教培老师。"

封雅颂发了个丑拒的表情。

河北 – 教育培训 – 上帝之手："我每天都有时间陪你聊天。"

小颂："以后有机会的。我先不聊啦。"

河北 – 教育培训 – 上帝之手："你在干吗？"

河北 – 教育培训 – 上帝之手："我影响到你了吗？"

小颂："我在学习……"

河北 – 教育培训 – 上帝之手："可以给我发张照片当背景墙吗？"

小颂："不用了。"

河北 – 教育培训 – 上帝之手："给我发张照片看看吧。"

封雅颂点了几下，把他删了。

她呼了口气，看到天津的墨寒也给她发了消息。

天津 – 金融狗 – 墨寒："嗨，你好啊！"

小颂："嗨。"

对方同时也在群里聊天，隔了两分钟才回消息。

天津 – 金融狗 – 墨寒："是压力比较大吗？"

小颂："是，学习压力比较大。"

天津 – 金融狗 – 墨寒："学生啊！"

小颂："嗯。大学生。"

天津－金融狗－墨寒："是要准备考研？"

小颂："嗯。"

天津－金融狗－墨寒："好啊。好好复习，群里有几位高校大佬可以好好交流一下。"

天津－金融狗－墨寒："我们离得不远，有机会请你吃饭啊。"

封雅颂回了一个微笑表情。

对方没再说话，似乎对学生不大感兴趣，继续和群里其他人聊天去了。

封雅颂端起杯子喝西瓜汁。

这个情况令她有些失望。

她以为这个群里会有很多了解心理的人，或者起码是一些温和敏感的人，没想到也只是一个披着深度交流外衣的普通交友群而已。

封雅颂对于网络交友是有所筛选的，一个人连基本的礼貌都维持不了，又怎能进一步聊天呢？

放下杯子，封雅颂把一直有消息提示的大群屏蔽了，然后又把好友申请记录清空，聊天记录也都删了，最后消息栏只剩下一个"绳师27 号"。

点开来，他最后说的是一个"好"字。

很简短，前面的问话也是机械性的，似乎将她拖进相应的群里，任务就完成了。

封雅颂手指左划，把和他的消息记录也删了。

微信页面空空荡荡，封雅颂突然卸了力，或许那种"有人能够了解我内心的焦虑，帮我真正脱离深渊"的想法，只是一种逃避现实的借口吧。

她放下手机，开始专心做卷子，一口气做完了选择题和填空题。最后一个抛物线填空题，她算了十多分钟，终于得到了结果，想着对一下答案找找成就感。

翻开答案，她又下意识地打开手机看了一眼。

刚刚删除干净的微信页面，那个黑色头像又跳了出来。

封雅颂有些意外，点开来——

绳师 27 号："你是京安的？"

封雅颂看着这句问话，心莫名地抻紧了。

她重新点开群聊，在群成员的最后一行里找到了属于他的黑色头像。整个群里，除了管理员"梧桐"，就只有他没有把昵称改成标准形式。

封雅颂又回到与他的微信聊天界面，琢磨着打字。

小颂："是啊。"

隔了两秒。

小颂："你也是京安的吗？"

对方没有回复了。

封雅颂等了一会儿，然后把手机搁在桌面上。她的微信很安静，一条消息提示也没有。不过她突然有种确信的直觉，对方一定在同时与许多人聊天。

或许他只是随口问了一句，没有及时得到回复，就把自己忘了，或许她的名字已经被无数条新消息压到了下面。

绳师 27 号做这样近乎公益的事情，并不挣钱，那他一定是从事心理咨询方面的工作，并且对此怀有很高的热情吧。

无论怎样，封雅颂认为他一定是个很有经验的聊天对象。

封雅颂没有再发消息，她把手机推到一边，注意力回到卷子上。

卧室里的顶灯亮着，书桌上的护眼台灯也亮着，两盏灯的灯光融合到一起，使整个房间的光线明亮而柔和。

封雅颂趴在桌前写数学试卷，她感到头脑难得地清明，思路清楚，耐心地完成了最后一道大题最后一问。她放下笔，抖了抖卷子，拿出红笔对着答案纠错，然后把有意义的错题誊写到错题本上。做完这一切，她听到封妈遛弯儿回来的声音。

封雅颂将剩下的半杯西瓜汁喝了，端着杯子走出卧室。

封妈接过杯子到水龙头下顺手洗了，问："学累了吧？"

封雅颂来到她旁边："我刚刚做的数学模拟卷，算了一下差不多能得 130 分。"

封妈侧脸看向她："不错啊，比期末进步多了。"

封雅颂："这张卷子比较简单啦。"

封妈把杯子沥沥水，搁到架子上："高考数学能考到 130 分就好。"

封雅颂说："不行啊，我理综不好，就数学和英语好点，我数学得奔着 140 分去。"

封妈舒心一笑："有目标就好使劲儿了。"她擦擦手往客厅走，"你晚上还洗澡吗？要不明天起床再洗吧。"

封雅颂看了一眼挂表："还不晚呢，我洗洗吧。"

封妈说："要洗快点去洗，都十点半了，回头睡觉又得十二点了。一直跟你说，早点睡早点起效率更高，早上人的头脑最清醒……"

封雅颂赶紧钻进卫生间，将后半句唠叨关在门外。

扳起开关，水从花洒淋下来，水汽蒸腾。封雅颂抹好护发素，将头发用皮筋扎起来，然后给身体涂沐浴露。

泡沫从脖子抹到脚跟，封雅颂双手揉搓浴花，鬼使神差地走到镜子前。她抹开镜面上的水汽，照见自己的脸上潮热泛红，布满水珠。

她又侧过身来，仔细看自己的身体，然后收腹挺胸，让曲线更鲜明。镜子里，她单薄的肩背，像是收起的蝴蝶翅膀。

封雅颂回到花洒底下，仰起头冲水，将身体泡沫和护发素一起冲干净。

洗完澡，封雅颂打开浴室门，插上吹风机开始吹头发。

封妈已经躺到床上看电视剧了，声音从主卧里传过来："头发彻底吹干，要不睡觉起来头疼。"

封雅颂大声地答应了一声。

等吹干头发，又磨蹭了一会儿，已经十一点半了。封雅颂往回走："我睡觉去啦。"

封妈在床上"嗯"了一声："客厅的灯关了。"

封雅颂把客厅的灯熄灭，然后回到自己的卧室，关上房门。

她拿上手机，关灯躺进被窝里，看到了一条新的微信消息。

绳师 27 号："对。"

消息发自十一点，半个小时以前。

封雅颂侧过脸来，单手打字。

小颂："我刚刚去洗澡了。"

小颂："好巧，没想到还能碰到老乡啊。"

她打完字，点到群里翻了翻聊天记录，再回来，对方已经回复了。

绳师 27 号："很难得。"

封雅颂发了个微笑脸。

绳师 27 号："想要交朋友是吗？"

封雅颂意识到他现在似乎不忙了，可以即时与她对话。她轻轻地呼吸着，在被窝里打出了一行文字。

小颂："其实，只是想找个陌生人聊一聊。"

绳师 27 号："目前有很大压力？"

小颂："是的。"

小颂："不过我感觉群里大部分人都很欢脱。"

小颂："这个群是你建的吗？"

绳师 27 号："为什么愿意添加这个陌生的微信？"

他没有跟着她的思路走，而是继续问着问题。封雅颂不经思考，闷声打字。

小颂："我从小就爱跟网友聊天，跟身边的亲人反而交流比较少。"

小颂："有时候我觉得，跟陌生人倾诉才能够真正解决问题。"

绳师 27 号："或许是你的错觉。"

小颂："真的可以的。不信你向我倾诉试试。"

绳师 27 号："自信。"

封雅颂看着这简短的两个字，不确定他是嘲讽，还是单纯地评价。她发了个傻笑问号的表情包，又打字。

小颂："你一直在问我，又不接受我的说辞。你是在测验我吗？"

绳师 27 号："是。"

小颂："那我合格了吗？"

绳师 27 号："你要跟我做朋友吗？"

小颂："我可以问你几个问题吗？"

绳师 27 号："你想跟我做朋友吗？"

封雅颂在床上翻了个身，困意消失得无影无踪。事实上，自从她描述自己从小的那个习惯，她就开始兴奋起来，像是沸水冒起小泡。

小颂："有点想。"

绳师 27 号："那测试还没有结束。"

封雅颂悄声笑了一下，为这平淡而严厉的语气。

小颂："那你继续。"

绳师 27 号："你目前的需求有什么？"

小颂："感觉我好拖沓啊，于是压力越来越大，像是一个死循环。"

小颂："如果有人能把我拉出这个循环就好了。"

绳师 27 号："更具体的方式呢？"

小颂："比如，一个人愿意管教我，而我会听话。"

绳师 27 号："你方便打电话吗？"

封雅颂心里一跳，赶紧打字。

小颂："太晚了，我家人都睡了。"

聊天窗口上方出现"对方正在输入……"的提示，然后又消失了。不久他发了两个字过来。

绳师 27 号："比如……"

绳师 27 号："希望被怎样对待？有没有特别的偏好？对于场所有什么要求？"

绳师 27 号："你有期待和要求，那一定有更具象的场景。你需要把心里的那个场景如实描述给我。"

他打字很快，手机屏幕一下被这些文字占满了。瞬间领悟了他的意思，封雅颂的脸"唰"地热了起来。

小颂："跟你做朋友，就一定要见面吗？"

对方似乎察觉到她的顾虑。

绳师 27 号："抱歉，我不接受和有伴侣的人聊天。"

封雅颂愣了一下，意识到他误会了。

小颂："我没有伴侣。没有结婚，也没有男朋友……"

隔了一会儿，对方回复了稍长的一段话。

绳师 27 号："你想要的心理疏解是一个打开自我，完全坦诚的过程。不需要对真实的内心有任何隐藏，否则你得不到期望的那种愉悦感受。"

小颂："我知道……我只是想单纯地聊聊天排遣一下。"

绳师 27 号："你需要再做一下心理建设。"

小颂："那群里所谓的情感需求，就只能用这样的方式解决吗？"

绳师 27 号："我只是给你一些建议。"

小颂："那说得再多，又有什么用？"

封雅颂鼓着一口气打字。夜深了，兴奋了，大着胆子，什么都敢聊了。

对面很快平静地回复："都是满足需求。"

小颂："我以为这个群是让人好好聊天的，大家都可以说出真实的苦恼，试着找到解决办法，或者起码做到彼此尊重。"

绳师 27 号："那是心理医生的事情。"

小颂："你不是吗？"

绳师 27 号："我只交彼此信任的朋友，产生默契，友谊便可以持续很长一段时间。"

小颂："说白了就是四处撒网喽！"

安静了几分钟。

这段时间里，并没有"对方正在输入……"的提示，对方只是单纯地停顿了。

封雅颂不知道他是皱了下眉，还是笑了一下，或者只是无所谓地将视线从手机上移开了。她无法对对方的真实模样进行任何想象。

他还是回复了。

绳师 27 号："知道吗，我很想听一下你真实的语气是什么样的。"

绳师 27 号："只看字面，我认为你想跟我吵架。"

绳师 27 号："是这样吗？"

封雅颂咬了下唇，往前一翻，那些直接的文字，都不像是自己打出来的。

绳师 27 号："我们电话聊一下。"

小颂："别别别，别打电话。"

打完字，封雅颂赶紧把手机调成静音。她屏息盯着屏幕，万一真有电话打过来，她一定不敢接。

一方面是怕被隔壁卧室的母亲听到；另一方面，用真实的声音一交谈，她一定又会变成安分乖觉的模样。她可没有勇气对着话筒和一个陌生男人讨论这种话题。

对方没有打来电话。几秒之后，消息跳出来——

绳师 27 号："呵，小姑娘。"

封雅颂握着手机，感受到了这字面背后带着轻笑且柔和的语气。她心里轻微一动，感到对方是一个强势的人，同时又具备一定的涵养，前者带给人征服的快感，后者又令人感到安全。

漆黑的夜晚，窗外蝉鸣不断，空调轻轻振响，她听到了自己的呼吸声。

小颂："其实，单纯的沟通也很有意思。倾听一个人的生活，帮助他改变，自己也能够获得力量，能够从当前的生活中跳脱出来。"

绳师 27 号："说实话，我通常没有这样的心情。"

小颂："那你，要不要试一下？"

绳师 27 号："群里那么多人，怎么就找我呢？"

小颂："跟你聊得比较多。感觉他们都不太靠谱，而且……"

小颂："我们又离得这么近。"

小颂："你问了我很多问题。你目前也有一些时间，对吧？"

打完这些话，封雅颂的手心有些出汗，但她又同时确信，对方不会拒绝。

绳师 27 号："现在我们离得并不近。我在北京工作，'十一'才回京安。"

小颂："哦……"

绳师 27 号："如果你改变了想法，'十一'我们可以约出来见一面。"

绳师 27 号："不过这段时间，我可以跟你聊一聊，帮助你解决问题。"

绳师 27 号："按照你期望的方式。"

绳师 27 号："小姑娘，这样可以吗？"

封雅颂看着这一行行消息跳上屏幕，心里感到一阵异样的悸动。熟悉的卧室里，黑暗中空气似乎具象起来，有温度，有形态，包裹在她的身上，沉重而燥热。

小颂："好啊。"

小颂："那'十一'之前，我都可以找你聊天吗？"

绳师 27 号："随时。"

封雅颂不禁微笑，她打出"你的名字为什么叫绳师 27 号？"，想了想又删掉了。问别人的网名似乎有些幼稚。

封雅颂撩了一下头发，贴着枕头重新躺好。她使劲思考，却丧失灵感，一时不知道要聊些什么了。

小颂："那……"

绳师 27 号："那？"

小颂："我不知道要问什么了。"

绳师 27 号："那就睡觉吧，已经一点了。"

小颂："你不睡吗？"

绳师 27 号："你不困，是吗？"

小颂："嗯，越聊越精神了。"

绳师 27 号："那这样，跟我说一下你目前的情况吧。"

绳师 27 号："你不够自律，所以希望有一个人能够管教你，以一种严厉、亲昵、有效的方式，像是兄长，像是老师。同时这个角色又不被真实的世界所打扰。你希望我可以约束你什么？"

封雅颂心底那根弦被拨动了一下，她斟酌着打字。

小颂："我做事很拖拉，比如，这个暑假我明明有很多任务需要完成，却一直拖着，一转眼假期只剩下几天了。"

小颂："接下来一年我要考研，所以是很关键的一年。我需要规划好时间，很努力地学习，但我不确定自己是否能坚持做到。"

小颂："你可以……督促我吗？"

不知是什么推使着，封雅颂决定继续用大学生的身份，于是她用考研代替了高考。消息发过去，封雅颂又读了一遍，确定没什么漏洞。

她握着手机，等了几分钟，对方却始终没有回复。对话框上方"绳师 27 号"几个字静静地显示在那里。

封雅颂又默默地点开他的头像，突然发现他的头像不是纯黑的。她将图片放大，看清左上方有个方形光点。

像是一栋隐在夜色里的大楼，只有一扇窗户亮着。

那光线很微弱，不过已经是浓郁夜色中唯一的光亮，足以打破黑暗，使得整个图片一下子厚重起来。

封雅颂翻了几次身，侧身看手机，趴着看手机，最后握着手机睡着了。

熟悉的房间里，陌生而异样的心绪悄悄溜进了梦里。她睡得不安稳，后半夜迷迷糊糊地拿起手机查看一遍，还是没有微信消息。

突然终止的交谈。他去做什么了？他发现了自己装作大人吗？他还会回消息吗？

封雅颂眼皮一耷，再次睡着了。

第二章 计划表

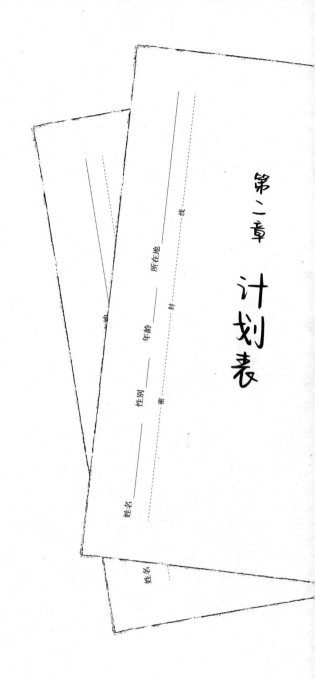

早上七点的闹钟响了，封雅颂关掉继续睡。

封妈洗漱完毕，擦了地板，到卧室叫她起床。

"起来吃饭了。八点了。"

封雅颂迷糊地翻了个身，伸手摸了两下，将手机够到手里。

封妈把落在地上的被子拎上来："怎么睡的，被子都盖到地上去了？"她没有把被子给封雅颂盖上，直接叠了起来，"起来了起来了。抓紧上午的时间，不要又拖到晚上熬夜。"

她把被子放在床脚，念叨着："作息得往前调整调整，还有几天就开学了，别回头早自习起不来床。"

封雅颂睁开眼睛，感觉熬夜后的困倦充满了整个脑袋。她深深地打了个哈欠后，瞥见手机屏幕上有几条消息提示。

她一下子清醒了，握着手机翻身爬起来，边蹬拖鞋边问："早饭吃什么啊？"

封妈说："烙了蛋饼，煮的米粥。"

封雅颂点点头，走出卧室："我洗个脸。"

封雅颂走进卫生间，同时听到封妈进了厨房，开锅盛粥。封雅颂点开手机，看到两三条都是广告和公众号提醒，他的消息其实只有一条。

绳师 27 号："之前在外面，手机关机了。"

消息发自今早六点。

封雅颂将头抵在卫生间的瓷砖墙上，最终回了一个字。

小颂："嗯。"

她把手机装进睡衣的兜儿里，打开水龙头洗脸。

洗漱完，封雅颂移到餐桌旁坐下，将蛋饼夹到面前的盘子里。封妈拿了个调料瓶过来："放番茄酱还是肉酱？"

"有肉酱？"

"昨天炸酱面剩下的。"

封雅颂把番茄酱打开："还是卷番茄酱吧。"

封妈舀了一勺肉酱铺在饼上："自己做的多健康。那番茄酱就图个口味，什么营养也没有。"

封雅颂吃完蛋饼，一勺一勺舀粥喝。封妈说："一会儿我跟同事出去逛街。"

封雅颂："我听同学说商业街旁边新开了个购物广场。"

封妈说："对，今天第一天开业。我就是去那里逛。"封妈把碗放进水池，"你上午抓紧学习，我中午接你出去吃饭。"

封雅颂说："别了，你在外面逛街就顺便吃了吧，我自己在家里吃点就行。"

封妈："家里又没什么吃的。"

封雅颂："有面包啊，我再喝袋牛奶。"她抬起头说，"跟你们同事一起吃饭太浪费时间，回来就下午了，一犯困再睡个午觉，半天就又浪费了。"

封妈洗着碗说："那行，你白天安心学习吧，晚上再好好吃点。"

封妈收拾了厨房，换上一身逛街的好行头，又对镜化了个妆。她在门口穿好鞋子，把车钥匙装进包里，喊道："我走了啊。"

封雅颂在卧室里应了一声。

封妈出门了，封雅颂在桌前发了会儿呆，然后把物理习题册从书包里拿出来。她捏了捏作业的厚度，叹了口气，翻到空白的第一页。

封雅颂对物理实在不感兴趣，看着海量的题目只觉得力气尽失。她握起笔又放下了，不由自主地把手机掏了出来。

他没有回复消息。封雅颂认为他多半是补觉去了。

封雅颂随手点开交流群，往上翻了几页消息，发现群里正在讨论影视资源。

广东－自由职业－阿多："我刚翻上去看了，那个链接失效了。"

河北－教育培训－上帝之手："哎，还好我手速快。"

山西－银行柜员－忘忧："什么啊？"

广东－自由职业－阿多："能不能给我分享一下啊？"

河北－教育培训－上帝之手："怎么分享？我不会呀。"

河北－教育培训－上帝之手："@山西－银行柜员－忘忧，昨天有人发了几部电影资源。"

山西－银行柜员－忘忧："在线看的？"

河北－教育培训－上帝之手："对，不过网址复制不下来。"

广东－自由职业－阿多："能不能再发一遍啊？"

河北－教育培训－上帝之手："大白天的，人家上班去了。"

湖南－勿扰－烈叔："网盘资源，上千视频白菜价，加我私聊。"

封雅颂最近正好对一部电影感兴趣，于是把聊天记录拉回最底下询问。

京安 - 大学生 - 小颂："有没有《V 字仇杀队》啊？"

湖南 - 勿扰 - 烈叔："网盘资源，上千视频白菜价，加我私聊。"

山西 - 银行柜员 - 忘忧："这算不算打广告啊？"

山西 - 银行柜员 - 忘忧："管理员呢？"

湖南 - 勿扰 - 烈叔："我自己收集的资源，怎么了？"

湖南 - 勿扰 - 烈叔："又没发无关的广告。"

她的问题一下被接连几条消息淹没了。

这时微信蹦出个提醒，封雅颂点过去，是刚才在群里说话的"湖南 - 勿扰 - 烈叔"加了她。

申请备注写着：要资源吗？

封雅颂摸摸头发，通过了他的申请。

下一秒，他又发了一遍同样的消息。

烈叔："要资源吗？"

小颂："是要花钱买？"

烈叔："三块钱一部，你给我转账，我把链接分享给你。"

小颂："网盘链接？"

烈叔："对啊。"

小颂："……我得下载一个。"

封雅颂上学几乎没什么时间玩手机，偶尔下载也用电脑。

烈叔："你先说你要什么类型的吧。"

小颂："我要《V 字仇杀队》。"

小颂："美剧有没有？我还想要《绝命毒师》。"

烈叔："好，六块。"

烈叔："微信红包就行。"

封雅颂心里稍微犹疑了一下，烈叔立即又发了两个模糊的电影截图给她。

烈叔："已经给你挑好了。"

烈叔："你的网盘账号是什么？我发给你。"

小颂："……网盘还在下载。"

烈叔："那先发红包吧。"

烈叔："我的资源可全了。几块钱我又不至于骗你。"

烈叔："有需要下次再找我。"

网盘下载好了，封雅颂正在注册，他的消息提示却不断地蹦出来。封雅颂点回微信，发了六块钱红包给他。

她很快注册好网盘，又把账号发送过去。

对方却不再回复了。等了很久，也无人添加她的网盘账号。

小颂："你网盘加我了吗？"

小颂："人呢？"

聊天页面，只留着红包已被领取的提示。

封雅颂心里一阵憋气。

小颂："骗子。"

小颂："六块钱你至于吗？"

封雅颂恼羞成怒，把手机往桌面一搁，起身去客厅倒了杯水。她再回来，手机又有了新消息。

封雅颂第一时间想的是：难道误会人家了？她喝着水点开手机，发现不是卖电影的回话了，而是——

绳师 27 号："你在找资源吗？"

封雅颂默默地把水咽下。

小颂："……就是随便问一下。"

绳师 27 号："在线观看的网址有很多，但都不太正规，浏览的时候注意一些。"

小颂："嗯。"

绳师 27 号："刚才在群里打广告的人，是卖盗版电影的，管理员已经踢出去了。"

绳师 27 号："他没加你吧？"

封雅颂简直不知该怎样回答……她用手抠抠桌面，然后换了个话题。

小颂："你睡醒了？"

绳师 27 号："嗯。"

紧接着，他回到原先的问题，甚至得出结论——

绳师 27 号："刚才那个人，你加了他，对吧？"

绳师 27 号："他骗你的钱了吗？"

封雅颂低头打字。

小颂："……我给他发了红包。"

绳师 27 号："多少？"

小颂："没多少。"

绳师 27 号："多少？"

小颂："就六块钱。"

两秒之后，他转了六块钱过来。

封雅颂因他这个举动蒙了一下。

小颂："不用你给我啊。"

绳师 27 号："收了。"

绳师 27 号："以后在群里打广告的都别信。"

小颂："哦，可是……"

可是，我想买的是正经电影啊。

绳师 27 号："先收下，再说别的。"

封雅颂犹豫一下，点击了"确认收款"。

六块钱，回到了她的微信钱包里。

钱的数目其实少到无关紧要，只是一个态度的问题。收钱的瞬间，封雅颂意识到了对方对她的维护，以及自己默默地听了他的话。

这感觉很微妙，并且后劲十足。

等了一下，封雅颂继续聊天。

小颂："你出门，不带充电器吗？或者借一个充电宝？"

绳师 27 号："昨天是个意外。"

绳师 27 号："朋友出了点事情，在医院待了一天。"

封雅颂不知哪里来的灵感，兀自打字。

小颂："出车祸吗？"

绳师 27 号："有意思。你怎么知道？"

小颂："猜的。"

绳师 27 号："很会猜。"

小颂："你朋友他，严重吗？"

绳师 27 号："还算幸运，只有胳膊骨折了。"

绳师 27 号："麻烦的是，他开的是我的车。"

封雅颂感觉他原本是不想多聊的，不过被自己无意间打开了话匣子。

小颂："啊，那他要赔你修车钱吗？"

绳师 27 号："不用了，有保险。"

小颂："要是我，一定让对方赔。借车又撞坏，太不负责了。"

绳师 27 号："意外，也没办法。他也受伤了。"

小颂："也是。"

绳师 27 号："你看待事情的角度很简单。"

封雅颂感到不解。

小颂："嗯？"

绳师 27 号："你不想知道我开什么车吗？"

小颂："这又是一个考试吗？"

绳师 27 号："不是。这是真事。"

封雅颂干干脆脆地回复："那我不想知道。"

小颂："无论你开什么车，都不经撞。"

聊天界面上方"对方正在输入……"的提示出现又消失了。

封雅颂感觉到一种正在慢慢扩散的氛围，透过屏幕、文字，攀着无形无迹的信号，慢慢地成型了。

她知道他会继续说话，她在等着。

隔了一会儿——

绳师 27 号："我去翻了一下昨晚的聊天记录。"

绳师 27 号："你说自己做事习惯拖延，假期有很多事情需要完成，眼看 deadline（最后期限）就快要到了，却感到无从下手，是这样吗？"

小颂："嗯。"

绳师 27 号："只是学习上的事情？"

小颂："嗯……"

绳师 27 号："把你这几天最紧要的任务拍照发过来，我帮你制订一个计划。"

封雅颂看着堆在书桌上的习题和试卷 —— 高中学习，高考真题 —— 这些带着"高"的词语一个比一个显眼。

她抓了抓头发，打字过去。

小颂："……我的东西太乱了。"

对面了然地回复："不方便拍照？"

小颂："嗯。东西有点多。"

绳师 27 号："那我问你一些问题。"

绳师 27 号："距离截止日期还剩几天？"

小颂："六天。"

小颂："不对……今天已经过去半天了，其实是五天半。"

绳师 27 号："好。你有几项任务需要完成？"

封雅颂想了一下，数学和英语作业剩得不多了，可以归结成一项任务，其余的，还有物理、化学、生物。

小颂："四项。"

绳师 27 号："一天只完成一项任务，或者把这些任务平摊到每一天。哪种方式效率高？"

小颂："平摊到每一天的效率高。"

绳师 27 号："好。下面你找一张白纸，在左边一列写下五天日期，然后把需要完成的四项任务分配到每一天，在日期后面具体列出来。"

绳师 27 号："要除去吃饭、休闲和睡眠的时间，制订出切实可行的计划。可以做到吗？"

小颂："现在就写吗？"

绳师 27 号："对，写完拍照发过来。"

绳师 27 号："我等着。"

封雅颂找来一张大白纸，在桌面摊平，慢慢地沉静下来。

她在纸上画了表格，写下五个日期，然后用缩略字母代替各个科目，列到每个日期的后面。

封雅颂对自己的学习程度是有一个判断的。她知道，自己应该加强理综的基础练习，数学和英语只做薄弱的部分就可以。

其实她的作业没有想象中多，只是习惯懒散，困于动笔。一旦计划周详并坚持实施，五天时间，足够将全部作业突击完。

封雅颂花了十几分钟将计划表写好。她检查一遍，然后抬高手机给计划表拍照。

小颂："我写完了。"

绳师 27 号："好。发过来吧。"

封雅颂将照片发了过去。

她指尖纠缠，有点紧张地等待着。终于，对方回复了。

绳师 27 号："可以。"

绳师 27 号："接下来几天，我们严格按照这个计划完成任务。"

他说的是"我们"。

封雅颂看着这个字眼，不由得问："你要监督我吗？"

绳师 27 号："每完成一项任务，打一个勾做标记。"

绳师 27 号："每天的截止完成时间为晚上十一点，十一点半前跟我汇报。"

小颂："只是这样？"

小颂："如果我还是会偷懒呢？"

绳师 27 号："说一个你的愿望吧。"

小颂："愿望？"

绳师 27 号："例如，你有没有很想要的东西？"

封雅颂微微一愣。

小颂："你要送我礼物吗？"

绳师 27 号："答应送一件礼物，比答应做一件事情要容易。"

绳师 27 号："你现在最想要什么？"

封雅颂打字的手指一时发僵，言语也跟着贫乏了。

如果在学校里，有人突然要送给她礼物，她可以大大方方地表示感谢，然后拒收。可是对于手机对面的这个成年人，她突然不会拒绝了。

等了几分钟，封雅颂才打出一句话。

小颂："不然……换个别的鼓励方式好不好？"

对方没有接她的话头——

绳师 27 号："看你的朋友圈，你喜欢绘画，也喜欢听音乐。"

绳师 27 号："想要一套绘画颜料吗？或者一副耳机？"

封雅颂心中一惊，她都忘记朋友圈这回事了。

她快速地点开朋友圈检查，好在她发的朋友圈并不多，至今也就十来条，并没有暴露自己的高中生身份。

内容大多是一些日常分享，最近一条是三天前，她在饭桌上拍了一个笑脸形状的葱花，并配文"哈哈哈，傻葱"。

封雅颂又点回聊天界面，她斟酌着，头脑里有一个念头在盘旋。

他们现实中素不相识，所谓角色扮演，所谓管教与约束，都只是心理上的建设，涉及礼物似乎就变味了。礼尚往来，她没有合适的回礼，就不能答应接受对方的礼物。

小颂："真的不用……"

耽搁很久才发了这样的一句话过去，封雅颂的心里有些忐忑，她觉得对方可能生气了。

果然——

绳师 27 号："只有一个问题。"

绳师 27 号："想让我约束你完成任务吗？"

封雅颂发了个"点头"的表情。

绳师 27 号："以后不许再发表情，打字说话。"

小颂："想。"

几秒钟后，对方发了一个截图过来，是一套 48 色的重搪瓷固体水彩。

封雅颂的眼神直了一下，这个牌子的水彩她确实喜欢很久了，而她画画只是闲暇小爱好，这套颜料的价格比较高……

绳师 27 号："喜欢还是不喜欢？"

绳师 27 号："只回答我两个字，或者三个字。"

封雅颂打了"喜欢"两个字，连标点都没敢带。

绳师 27 号："好。Deadline 前这五天，你如果严格按照计划表完成了任务，就可以收到这个礼物。"

小颂："如果没有完成呢？"

绳师 27 号："那就会受到惩罚。"

绳师 27 号："我有我的惩罚办法。"

语气微硬的两句话，封雅颂感觉心被一双无形的手抓紧了，一下一下的。她鼻息微热，接着打字。

小颂："如果我骗你呢，为了得到礼物，为了不受惩罚，假装都完成了？"

他的回答毫不犹豫——

绳师 27 号："不会的。你本质上是个上进的人，你已经对之前的拖延感到沮丧了，只是缺乏执行的动力而已。"

绳师 27 号：" 我会约束你接下来的行为。我可以告诉你，从现在开始抓紧，一切都来得及。"

绳师 27 号：" 这是最后一次机会了，你不会欺骗，因为你不想彻底放弃，对吗？"

封雅颂内心震动。

文字是有力量的，就像屏幕上他说的这些话。

封雅颂没想到，自己脑海里的想法，有人可以用文字这样直接地描述出来。

上了这么多年学，她每次因偷懒而没有完成学习任务时，都会不断懊恼。每次考试成绩不理想，她心里都备受煎熬，表面上却要装作不在乎。

很多心情，她好强地吞下去，不让老师、同学知道，更不愿跟父母分享。

她想要成绩优异，想要变得更好，却不断被懒惰打败。渐渐地，她都不确定努力是否会有成效了。她自欺欺人地想，或许自己就这样了吧，表面上蒙混过关就行。

可是有个人确信地告诉她，现在开始努力是来得及的。

你管不住自己，没关系，我来帮你管理，我会对你负责。而你，一定会听话。

这是两个人的约定，不被父母、老师、同学以及其他人知道。

这样的感觉——

相当于，她在心里悄悄地开了花。

封雅颂这边久久没有回复，这也是一种默认，她将所有的话都听进去了。对方又发来消息。

绳师 27 号："好了，现在抓紧时间去学习吧。"

小颂："嗯。"

封雅颂停顿一下，又打字。

小颂："谢谢你……"

绳师 27 号："谢？"

小颂："愿意鼓励我。"

隔着遥远的距离，对方或许轻轻一笑，或许发出一声叹息。

绳师 27 号："小姑娘，你工作之后就会发现，学习上的事情是最容易的，仅靠努力就能完成，简直一目了然。"

封雅颂犹豫一下，还是发出询问："那你，已经工作很久了吗？"

绳师 27 号："是。"

封雅颂正在打字，对面又发来消息。

绳师 27 号："不用继续问我的具体工作了。"

封雅颂默默地把打好的问题删了。

小颂："原来你要保持神秘啊。"

绳师 27 号："我们目前的交流都只是单向的。"

绳师 27 号："事实上，你现实生活中的身份也可以隐藏。只要成年了，对自己的行为能够负责就行。"

封雅颂低着头，小心地打下一个字。

小颂："嗯。"

绳师 27 号："去做事吧。"

封雅颂看了眼时间，已经中午十二点了。他短暂地休息后，一直在与她聊天。

小颂："你要继续睡觉吗？"

绳师 27 号："不睡了，我去吃点东西。"

小颂："那我今天要跟你汇报任务吗？"

绳师 27 号："计划表上是从明天开始的，今天不用。"

绳师 27 号："不过这半天，你应该提前完成一些任务，以免接下来的五天里有事耽误。"

封雅颂不自觉地点了下头。她点了个"乖巧"的表情发过去，过了两秒钟反应过来，又赶紧撤回了。

小颂："我也去吃点午饭，然后就去学习。"

绳师 27 号："好。"

封雅颂还想再聊几句，但不知要说什么了。她不知道对方的感受，不知道对方跟自己对话会不会感觉幼稚。她从对方的文字里品尝到了强势与亲近，以及游刃有余的成熟的谈话氛围，这些都让人不舍得放下手机。

她的犹豫被对方察觉到了。

绳师 27 号："现在不聊了，去学习。今晚睡前可以找我聊天。"

封雅颂意识到，有标点出现在输入框上，对方的手机上会一直有"对方正在输入……"的提示。

不过，这也说明他一直在关注着自己。

封雅颂轻笑了下，赶紧打字。

小颂："嗯，那晚上十一点半？"

绳师 27 号："随时。"

又是这两个字——"随时"。

封雅颂念了一遍，感觉这个回答带着宠溺，滋味绵长。

同时，这个回答又仿佛是一个默认的结束语。

封雅颂把手机拿到床头柜上充电，然后去厨房拆了个肉松面包，一边吃一边坐回书桌前。

她把桌上的杂物都收走，只留一沓作业在桌子中央。她对照着计划表，将每份作业第一次应该写到的页码折上角。待吃完面包，她提笔专心地做起作业来。

做了一个小时后，她出去喝了杯水，稍微活动片刻，又很快回到书桌前。

与他聊天令人上瘾，不过一旦放下手机，封雅颂对别的事情不再有兴趣，一门心思扑进学习里。

这似乎有种神奇的效用，就像一粒白色的药片，表面上没什么特别之处，不过一旦吃下，浑身的痛就都消失了。

封雅颂很久没有这么高效地学习了，快五点的时候，她已经将明天上午的学习计划完成了大半。

封雅颂从桌前抬起头来，感到头脑疲累，但是心里难得地轻松。她欣赏似的往回翻看作业，黑色笔迹的答案，旁边用铅笔打了草稿，满满当当的思考痕迹，令人踏实。

封雅颂站起来，刚准备看一下手机信息，电话就响起来了。

封雅颂下一秒就接了起来。手机里，封妈道："学得差不多了吧？

下楼吧，接你去吃火锅。"

封雅颂问："跟你同事一起吗？"

封妈说："对，就李阿姨和赵老师。你小学时，赵老师还给你上过课呢，还记得吗？"

封雅颂闷声答："记得啊……不过我跟你同事真没什么可聊的。"

封妈说："那你就多吃点肉。两个阿姨都带着孩子去，你们小孩子相互聊聊天，也不用跟我们聊。"

封雅颂听到手机里传来小区门禁的声音，问："你已经开车回来了？"

封妈："对啊，回来接你啊。快下楼吧。"

封雅颂只得道了声"好"，挂了电话，开始换衣服。

她脱下睡衣，穿上了胸衣和牛仔裤，然后从衣柜里挑上衣。

翻了几件，封雅颂意识到自己夏天的衣服很简单，大多是卡通T恤。

从小学到高中，学校都严格要求穿校服，其余衣服都没有机会穿。封雅颂确信，班里大部分同学的衣服都没自己多。

不过这一刻，她看着自己的衣柜，思绪突然跳到了一个多月以后的"十一"假期。

尽管他们多半不会见面。

不过如果……，只是如果，她要去见他的话，应该穿什么呢？

封雅颂带着这个想法在自己的衣裤中重新物色一遍，没找到一件满意的。

这时手机又响了，是封妈打来催促的，想必她已经等在楼下了。

封雅颂快速地套上一件白T恤，一边接电话，一边照了照镜子：

"马上就下去啦。"

她把齐肩的头发揪了个低马尾辫，穿上帆布鞋快速地出门了。

车子已经等在楼下，封雅颂拉开车门坐进副驾驶。

封妈一打方向盘，掉头开了出去。车子出了小区，跑上马路，封雅颂侧头问："去哪里吃啊？"

封妈说："新开的商场里面，吃牛肉火锅。据说是潮汕那边的连锁店。"

封雅颂问："清汤的？"

封妈说："当然。你李阿姨她们不能吃辣。"

封雅颂转头看着车外擦黑的天色："火锅不辣多没意思。"

封妈说："你平时也得少吃辣，去了学校在食堂也多吃清爽的菜。"她瞥了一眼封雅颂白嫩的脸蛋，"别看你现在皮肤好，等毒素一积累，青春痘一下就爆出来了。"

封雅颂耸耸肩："少吓唬我了。"

窗外路灯明亮，道路拥挤，车子在路上缓缓前行，一辆白色SUV已经和她们的车并排行驶很久了。封雅颂突然问："SUV是不是很抗撞？"

封妈说："应该吧，那种车底盘高。"

"轿车和SUV撞到一起，SUV损伤应该更轻吧？"

"再结实的车也不是拿来撞的。"封妈扭头瞅了她一眼，"怎么突然关心起这个？遵守交通规则，好好开车比什么都强。"

封雅颂敷衍地笑了一下："就随便问问嘛。"

封雅颂看着窗外的车流，思维继续发散着。

靠近商业区车辆更多了，她们在红绿灯口堵了两轮才转过弯来，又排了很久的队才把车驶进地下车库里。

封妈舒了口气，下车锁车门，带着封雅颂直奔电梯。

两个阿姨已经到火锅店了，她们热情地跟封雅颂打招呼。许久不见的赵阿姨笑眯眯地看着她："都长这么高了啊。这孩子小学时候就白，现在也这么白白净净的，出落成小美女了。"

她搂搂封雅颂的肩膀："哎，不过还是这么瘦。"

封雅颂不好意思地笑了一下。

李阿姨说："现在孩子可不管这个，觉得越瘦越好看，稍微胖一点都要减肥。"

赵阿姨说："太瘦缺营养啊，脑子跟不上。是不是上高中了？"

封妈替她答："开学就高三了。"

赵阿姨"嘶"了一声："最关键的一年啊，赶紧多吃点好吃的补补。"她抬步往包间里走，"走，进去坐着，咱们边吃边聊。"

两位阿姨的孩子已经坐在包间里了，都是男孩，一个上小学，一个刚上初中。封雅颂跟他俩的可聊话题为零，只好听着阿姨们说话。

好在店里上菜很快，一盘盘鲜切牛肉很快就在桌上摆了一圈。

服务员站在桌旁，拿着大漏勺烫牛肉，几十秒便可以吃了。封雅颂夹过一筷子肉，在沙茶酱里滚了一圈，然后填进嘴里。

几盘肉烫好分食下肚，之前下的萝卜和玉米也熟了。封雅颂啃着一截玉米，看到那两个小男孩已经凑在一起玩起了手机。

赵阿姨皱眉抱怨："天天就玩手机游戏，也不好好吃饭。"

李阿姨对孩子们说："你看姐姐都不玩手机。姐姐马上就高三了，成绩在班里一直是拔尖的。多跟姐姐学学。"

赵阿姨扭头冲封妈说："哎，还是女儿好，又乖又听话。我儿子我现在都管不住。"

封妈略带赞许地看了一眼封雅颂："她成绩也没多好，还得加把劲儿。不过她确实不沉迷手机，从小我都不管她。"

赵阿姨赞叹："这就很难得了，现在哪个孩子不是抱着手机不撒手的？"

封雅颂笑了笑，低头舀着碗里的牛肉汤喝了两口。

蔬菜拼盘下了半份，封雅颂夹了几根蔬菜吃，感觉已经很撑了。她喝完剩下的半碗汤，看身旁的封妈和阿姨们相聊甚欢。等了一会儿，封雅颂小声地说："我吃饱了，我先回家学习吧。"

封妈跟她说："等下我送你回去吧。"

封雅颂说："不用，你们慢慢吃，我自己坐车回去就行。"

赵阿姨探过头问："孩子着急回去学习吧？"

封妈说："嗯，每天的学习任务可重了。"

赵阿姨说："那你快和孩子回去吧，咱们改天再唱歌。"

封妈又问封雅颂："你知道这里的公交站牌吧？"

封雅颂说："就在楼下，我刚才看到了。"

封妈点点头，跟赵阿姨说："她自己坐车就回去了，咱们难得聚一下。"

赵阿姨推劝："唉，你开车送孩子回去吧。"

封妈笑笑："不用的，孩子都这么大了。"

封雅颂从座椅上起来，跟两个阿姨道别。

她离开包间前，还听到赵阿姨连连赞许："教育得好……你这女儿真懂事。"

封雅颂走出商场，耳畔的轻音乐一下子消失了，取而代之的是夜市嘈杂的声音。

天已经黑下来了，这时正是商业区最热闹的时候。

封雅颂穿过人群，走到路边的公交站牌底下，没等多久公交车就来了。

封雅颂走到车后面坐下，回头看到商场门前有个人在卖氢气球，手里大把彩色气球在半空里摇摇晃晃。

她又转回头来，目光跨过椅背，看到了一个个陌生的后脑勺儿。

公交车驶动，有人疲倦地把脑袋靠在椅背上。

封雅颂的嘴唇轻轻地抿着，突然感觉自己对这个世界的看法发生了些许变化。她心里好像被填满了一角，同时却更加孤独了。

公交车在小区门口的站牌旁停下，封雅颂下车往家里走。小区里的树木都极老了，头顶的树冠交缠在一起。路灯光线昏黄，好像可以映出这暖夜空气流动的模样。

这个世界，平淡如常的底下，好像涌动着更为浓稠的东西。

封雅颂打开家门，换上拖鞋，径直走到卧室拿起手机查看。

没有他的微信消息。

这是自然，现在刚晚上八点，他不会主动来打扰她。

封雅颂没有开卧室灯，捧着手机坐在木地板上。

手机屏幕发着幽幽荧光，与他的聊天框已经被几条群消息压到了下面，封雅颂点开两人的聊天框看了一分钟，终于忍不住打字发过去。

小颂："我刚刚吃完饭了，吃了火锅。"

小颂："你晚上吃了什么？"

他没有即时回复。封雅颂靠在床边想了一下，觉得还是等到约定的十一点半再联系他比较好。她又赶紧把这两条消息撤回了。

封雅颂站起来，打开卧室灯，坐到书桌前，想在这段时间里抓紧多写点作业。

她读完一道题目，刚拿起笔，放在桌角的手机突然跳出提示。

第二章 通电话

姓名 ——— 性别 ——— 年龄 ——— 所在地

番 —— 封 —— 线

姓名

封雅颂的目光移到手机上。

绳师 27 号："下午学得怎么样？"

封雅颂将笔放下了，手指打字。

小颂："我已经把明天上午的一大半任务都完成了。"

小颂："很久没有这么充实了，连着学了几个小时，还蛮开心的。"

绳师 27 号："那很好。"

小颂："嗯。"

小颂："一定是你的礼物太有诱惑力了。"

对方似乎在做其他的事情，等了几分钟，才打字过来——

绳师 27 号："我晚上，也是吃的火锅。"

封雅颂微微一怔，意识到刚才撤回的消息已经被他看到了。

他所谓的"随时"，真的是随时。她发的消息，他都能立即关注到。

小颂："好巧。你吃的什么火锅？"

绳师 27 号："重庆老火锅。"

小颂："我吃的是清汤的。"

小颂："我其实更爱吃麻辣锅底，比较有感觉。"

绳师 27 号："嗯。"

简短的回答，封雅颂突然心中一动。

小颂："你现在正在吃饭吗？"

绳师 27 号："对，还在桌上。"

封雅颂笑了一下。

小颂："那你快吃吧。"

绳师 27 号："吃好了。朋友在聊天，轮着喝酒。"

小颂："白酒吗？"

绳师 27 号："白的啤的都来。"

绳师 27 号："你呢，能喝酒吗？"

小颂："不太能喝。"

绳师 27 号："嗯。大学里喝酒的机会还是少。"

小颂："都说酒量是先天的，有的人天生就不容易喝醉。"

绳师 27 号："是练出来的，会喝就不容易醉。"

小颂："哦。"

封雅颂托住脸，她感觉他此时并不忙，还算悠闲，只要她说话，他都会回复。可她一时不知道该聊什么了。最后，封雅颂硬挤出了个话题。

小颂："对了，你有没有什么推荐的电影？"

绳师 27 号："？"

绳师 27 号："你这几天任务很紧。"

小颂："知道的。可我今天已经学习一下午啦，睡前想看个电影。"

小颂："明天再继续抓紧。"

绳师 27 号："正经电影吗？"

小颂："……"

小颂:"当然啦。"

唉,果然那时她的操作被误会了。

对方倒是直接回复了。

绳师 27 号:"电影啊,我最近看了几部杜琪峰的。"

小颂:"我听说过这个导演。好看吗?"

绳师 27 号:"不错。"

几秒之后,他又问:"真的只是问正经电影?"

封雅颂的心往上提了一下。

绳师 27 号:"刚才,我朋友问我笑什么。"

小颂:"你笑什么?"

绳师 27 号:"笑你。"

绳师 27 号:"小姑娘。"

封雅颂把脸埋进胳膊里,蹭了一圈才抬起来。

封雅颂的脸皮都快熟透了。

几秒钟之后,对方发来了两行数字。

绳师 27 号:"账号和密码,你直接登录我的网盘,里面的电影很丰富。"

小颂:"嗯。"

封雅颂简单地翻了一下他的电影库,很快返回聊天界面,看着那个十一位数字的账号。

小颂:"这个账号,是你的手机号吗?"

绳师 27 号:"对。"

绳师 27 号:"可以记一下。"

封雅颂将他的号码添加到了手机通讯录,输入名字时,她没有写

"绳师 27 号"这个网名，也不知道他的真实姓名，只填了"27"这个数字。

保存好后，封雅颂把自己的手机号也发给了对方。

小颂："这是我的手机号。"

绳师 27 号："好。"

封雅颂等了一会儿，心中生出了一个小小的问题。她慢慢地打着字，对方的消息却先过来了。

绳师 27 号："以后不用主动透露信息给我。"

小颂："嗯？"

绳师 27 号："不仅是我，无论是群里，还是网络上的其他人联系你，尽量不要透露个人信息，比如电话、住址，尤其是不要露脸和发照片。"

小颂："嗯，知道的。我的自我保护意识还是很强的。"

小颂："我只是觉得，你是好人。"

绳师 27 号："你还并不认识我。"

小颂："从聊天可以感受到的。"

绳师 27 号："聊了几句，我就是好人了？"

小颂："你不是吗？"

对面停顿了一下，然后回复："还好，我不是坏人。"

封雅颂轻轻地笑了一下，感觉自己的问题也轻飘飘的。

小颂："可是，不发照片的话，你不好奇我长什么样子吗？"

绳师 27 号："会好奇。"

绳师 27 号："不过如果一直持续联系，我们会有机会见面的。"

小颂："如果我又胖又丑呢？"

绳师 27 号:"胖不怕,丰满点也很好。"

小颂:"要是我长得很不好看呢?"

绳师 27 号:"听实话?"

小颂:"当然。"

绳师 27 号:"那可能以后联系就少了。"

小颂:"这么诚实啊?"

绳师 27 号:"是。"

绳师 27 号:"其实,我现在能够想象出你大概的模样。"

小颂:"我是什么样的?"

对面描述着。

绳师 27 号:"你一定不胖,很纤瘦。皮肤白,文静。"

绳师 27 号:"别看现在聊得起劲,如果在现实生活中碰了面,你会很拘谨安静,因为你的社会经验非常少。"

封雅颂不自觉地转动着椅子,朝屋角瞥了一眼,又很快收回目光。

绳师 27 号:"你在生活中被保护得很好,从小到大,几乎没受过什么欺负,也很少受到打击与惩罚。但是你有着很强的自尊心,可以说,你的压力都是自己给的。"

封雅颂看着他发过来的描述,很准确,但仿佛是在解读一个陌生人。

小颂:"如果我并没有受过伤害,那我为什么宁愿把心里话说给陌生人听呢?"

绳师 27 号:"人有些特性,是与生俱来的。"

绳师 27 号:"你想要把控制权交出去,体验一下被管住的感觉。你在正常生活中无法完全敞开心扉,因此是体会不到的。"

封雅颂轻轻地呼吸着，看了一眼手机上的时间，已经九点半了。

小颂："现在我家人不在。"

绳师 27 号："嗯？"

小颂："我们现在可以打电话。你方便吗？"

聊天框上出现了"对方正在输入……"的提示，又消失了。他没有再说话。

等了一两分钟，电话打过来了。

不是微信电话，而是直接用手机拨过来的。在手机振响的那一刻，封雅颂的心飞快地跳起来。

她握着手机站起来，走了两步，最后靠在床头坐下。

接通后，她缓了缓才开口："喂？"

一辆车从楼下开过，光影透过窗户映在墙上，"唰"地一晃，很快又消失了。

同时，听筒里传来一道男声："你好啊，小颂。"

他的声音很低柔，咬字标准，比想象中更斯文一些。

封雅颂回应他："你好。"

"想听我说话了，是吗？"

封雅颂轻声说："嗯。你都猜到我的样子了，我还不知道你的。"

"你也可以猜一下。"

"我猜不到的，所以，我想起码听一下你的声音。"

对面的呼吸声悠长而清晰："现在听到了，怎么样？"

封雅颂说："好像很温柔。"

"温柔？是吗？"对面低低地笑了一声，"我今天有点喝多了。"

封雅颂问："你还在饭店吗？"

"换了个地方，来唱歌了。"

"哦。"封雅颂低头看着自己的左手手指，手掌前后翻了一下，她问，"那你，唱歌好听吗？"

"挺好听，朋友公认的。但我今晚一首没唱。"

"为什么不唱？"

"跟你聊天了。"对方又道，"一直拿着手机窝在沙发上。"

封雅颂心里一暖，很轻地"哦"了一声，然后下巴抵住膝盖，不自觉地蜷缩起来。手机里传出混杂的乐声，很轻，似乎对方在包厢外面。

"小颂。"他又喊了她一声，然后问，"这是你的小名？"

封雅颂问："不能是我的网名吗？"

对方说："不像，很真实。"

封雅颂"嗯"了一声。

"是我的小名。我名字的最后一个字，是'颂'。"然后她问出了刚刚就想问的问题，"你把我添加到联系人时，备注是什么啊？"

"小颂。"

"没有别的备注吗，比如地区之类的？"

"只是小颂。"他问，"你希望我怎么称呼你？"

封雅颂捏着裤子的边角："叫小颂就可以。我的家人、朋友都这么叫我。"

"嗯。"

封雅颂说："只是，我刚才在纠结给你备注什么。"

对方反问："你不知道怎么称呼我吗？"

封雅颂想着说："总不能叫你'27 号'吧，好像机器人似的……"

"可以。"

对方停顿了几秒的时间，随后低低地说："如果见了面，也可以这样称呼我。"

他的声音通过话筒在耳边放大。封雅颂锁紧脊背，小声地问："我们不是，不用见面的吗？"

"这样吗？"对方似乎轻轻地微笑了一下，"这几天里，你难道没有一个瞬间改变了主意吗？"

"我……"封雅颂一下子想到了自己翻衣柜的举动，忽然感到脸上发热。

"其实，你有改变我的看法。"他说，"跟你聊天很舒服。一些瞬间，感觉只是这样倒也不错。"

封雅颂轻轻地说了声"那……"，又消音了。

背景音变得更小了，似乎他往远处走了几步。

"'十一'之前，我会监督你按计划做事，帮你脱离这个压力的循环。如果你表现得好，我就会一直像现在这样，按你的说法就是，保持——温柔。"

封雅颂问："那我……又能做些什么呢？"

说完她意识到自己没有表达清楚。她的意思是，对方替自己着想，督促自己变得更好，那她又可以替对方做什么呢？对方是否也有压力，需要倾诉呢？

但他似乎理解了。他说："你保持自觉，不要被我发现偷懒就可以了。"

封雅颂感觉他们头顶的空气似乎通过声音联结了一起。她专注地握着手机，卧室外大门被钥匙打开的声响，她都没留意到。

客厅里响起封妈的声音:"来,出来试试这件衣服。"话音刚落,房门已经被拧开了。

封雅颂飞快地挂断电话。

封妈站在门口,先看向窗边的学习桌,然后再看着蜷在床上的封雅颂,犹疑涌上她的脸:"怎么,没学习啊?"

封雅颂的心都快跳到嗓子眼儿了,她不动声色地说:"学了啊,刚休息一会儿。"她往后靠在床头,"物理题算得累死了。"

封妈走了两步,到桌前看了一眼。桌面上摆着她下午刚写好的物理作业。封妈的脸色一下子恢复了正常,伸手把台灯给关了,说:"不看书记得关灯。"

封雅颂把手机往枕头下一塞,站起来:"你刚说什么衣服啊?"

封妈一下子找回话头:"今天逛街给你买了两件衣服,刚才放车里忘跟你说了。"她转身往外走,"来,穿一下试试。"

封雅颂来到客厅,拆开购物袋,抖开衣物,一件卡通 T 恤、一条工装短裤。

封雅颂几下就套在了身上。

封妈走过来,拽拽她的裤腰:"腰身有点肥吧?"

封雅颂低头看着说:"可以的。"

封妈退后一步,瞅了一眼整体效果,然后点头:"也行,这款式就是宽松的。"她又示意封雅颂转过身去,"上衣大小也还行吧?"

封雅颂被迫转圈展示了一遍,她站在沙发前说:"妈,我去照镜子看看。"

封妈说:"嗯,你去照照。"

封雅颂来到大卧室的全身镜前,T 恤版型很好,裤型也剪裁立挺,能看出质量都很好。封雅颂照着镜子说："我今天发现我的衣服都是T恤。"

封妈走过来："你上学都穿校服，就外套里面能套件T恤，买别的你也不穿啊。"她又说，"你不是喜欢《猫和老鼠》吗？这T恤还是联名款呢，我就看这个印花你可能喜欢才买的。"

封雅颂看着胸前的图案，汤姆猫追着抱着奶酪的杰瑞跑，活灵活现的。

"挺可爱的。"

"对嘛。前几天你说想要一条及膝的短裤，我今天正好看到，就给你买了。"

封雅颂"嗯"了一声："又没说不喜欢，我只是觉得好几年都没穿裙子了……"

封妈"哧"地一笑："你不是就喜欢这种宽松的风格吗？"

封雅颂说："哎，就是突然感叹一下……"

封妈说："我有两件连衣裙，你想穿可以拿来穿。"

封雅颂说："你的衣服我穿太成熟了。"

封妈往衣柜走："别说，有一件是棉布的，带个娃娃领，我穿还嫌嫩呢。我给你找找……"

封妈从衣柜里面翻出了一条棉麻连衣裙，还有一条开衩的丝绸连衣裙。

封雅颂把丝绸连衣裙还回去："这个我穿不了。这个穿高跟鞋才好看。"

封雅颂套上那条棉麻连衣裙，对着镜子照了照。

米白色的，显气色，圆领，无袖，适当的露肤度。一个转身，裙摆拍打着小腿。

封妈站在后面看："不错，这裙子你穿着合适。"她打量着说，"搭个小外套也好看，你不是有件牛仔外套吗？"

"十一"的时候，天气应该转凉了吧？

任由母亲絮叨，封雅颂看着镜子里的自己，有一瞬间出神。

封妈把新买的衣裤塞进洗衣机里洗了。封雅颂把连衣裙挂进自己的衣柜，关好柜门，坐到书桌前。

手机安安静静，没有一条消息。

封雅颂点开通话记录，发现他们方才打了二十六分钟电话。

戛然而止的通话，他什么也没有追问，似乎知道不要来打扰她。封雅颂点开聊天框，给他发消息。

小颂："刚才我家人突然进屋了，抱歉啊。"

他的回复没有令人等太久，虽然简短。

绳师 27 号："嗯。"

他被迫与她偷偷摸摸地交流，像是做坏事要藏着一样，他心里的滋味应该不太好受。于是封雅颂又补充了一句："我妈逛街时给我买了新衣服，刚才叫我去试一下。"

他没有跟着她的思路走，突然问："想听我唱歌吗？"

小颂："你在唱歌？"

绳师 27 号："你家人现在在家里了吧？"

小颂："对，他们都回来了。"

绳师 27 号："你不用说话，插上耳机听。"

封雅颂赶紧翻出耳机。

小颂："好了。"

下一秒，来电提示出现在屏幕上。

封雅颂塞上耳机，接通电话。

电话那头很喧闹，除了巨大的音响声，还有许多人在说话，有男也有女。封雅颂听到他跟一个人说："切下一首。"

背景音骤然一换，由嘈杂变得舒缓起来。前奏过后，他的声音透过话筒传出来。

是首英文歌，起初是低沉的吟唱，几句过后，磁性的嗓音骤然放大。副歌部分久久循环着深情的曲调，封雅颂坐在桌前，感到浑身的毛孔都收缩了。

他唱歌时尾音缓缓拉长，伴着轻微杂音，反而更加真实。

他说得没错，他唱歌确实不错。

封雅颂忘记了回应，也根本没想到录音，直到一首歌唱完，安静几秒，他的声音重新拉近。

"好了，我这边先挂了。"

耳机里的声音被掐断。

封雅颂这才回神，给他打字。

小颂："真的很好听。"

绳师 27 号："听完了，该睡觉了。"

绳师 27 号："你明天的计划是早上七点半开始。"

封雅颂又跟他聊了几句，才道了晚安。她去卫生间刷牙洗脸，脑子里一直循环着方才的曲调。

回到被窝，她凭着记忆在网上搜索歌词，搜到一首歌叫 *Half A World Away*。她点开，一听前奏，就知道对了。

封雅颂唇角微扬，塞着耳机，默默地把这首歌又听了一遍。

You’re half a world away,

And no one is to blame.

If love outlives its day,

And turns into an ember from a flame.

…………

封雅颂惦记着早起学习，热情高涨，生物钟比闹钟还好使，早上睁开眼睛一看，六点五十。

她把还没响起的闹钟关了，伸了个懒腰，下床洗漱。

卫生间的水声“哗哗”响，封妈闻声过来了：“今天起得挺早啊。”

封雅颂往牙刷上挤牙膏：“不是怕开学起不来吗？”

封妈笑着往厨房走：“真是要高三了，精气神都不一样了。”

封雅颂吃完了一个煎蛋、小半碗阳春面，倒了一大杯清水，于七点二十在书桌前坐好。她先拿起手机发了条消息。

小颂：“打卡，我开始学习啦。”

不过两秒钟，对面回复：“好。”

封雅颂舒心地笑了，把手机扣在桌角，想了想，又起身把手机“关”进床头柜的抽屉里。

她坐回来，手指捋着计划表，今天上午要完成十页生物题、两张化学试卷，下午和晚上继续写十页生物作业、两张英语专项训练报纸、两套数学模拟卷。

封雅颂喝了口水，从化学试卷开始动笔。

一上午的时间在思维流转中“唰”地过去了。十二点半的时候，封雅颂完成了上午的全部任务，比指定的十二点迟了半小时，但可以接受。

封雅颂站起来，走到客厅伸懒腰，看到封妈因怕吵扰自己，站在阳台上讲电话。

阳台窗户开着，外面一点风也没有，封妈的讲话声飘出纱窗，和热辣的阳光混在一起。她瞥眼看到了封雅颂，冲电话又应了几声，然后挂了电话。

走回客厅，封妈说："衣然妈妈打来的。衣然她们明天就开学了。"

封雅颂诧异："这么早啊，现在不是都取消补课了吗？"

衣然是封雅颂从小学到高中的好朋友，爱笑爱玩，人缘儿好，只是成绩不好。高二结束，她父母托关系给她找了一所出了名严格的重点高中借读，想让她在高三这一年好好冲刺一下。

封妈说："她们要提前几天过去，熟悉一下环境。"她又叹息，"唉，高三一来，家长比孩子都焦虑。你说衣然挺机灵的小女孩，怎么就是不爱学习呢，非得跑到外面让人管着受罪去。"

封雅颂说："其实她应该走艺术特长生路线的。她爱唱歌，又一直学声乐，可是她妈……"

封妈边往厨房走，边继续说着："真是的，还是我女儿省心，哪儿也不去，就在咱家附近上学，照样能考好。去外面，光借读费就得先交几万块钱，关键是孩子也受罪啊……"

封雅颂默默地闭了嘴，跟着往厨房走："中午吃什么啊？"

封妈打开高压锅盖："豆角炖排骨。你去盛饭吧。"

吃完午饭已经一点多了，封雅颂回到卧室休息。

在学校正常上课时，封雅颂习惯午睡半个小时。暑假一来，作息就乱套了。今天专注地学了一上午，头脑发涨，确实应该睡个午觉，下午才有精力。

封雅颂定了个闹钟，闭眼躺在枕头上。刚迷糊起来，电话铃声突然响了。

封雅颂摸起手机一看，衣然打来的。她打了个哈欠："喂？"

"喂，小颂！下午出去浪啊！"

封雅颂坐起来，一时思绪纠结，顿了下，问："你的手机不是被没收了吗？"

衣然无比精神："我明天就要去上学了，今天我妈把手机还我了，让我这半天好好玩玩。小颂小颂，咱们下午两点在你家小区门口碰头怎么样？"

封雅颂的声音压了压："我……今天下午有事。"

"什么事啊？约别人了？"

封雅颂心头挂着"要写作业"这几个大字，可怎么也说不出口。

衣然又说："唉，这可是最后的放纵了，明天开始我就要被关起来了。就这半天了，小颂，一整个假期，我可就能蹦跶这半天了。"

封雅颂叹了口气，心想，算了。她起身穿拖鞋："好，下午一起出去玩玩吧。"

衣然声音雀跃："我们可以去那个新开的商场，看个电影，吃点东西。最近上映了一部……"

封雅颂拿着手机走到卫生间，照了照镜子，说："我们两点半碰面吧，我得洗个头发。"

衣然说："行，我把陈浩也叫上。两点半在你家小区门口集合。"

挂了电话，封雅颂跟封妈说明了情况，封妈自然同意："去吧，好好聚聚。"

封雅颂洗头发时，封妈在客厅对她说："五百块零花钱，给你放桌子上了，请朋友吃点好吃的。"

封雅颂插上了吹风机，没有按开关，掏出手机，站着给绳师 27 号发消息。

小颂："我下午突然有事情要出门。"

小颂："可能，今天的任务完不成了……"

封雅颂本来就感到心虚，发完消息心更虚了。

他没有回复。

封雅颂等了几分钟才开始吹头发，吹几下就看一眼手机。始终没有任何新消息，"绳师 27 号"几个字安安静静地挂在那里。

封雅颂梳好头发，换了衣服，把钱装进小背包里，跟封妈打声招呼就出门了。

衣然已经等在小区门口了，正踩着一块方形地砖转圈。见到封雅颂，她挥手叫了声："小颂！"然后蹦跶着扑过来，搂住封雅颂的肩膀。

封雅颂弯腰笑了一下，然后转头看她："你瘦了不少啊。"

衣然说："我都两个月没吃晚饭了。已经到瓶颈期了，就这样了。"

衣然穿着牛仔短裤，一双腿修长，且上衣窄短，腰带上方露出一截肌肤。封雅颂说："你不用减肥，这样就很好的。"

衣然拍拍自己的大腿："给你吧，咱俩换。我就想要娇瘦一点，也让你变丰满点，怎么样？"

封雅颂说："我倒是想换，你给想个法子吧。"

她们聊着，陈浩从道路一头走了过来。

陈浩是衣然的发小，高中他们分到了一个班，跟封雅颂也就熟了。

陈浩是个实打实的学霸，脑子好使，不过外表乍一看有点木。他瘦高又板正，厚框眼镜一架，衬得他整个人像个镜框展示架一样。

陈浩将手里拿着的两瓶果粒酸奶递给两个女生。

衣然接过来开盖喝了一口，然后道："我们还得留着肚子喝奶茶呢。"

他们在路边拦了辆出租车，直奔商场而去。

在路上，陈浩坐在副驾驶位，用手机软件看电影票。他回头说："有下午四点的电影，看完正好吃晚饭。"

衣然说："行，就这个点的吧。我们去了先逛一逛。"

封雅颂见他开始付款，说："我们电影 AA 吧。多少钱？"

陈浩忙说："不用不用，我请你们俩看。"

衣然往车后一靠，说："没事，一会儿我们请他吃鸡米花，喝可乐。"

陈浩推了推眼镜，笑了一下："对，你们给我带份小吃就可以。"

下车后，衣然带头走进商场，一眼瞅见了游戏厅的广告："有娃娃机。"她向前走近几步看，"在六楼。走，咱们抓娃娃去。"

他们带着目标直接钻进直梯里，出了电梯径直往游戏厅里走。

游戏厅里闹哄哄的，陈浩等着换游戏币，封雅颂跟着站在后面，衣然走过去往队伍后一排，笑着说："我们应该换个顺序，我第二，小颂排最后，这样排队就是由高到低了。"

封雅颂一看还真是，衣然一米七左右，陈浩一米八几，她这个一米六出头的站在两人之间，陡然凹下去一块。

陈浩扭头道："我们又不是按个头排的，是按成绩排的。"

封雅颂琢磨着笑了一声。

衣然不在意地耸耸肩，配合着依次指着："清华北大，重本，垫底。"

封雅颂对她说："你高三那个学校据说押题很准的，老师管得也严，你起码要挑个喜欢的大学当目标呀。"

衣然说："我啊，真不是学习的料子，只想赶紧毕业做点真正喜欢的事情。还是你们俩好好比学赶帮超吧。"

终于排到了，陈浩换好了一筐游戏币走出来。衣然推着他往旁边走："娃娃机在那边。"

陈浩指了指一旁的投篮机："我玩这个，你们去抓吧。"

衣然把他手里的小筐接过来，抓了一小把游戏币留给他："没了再来要啊。"

她跟封雅颂走到一排娃娃机前。

"先抓个什么呢……不然，这个乌龟吧？"

衣然凑近看着娃娃机里面的东西，一转头，看到封雅颂正低头看着手机发呆。

"来来来，一起抓啊，你看这个乌龟贼丑。"

封雅颂恍然抬起头来，"哦"了一声走过去，看着玻璃柜里的毛绒乌龟，灰头土脸，表情猥琐："这个也太丑了吧。"

衣然将硬币一枚一枚地往机器里塞："哈，就是这种风格。我们一人抓一个，放床头还辟邪呢。"

大约尝试了十次，衣然终于收获了一只乌龟。她欢呼着把玩具拿出来，回头看到封雅颂在发愣，一点喜悦也没有。

"怎么了？"她迟疑着问，"你是不是下午真有别的事啊，为了跟我玩耽误了？"

封雅颂挤了一个笑："没有啦。"

衣然说："感觉你心事重重的，真没事吗？"

封雅颂说："可能太久没出来玩了吧。"

衣然点了下头："放轻松啦，现在是暑假，别每天就是学习。"她把封雅颂往前推了一下，"来，你挑着抓一个，别光看我玩啊。"

封雅颂抓了一个哆啦 A 梦后，衣然又抓上来只龙猫，这时陈浩走过来找她们："走吧，电影要开始了。"

衣然晃了晃筐里的硬币："还有一半呢。"

陈浩说："先看电影，看完再回来。"

他们买了小吃，刚找到座位坐下，影院里灯光一黑，影片开始了。

大荧幕光影晃动，上来就是一场激烈的打斗。封雅颂抬头看着，渐渐出神，电影情节没在她的脑海里留下什么印象。她回过神来，视线一瞥，发现左手边坐着衣然，右手边是过道。

封雅颂把包拿到右边，悄悄地点开手机看了一眼。

还是没有他的任何消息。

封雅颂陷在柔软的沙发椅里，感觉心里不太舒服。不是不安，也不是害怕，而是因被忽略而产生的一种酸涩，总之很不是滋味。

电影结束后，她和衣然去上厕所。关上隔间的门，她又检查了一遍手机，依旧没有消息。

封雅颂在心里叹气。

看完电影已经是饭点了，他们没有继续在游戏厅玩，把游戏币退掉之后，走进一家铁板烧店里吃晚饭。

白衣白帽的厨师站在面前将食物烤得飘香可口，衣然一个劲儿地说自己要减肥，只能吃蔬菜，最后还是啃了几块带骨牛排，吃了一大盘虾。

商场九点半关门，他们踩着最后的时间点离开商场。等了十几分钟，他们才拦到一辆出租车。

衣然和陈浩家就在隔壁的小区，但天色晚了，就让出租车再多送一段。封雅颂先下车，站在路边和他们挥手告别。

出租车驶过红绿灯，汇进了车流里。

封雅颂走进小区大门，拿出手机一看，十点了。

小区蒙上了夜晚的寂静，只有零星的路人。封雅颂路过空荡荡的健身广场，停在一个树坑旁边。

小颂："我回来了。"

她等了一下，又解释着。

小颂："我最好的朋友明天就要去外地了，约我下午出去聚一聚，所以……"

加上上午的几条消息，整个屏幕上都是她一个人的话，他没有回复一句。

封雅颂的头低了一下，这时聊天框上方突然出现了"对方正在输入……"的提示。

绳师 27 号："今天是计划开始的第一天。"

他终于回话了，封雅颂赶紧打字。

小颂："我知道。"

小颂："今天的事情真的是状况外的，以后不会了。"

绳师 27 号："今天的任务还剩多少？"

下午四个小时，晚上四个小时，除去昨天提前完成的一些——

小颂："还需要差不多五个小时。"

绳师 27 号："晚上回去加班完成。"

封雅颂微微咋舌。

小颂："那就到凌晨三四点了。"

绳师 27 号："想早点睡就提高效率。"

小颂："可是……还剩下四天呢。我从明天开始，每天早起一个小时，然后晚睡一个小时，把今天落下的学习时间补上来，可以吗？"

对方停顿一下，突然问："你家人在吗？"

小颂："我在楼下了，还没有回家。"

下一秒，手心振动，他的电话打过来了。

第四章 小奖励

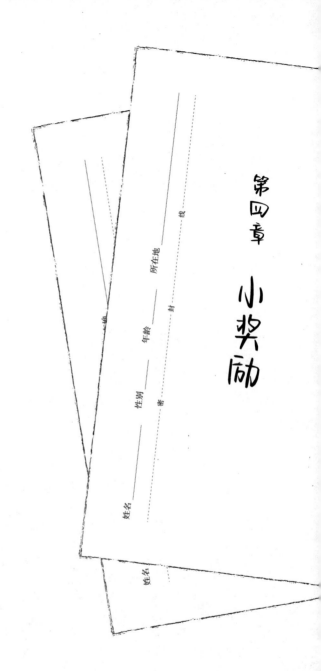

　　封雅颂接通电话，视线轻飘向夜风穿过的楼前空荡荡的健身广场，那些太极轮、蹬力器、小秋千等都纹丝不动。

　　她像是被逮到错误，不太敢开口，最后弱弱地道了声："喂？"

　　电话那头，他说："听着，我不想重复浪费时间了。今天的任务，你今晚必须完成。"

　　她已经"认识"他的声音了，不过再听也觉得陌生。安静的楼下，那声音令人心里发痒。

　　封雅颂脱口而出："可是……"

　　"嗯？"

　　"没什么。"语言比文字来得严厉，她默默消声。

　　"可是？"他追问，"你还想说什么？我听你说完。"

　　封雅颂轻轻挪动着："可是，熬夜太晚，明天白天会犯困，效率也低……"

　　"是吗？"对方的声音低了一度，"你总是这样为自己找借口吗？"

　　封雅颂微微一愣，一个字不自觉地从嘴里蹦了出来："我……"

　　"今天有推不开的聚会，明天就会有躲不掉的饭局，后天终于开始学习，却因为遇到困难而丧失信心，干脆看个电影换换心情吧，那么很快，你就会因为作业堆得太多而彻底'摆烂'。一个人，总是太容易对自己心软，这就是拖延的主因。"

封雅颂轻轻地呼吸着，彻底安静了。

"你知道吗？小时候，如果我贪玩了，我的母亲会让我在坚硬的地板上跪一整晚。昏暗的灯光照在我的头顶，我把书本摊在面前的椅子上面，感受着膝盖的刺痛，背完所有的课文。这真是我小时候效率最高的学习方式。"

封雅颂怔怔地举着手机，此时楼下十分安静，一个人影也没有。她内心隐隐有些沸腾，这场管理与约束的角色扮演，因为有一股真实的情感注入，忽然间感觉更加真实起来。

终于，他又沉声问："你现在，还有其他借口吗？"

封雅颂轻声回答："没有了。"

"那好，现在迅速回家，开始学习。"

封雅颂稍微犹豫，对方又说："我希望我可以管住你。从现在开始，我只等你五分钟。

"还有四分半。"

封雅颂立即迈进楼道，小声地说："那，我挂了。"

三步两步上了楼，封雅颂掏钥匙拧开家门，听到封妈的声音从大卧室传来："回来啦。"

封雅颂应了一声，换上拖鞋，看封妈躺在床上边看电视边敷面膜。封妈随口问："你们晚上吃什么了？"

封雅颂说："吃了自助铁板烧。"她又说，"妈，你困了先睡吧，我晚上吃太撑了，回屋里学习一会儿。"

封妈隔着面膜纸按摩脸颊，说："这么晚了，别熬太晚啊。"

封雅颂说了声"知道了"，刚往卧室走，封妈又提醒说："倒杯水喝，大晚上吃烧烤容易上火。"

封雅颂知道自己不倒，封妈等会儿也会端过来，于是她赶紧去厨房倒了杯水，回屋关上房门，把水杯放在书桌上。

封雅颂拿出手机看，时间过去了四分钟。

小颂："我回来了。"

绳师 27 号："坐在桌子前了？"

小颂："还没有。"

绳师 27 号："去坐好。"

封雅颂不自觉地咬了下唇，立即把自己塞进了书桌和座椅中间，同时把需要完成的作业题在桌面上摆好。

小颂："都好了。"

绳师 27 号："接下来，你每完成一部分学习任务，都要向我汇报。可以是半个小时，也可以是两个小时。除此以外，不要再碰手机。"

绳师 27 号："不必回复，你可以开始了。"

封雅颂把手机收到桌角，垂下目光，抚平试卷。仿佛被下达了一项必须执行的指令，她深深地呼了口气，立即静下心学习起来。

她首先做的是数学试卷。这张模拟卷难度较大，只从几道选择题就可见一斑。

封雅颂把左手撑在额头上，右手在草稿纸上快速地演算。

书桌前的灯光暖亮，卧室窗帘未拉，窗外夜色浓郁。

初始，隔壁卧室偶有窸窣响动，不久后电视剧的声音消失了，封雅颂知道母亲已经入睡。这样就更加安静了，外面寂寂无声，没有人，没有车，连蝉鸣都没有。

屋里只有她自己的呼吸声，还有笔尖落在纸页上的"沙沙"摩擦声。

终于，封雅颂写完了这份数学模拟卷，抬起头来，摸过手机。

时间已经过去了三个小时，比她预计用时要久。

小颂："今晚的任务，完成了一半。"

过去了这么久，他还在等吗？

不过几秒，他的回复便传来了。

绳师 27 号："很好，继续。"

简短，却带着鼓励的语气，封雅颂不禁感到心中一暖，立即一鼓作气，又把英语专项训练报纸换到了面前。

英语题目零碎繁多，封雅颂凝神写了两页，感到眼皮不自觉地开始往下沉。

她不禁瞥了一眼屋里柔软的床铺，又赶紧把目光收了回来，努力地摇了摇头，使自己清醒。

必须，必须把今天的任务完成。

终于撑不下去的时候，封雅颂的耳边忽然响起他的声音。

"一个人，总是太容易对自己心软，这就是拖延的主因。"

封雅颂推开椅子，站了起来，把作业题放在了学习椅上，自己则在椅子前跪下了。

"……是我小时候效率最高的学习方式。"

膝盖触地的那一刻，她的心居然异常地狂跳起来。这个姿势令人不安，却又分外刺激，好像她在以一种自苦的姿态，做着最虔诚的事情。

卧室的地板又硬又硌，时间久了，一丝丝的凉意传递到膝盖。可是这样的方式，却意外地令人的注意力集中起来。

封雅颂握紧笔，快速地写着题目，在心里面对自己说："这样很难受对不对？快点完成作业，就可以快点结束，站起身来了。"

等到做完英语最后一篇阅读，封雅颂心里一轻。

好啦，终于完成了。

封雅颂扣上笔帽，探身从桌子上拿起手机。屏幕黑着，按了两下，她才发现已经关机了。

她握着手机，赶紧站了起来。

膝盖跪了太久，一点劲儿也没有，乍一起身，两条腿都麻了。封雅颂向前踉跄了一下，赶紧伸手撑住桌子，桌子撞击墙壁，"哐当"响了一声。

声音巨大，在寂静的凌晨显得格外突出。封雅颂吓了一跳，撑着桌子小心屏息，等了几秒钟，没有听到隔壁卧室传来声音。

封妈应该已经睡熟了。

封雅颂松了口气，一边朝窗边慢慢地移动，一边小范围地活动膝盖和双腿，等了一会儿，才感觉双腿重新过血，知觉慢慢地回来了。

封雅颂来到床头插上充电器，换了睡衣上床。她撩起裤腿，看到膝盖红得泛紫，还有几道深深的裤印，是先前牛仔裤的纹路硌出来的。

封雅颂给膝盖吹了吹气。几分钟后，手机开机了。屏幕时间显示已经凌晨三点半了。

她居然真的学了这么久。

封雅颂捧着手机，感觉有点茫然，却又觉得有些奇妙。她用手指打字。

小颂："刚刚手机没电了。"

封雅颂疲累地打了个哈欠，揉揉眼睛，看到他已经回话。

绳师 27 号："第一天的任务完成了？"

小颂："嗯，都完成了。"

绳师 27 号："好。"

绳师 27 号："明早七点半继续。"

封雅颂将脸压在枕头上，熬夜熬得头脑发涨，已经感受不到困了。

小颂："你，一直没有睡觉吗？"

绳师 27 号："等你汇报。"

小颂："哦。"

封雅颂停顿了一下，然后继续与他对话。

小颂："刚刚剩下一半的任务，我是跪着完成的。"

说完，封雅颂脸上一热，有些后悔告诉他。

小颂："我是因为太困了……"

绳师 27 号："不拖延，就不必受到这样的惩罚。"

绳师 27 号："今日事今日毕的道理，你应该学会了。"

对方似乎丝毫没有意外。

封雅颂握着手机翻了个身，也不知道要回什么话。等了片刻，她乖乖地打了个"知道了"。

对面这时问："膝盖疼吗？"

小颂："嗯。很红，感觉肿了。"

绳师 27 号："自己用掌腹揉一下。"

小颂："按摩不会加重肿痛吗？"

绳师 27 号："不会。稍微用点力气揉开。"

封雅颂蜷缩起来，尝试着伸手揉肿痛的膝盖。果然，揉起来没有想象中疼，反而缓解了不少。

过了一会儿。

绳师 27 号："休息吧。"

封雅颂不自觉地点了下头，然后又打字。

小颂："嗯。"

小颂："那，晚安。"

绳师 27 号："晚安。放下手机，不用回话了。"

封雅颂还保留着打字的姿势，看着屏幕轻轻地呼吸。等了几秒钟，她才手指一按，将手机关了。

尽管天都快亮了，但计划中的学习任务全部完成，封雅颂心里其实是充实的。她感觉不到明显的困意，但其实很累了，闭上眼睛，一会儿就沉入了梦里。

早饭是八宝粥和小笼包。刚盛出来的粥热烫，小笼包鼓囊囊的。封雅颂坐在热气腾腾的桌子前，伸手抵住太阳穴，感觉头脑发涨。

封妈调了两碟蘸醋，在对面坐下了。

封雅颂拎起勺子搅动粥底，不经意地问："妈，你今天有什么安排吗？"

封妈瞅她："怎么了？"

"没怎么啊，就是问问。"

"以为你有事呢。"封妈夹了个包子放进碟子凉着，"我今天没空，要去学校。学校把语文组的办公室都调到一起了，我要从三楼搬到一楼，吃完饭我就去办公室收拾东西。"

封雅颂低头喝了口粥："又要搬啊，去年暑假你们不是换过一次办公室吗？"

封妈："去年是换了一批办公桌椅。"

"哦。反正我记得你是开学前天天去学校，收拾了好几天。"

"就是啊，学校一到假期就瞎折腾，要么装修，要么搬家。"封妈摇摇头，"不过这回也好，办公室搬到一楼，以后就不用爬楼梯了，倒是方便了。"

封雅颂咬了口包子，又蘸了蘸醋，随口问："那你中午回来吗？"

封妈："不好说。锅里粥和包子都还有剩，我中午不回来，你就自己热一下吃。"

封雅颂点头道了声"好"。

吃完早饭，封妈收拾一下就出门了。

封雅颂来到房间，把今天要完成的作业收拾成一沓，然后跟他发消息。

小颂："我开始学习了。"

聊天框上方闪过提示，下一秒，绳师 27 号："好。"

小颂："我还是，每完成一部分向你汇报吗？"

绳师 27 号："上午的任务全部完成再向我汇报，在这期间不要再碰手机。"

绳师 27 号："去吧。"

封雅颂抿了下唇，走了几步，看到手机又出现了新消息。

绳师 27 号："膝盖怎么样了？"

封雅颂撩起睡裤看了看。

小颂："比昨晚好多了，只有一小块瘀青。"

等了两秒，对方似乎在考虑。

绳师 27 号:"下一次找个软垫放在地上。"

封雅颂稍微一愣。

小颂:"跪在垫子上吗?"

绳师 27 号:"是。"

封雅颂挠挠头皮,觉得自己问了句废话。不然呢?摆个垫子参拜用吗?

不过跟他聊完,封雅颂倒是特意从客厅的沙发上挑了个蓬松的靠垫拿进了卧室。

她把垫子扔到了地上,试了试弹性,倒是合适。

只是啊,今天她准时开始了学习任务,就不必那样惩罚自己了。

封雅颂在书桌前舒舒服服地落座了。

绳师 27 号:"七点半了。"

小颂:"嗯,我在桌前坐下了。"

绳师 27 号:"开始吧。"

封雅颂把手机放在桌角,将练习册拿到了面前。

今天上午主要是做物理习题。物理是封雅颂最头疼的科目,她的物理作业几乎没怎么动笔,还停留在专项练习一的部分。

起初,关于匀变速直线运动的题目封雅颂还有点头绪,套着公式,画画草图,再对一下答案,基本能啃下来。后面有关牛顿第三定律的部分她就彻底蒙了,几个物块堆叠在一起,再加上斜面摩擦和弹簧外力,她一番受力分析得到的结果,和四个选项答案都不一样。

封雅颂翻到答案页,解析看了一半大脑就死机了。她叹了口气,挪动了一下膝盖,感到心里很痒。她想起身活动,想喝水吃零食,想看电视玩手机,就是不想再陷在天书般的物理题里了。

封雅颂下意识地瞥了一眼桌角的手机，那漆黑的屏幕像是某种警示牌，她又赶紧把视线转回来。

封雅颂直了直腰板，深深地吸了口气，耐心地把眼下的题目解析看完，并照葫芦画瓢地演算了一遍。

她在这道题目的序号上圈注了一下，紧接着开始看下一道。

终于，封雅颂硬着头皮把整个专项练习都过了一遍。六七页的习题，她往回翻看，大部分题目都被圈起来了，都是她看完答案并没有完全掌握的。

不过，这个专题大概的题型、涉及的概念和公式，她在心里已经建立起了系统的印象。

封雅颂从桌子上拿起计划表，在今天上午的学习计划后面打了个对钩，然后她把笔往桌上一扔，时隔几个小时，再一次拿起手机来。

小颂："上午的任务完成啦。"

她一边打字，一边愉快地念了出来。房间里只有她一个人，像是在满足地自言自语一样。

封雅颂站起身来，想要询问对方吃过午饭了没，一行话还没打完，对方先发了消息过来。

绳师 27 号："好了，休息吧。"

封雅颂把刚才的文字删了，重新打字。

小颂："那我下午两点再来跟你打卡？"

绳师 27 号："好。"

封雅颂顿感轻松，把自己往床上一抛，随意地刷起了视频。

快到一点的时候，封妈给封雅颂打了个电话，说她中午不回来了，晚上到家会比较晚。她告诉封雅颂冰箱里有半成品的卤菜和香肠，又叮嘱封雅颂把锅里的粥热透再喝。

封雅颂简单地吃了午饭，定好闹钟，睡了个午觉，下午准时开始学习。

原定的学习计划是下午两点到六点，晚上七点到十一点。封雅颂担心封妈晚上回家后会跟她聊天耽误时间，于是下午的任务完成后，她只稍微活动了几分钟，又赶紧开始做晚上部分的作业。

窗外天色渐渐暗了，床脚的手机始终安静。

终于，封雅颂放下了笔。她起身拿起手机，贴床坐下，看了下时间，晚上九点。

她大大地松了口气。

小颂："下午和晚上的任务都完成啦。"

绳师 27 号："很好。"

封雅颂刚想继续与他说话，外面的大门"咯吱"一声被拧开了。她听到封妈进了屋，在门厅换鞋。

封妈冲卧室里喊："还在学习呀，晚饭没吃吧？我买了……"

封雅颂赶紧打字。

小颂："我家人回来了，我先出去吃个晚饭。"

她站起身来，始终看着手机屏幕，直到——

绳师 27 号："好。"

封雅颂轻轻地笑了，把手机一按，塞到枕头底下，然后开门走出卧室。

封妈正拎着食品袋往里走，看到封雅颂，顺势把袋子塞到她的手里："拿碗把吃的盛出来，我去洗个手。"

封雅颂拎起袋子，往厨房走："买了什么呀？"

"一份炒河粉，一份云吞面，就我学校对面的那家港式餐厅的。"

封雅颂从橱柜里拿出两个大碗，解开袋子，把云吞面的塑料盒盖打开，将热烫的面条倒进碗里。炒河粉是干爽的，封雅颂拿了个大盘把它盛出来。

"呦，"封妈一脸惊奇地看着封雅颂狼吞虎咽地吃完了半份炒粉，然后大口喝着面汤，"真爱吃啊！"

封雅颂点着头："好吃。"

"来，再给你两个吧。"封妈捞起两个云吞递过来。

封雅颂伸碗接了，一勺一个吃了下去。

封妈看着她："哎，你还真是爱吃这家的饭。你上小学的时候，晚上放学我不知道做什么饭，问你，你总说要去吃这家港式餐厅。"

封雅颂说："主要是觉得饿了。"她把最后一根菜心吃了，站起身说，"感觉今晚胃口特别好。"

封雅颂把碗盘放进水槽。

封妈在她身后说："饿着了吧？中午肯定没好好吃。唉，我们办公室东西太乱，明后天我还得继续去学校。"

"没事，你好好收拾吧。马上要开学了，肯定要抓紧整理好的。"

封妈说："我明晚回来还给你带这家的饭。"

从厨房出来，封雅颂没等两分钟就说："我学习去啦。"

封妈应了一声。

封雅颂走了两步，又转身去了卫生间，刷牙洗脸一套都搞定了。

封妈问："这就刷牙洗漱了？"

封雅颂说："不早了，我回屋做做题，困了就直接睡了。"

封妈说："我还准备给你切点水果呢。得，端杯水去喝吧。"

封雅颂关好房门，摸出手机，倚着床头坐下。

小颂："我吃完饭啦。"

她以为对方准是又回复一个"好"字，可没想到——

绳师 27 号："吃了什么？"

小颂："炒河粉，还有云吞。"

绳师 27 号："好。"

封雅颂不禁笑了一下。

小颂："终于结束啦，明天又是新的一天。"

绳师 27 号："你今天提前了一个小时完成计划。"

绳师 27 号："明天也要保证高效，坚持是首要的。"

小颂："哦……"

或许觉得任务完成得不错，言语不该如此严苛，对方的语气缓和了一些。

绳师 27 号："我今天看了一部不错的电影。"

绳师 27 号："我把它放在了网盘第一栏，你可以看一看，困了就直接睡觉。"

小颂："算是我今天表现好的奖励吗？"

绳师 27 号："可以算。"

绳师 27 号："睡前小奖励。"

封雅颂看着这两条消息，不禁捧着脸笑了一下。

她把耳机找出来，然后缩进被子里，刚点开那部电影，新消息又过来了。

绳师 27 号："看完早点睡，不必回话了。"

封雅颂趁着这句话还热乎，连忙插进了一句话。

小颂："那，提前跟你说晚安。"

她等待着，屏幕上方终于显示"对方正在输入……"，随后他打破惯例，发来消息——

绳师 27 号："晚安。"

窗外艳阳高照，封雅颂趴在桌前写作业。化学有机部分的公式繁多，一个个空填下来手指直发酸。她甩了甩手，对了答案，又把没记牢的公式与化学性质重点标注了出来。

一整套化学题做完，封雅颂喝了口水，把物理的专项训练二换到桌子上。

今天和昨天不同，昨天她争分夺秒，是担心母亲回家后影响她学习。而今天，她的动力则来自她的小心思。她知道早些完成任务，晚上就可以与他多聊会儿天了。

中午时分，她已经提前完成了下午的部分作业。

封雅颂跟对方汇报了一声，然后活动活动腰身，晃悠到厨房。她掀开锅，看到封妈早上留下的小花卷和炒菜，需要加热一下再吃。

封雅颂把饭菜取出来，端着蒸锅加了些水，然后重新把盘子放进去，架在炉灶上。还没开火，放在一边的手机上来了消息。

绳师 27 号："吃什么？"

再往上翻，是她跟对方说"上午的任务完成啦，去厨房看看，不知道中午吃什么呢"。

封雅颂按在炉灶旋钮上的手收了回来。

小颂："家里有剩的饭菜，正准备热一下。"

绳师 27 号："嗯。"

封雅颂伸手开炉灶，火苗升起的同时，消息也来了。

绳师 27 号："你住得离东门近，还是西门近？"

封雅颂愣了一下。

小颂："你知道我住哪里？"

绳师 27 号："学府小区。"

绳师 27 号："离哪个门更近？"

小颂："西门吧……"

绳师 27 号："好。"

封雅颂看着聊天记录一头雾水，她知道对方也是京安的，对这个小城市熟悉也正常，但是他从哪里得知自己所住的小区的？

封雅颂并不是介意隐私被泄露，通过这几天的聊天，她足以判断对方是个可靠的人，甚至从某方面来说，是个值得信赖的人，她只是非常好奇对方获得信息的途径。

还没想明白，她手里的手机响了。

是一个陌生的本地来电。

封雅颂看了这个号码两秒，接起电话。

"喂？喂——"

封雅颂问："喂，你是？"

"哦，我是安妮西餐厅的。抱歉啊，您点的南瓜汤售完了，请问换成蘑菇汤可以吗？"

封雅颂不自觉地摸摸头发："我点了外卖？"

"对啊。您的手机尾号是 7886，地址是学府小区西门，对吧？"

"对。"封雅颂望着炉灶上幽蓝的火苗，白色的蒸汽向上扑着，愣了几秒以后，她连忙说，"那换吧。"

"好的。那我这里给您换成蘑菇汤，其余餐品已经做好了，您稍等，这就给您配送。"

封雅颂还没说句"谢谢"，对方就匆忙挂了。

封雅颂静静地站了一会儿，才把手机从耳边拿下来。她琢磨着点开聊天框，输入"你给我点了外卖吗"。

打完，又删了。最后她发过去——

小颂："谢谢你的外卖。"

片刻之后，绳师 27 号："配送速度很快啊。"

封雅颂赶紧打字。

小颂："不是不是，还没有送到。"

小颂："刚刚商家给我打电话，把南瓜汤换成了蘑菇汤。"

绳师 27 号："嗯。知道了。"

封雅颂想了想，没有再说什么，这时耳边响起了"咕嘟咕嘟"的声音。蒸锅里的水开了。封雅颂转头，把炉灶的火关小。

不到半个小时，外卖就到了。

封雅颂换了鞋子，抓起钥匙跑下楼。她家所在的单元楼距离小区西门只有一百米，很快就过去了。封雅颂穿着睡衣在大门口接过外卖，小心翼翼地环顾周围，生怕被熟人看到。

中午太阳正烈，她拎着餐袋穿过树荫往家里走。有奶油的味道，有煎肉的香气，混合起来就是西餐很正点的味道，喷香而温暖。

上楼的时候，她感到心悄悄地雀跃起来。

封雅颂拆开外卖，把牛排、沙拉、汤品在餐桌上排好，拍了张照发给他。

小颂："外卖拿到啦。"

绳师 27 号："好。"

封雅颂笑了一下，把手机立在桌面，点开了一个综艺节目，一边看一边吃起来。

吃完午饭，她腾出一个空的外卖盒，从锅里夹了一些炒菜、一个小花卷放在盒子里，做出她已经吃过一番的假象。然后她把其余外卖的残遗收进袋子里，拎着下了楼。

封雅颂在垃圾箱附近的树丛里找了找，把小花卷扔在了流浪猫常出没的地方，然后把剩下的垃圾丢进垃圾箱深处。

做完这一切，她拍拍手，安安心心地回了家。

下午，封雅颂很快将计划里的其余任务搞定，只剩下大块头的物理作业。今天要完成的是曲线运动专题，大部分题目都是大题，平抛运动、圆周运动，还有不规则的合成运动，封雅颂满脑子糨糊，艰难地写了几道，最后决定先看看书。

她花了一个小时左右，把书里的公式和例题过了一遍，再做作业。

这样下来，她的做题思路清晰了一些，起码知道有哪几个公式，题目中的条件该如何去运用，不过，提前完成作业的计划泡汤了。

傍晚六点，封妈回家了。封雅颂跟她一起吃了晚饭，聊了两句，再次坐回书桌前，等到写完今天的全部作业，已经快十一点了。

她跟对方汇报了一声，然后洗漱一番，回到屋里。

封雅颂没有立即上床，她默默地走到书桌前，把列写了五天的计划表拿起来。三天日期下方已经打满了钩，那一项项亲笔写完的作业，都带来沉甸甸的踏实感。

她举着看着，眼睛里映满了台灯的光。

房门被敲了一下，然后被打开了。

封妈探进头："客厅沙发缺了个靠垫，你看到了吗？"

封雅颂把表格放下："啊？"

封妈走近两步，一眼看到了丢在木地板上的靠垫："怎么扔这儿来了？"她伸手捡起来，问，"你还用吗？"

封雅颂赶紧解释："我觉得坐久了腰有点累，拿过来靠着的。"

"这跟沙发是一套的，缺了一块，多丑啊。"封妈捏了捏，说，"这垫子这么厚，垫在后背能舒服吗？"

封雅颂说："不如不垫舒服。"她又说，"所以我不用了，放回去吧。"

封妈拿着靠垫往外走："你学一两个小时，就站起来活动活动，一直坐着腰肯定酸……"

"知道了。"封雅颂跟到门口，倚着门框说，"我睡觉了哦。"

封妈拎着靠垫拍了拍："快睡吧，我也睡了。"

封雅颂将卧室门慢慢地关上。

她把台灯关了，顶灯关了，躺进被子里。

小颂："我准备睡觉啦。"

对方没有即刻回复，封雅颂紧接着打字。

小颂："你是不是又要说'好'？"

屏幕上"对方正在输入……"的提示出现，又消失了。

绳师 27 号："不早了。"

封雅颂轻轻地笑了，她觉得对方把一个"好"字憋了回去。

小颂："我今天虽然没像昨天一样提前完成任务，但其实效率也很高的。"

小颂："今天的知识点比较生疏，所以多花了一些时间弄懂。"

绳师 27 号："很好。"

绳师 27 号："也在十一点前完成了，没有超时。"

小颂："嗯！"

绳师 27 号："怎么？"

绳师 27 号："想要睡前小奖励吗？"

封雅颂想到了昨天他分享的电影，确实是风格独特的小众类型。

小颂："不是的……"

绳师 27 号："昨天的电影看完了吗？"

封雅颂翻了个身，趴着打字。

小颂："昨天我看了一大半就睡着了……我不是要电影资源啦。"

绳师 27 号："那想要什么？"

手机屏幕在黑暗里闪着光，封雅颂轻轻地呼吸着，手指点动。

小颂："我是想问你个问题。"

绳师 27 号："问吧。"

小颂："你是怎么知道我住在学府小区的？"

绳师 27 号："也是通过朋友圈。"

封雅颂已经检查了一遍朋友圈，并没有定位到小区地址的内容。她正思索，对方又回话了。

绳师 27 号："你发过一张照片，是小区里一棵弯曲的老树。我认识那棵树，据说快一百岁了。"

小颂："这样啊。"

对方又接着问："东方中心酒店你知道吗？"

小颂："知道的，离我家不远。"

大概两站路的距离。

绳师 27 号："是的。'十一'的时候，我就住在那边。"

绳师 27 号："那里的咖啡不错。"

封雅颂不由得想，按照这个聊天方向，那么接下来，他要约她喝咖啡吗？

她难道真的不想见一见他吗？

封雅颂其实并不知道自己的答案，她只觉得心跳渐渐加速。

足足隔了十几秒，似乎对方故意留给她时间。

随后，他发来两句话。

绳师 27 号："那边咖啡厅的外面，也有一棵同样年纪的老树。"

绳师 27 号："怎么，你以为我在邀请你吗？"

她的心思简直被一猜即中啊。封雅颂不知道该如何回答，愤愤地翻了个身，用被子捂住自己的脸。

今晚的聊天，以这样的小趣味结束。

接下来的两天，封雅颂在家铆着劲儿写作业。最后一天下午，她把晚上的作业超前赶出来了。

封妈的新办公室也终于收拾得差不多了，下午四点多的时候，她给封雅颂打了个电话，说晚上要带她出去吃顿好的，放松一下。

毕竟，明天就要开学了。

封雅颂站在书桌前，把完成的作业，还有课本、笔记本都收拾好，整齐地塞进书包里。收拾笔袋的时候，搁在桌角的电话响了。

又是一个没有保存过的陌生号码。

封雅颂一下下按动着笔帽，接起电话。

"喂，你好。"

"喂？有您的快递。麻烦来小区西门取一下。"

"请问，快递写的是什么名字？"

"我看一下。收件人是——小颂。是您本人吗？手机号留的就是我拨打的这个。"

封雅颂把头发往耳后别了一下，抬起头来望向窗外。

"是我。稍等，我现在下楼去拿。"

快递是沉甸甸的一个大箱子，封雅颂双手将它合抱回家。

她把纸箱放在客厅的地板上，用裁纸刀沿边角划开，又撕开泡沫纸，最后展现在她眼前的是一盒48色重搪瓷水彩、一套达·芬奇画笔，还有一叠水彩本。

封雅颂蹲在地上，把沉甸甸的水彩盒捧出来，又拿出来许多支毛笔。水彩本有两个大开本、两本便携本。

她翻开封皮，轻轻地抚摸着纸张，仿佛指尖在上面舞蹈。

封雅颂一下子想到了她认识的几个美术特长生，他们一边埋怨画具烧钱，一边省吃俭用攒钱买更好的材料。

而她虽然喜爱绘画，但基本处于乱涂乱画的水平，这样的专业画具摆在她面前，真的算奢侈了。

封雅颂坐在客厅的地板上，翻找手机通讯录，给他拨了过去。

等待了几十秒，就在封雅颂准备挂掉的时候，电话接通了。

"你好啊，小颂。"

封雅颂每天都在跟这个人聊天，可是已经几天没有听到他的声音了。他的声音听起来还是那么温和而有磁性。

封雅颂不自觉地耸动肩膀，小心翼翼地询问："你是……在忙吗？"

"有点不方便。我现在出来了。"

"哦。那我……"

"我有几分钟的时间，没关系。你有什么事情？"

封雅颂看着面前拆开的大纸箱，说："我收到礼物了，很丰富，我想跟你说声谢谢。我觉得拒绝这个礼物，是对你的不尊重，但是表达感谢的话，还是打电话说比较好。"

对方低柔地"嗯"了一声，说："这是你应得的。"

"总之，还是谢谢你。说实话，我之前没想到你这么负责任，无论我学习到多晚，你都在监督我，等着我汇报。我一直是个喜欢偷懒的人，这次我居然在五天的时间里把所有的任务都完成了，还提前了一个晚上，我自己都挺惊讶的。"

对方听她说完，然后说："这是相互的，你的执行力很强，不要低估自己。"

"嗯。"封雅颂蜷缩双腿，伸手抱住，"还有，明天开始我要上一个考研复习班了，我怕自己分心，白天会把手机关掉。"

对方道了声："好。"

封雅颂的手指无意识地拽着睡裤，听到对方又带着轻笑说："我们又不是再也不联系了，不必这么客套。"

封雅颂不禁也笑了一下，轻轻地"哦"了一声。

"其实，你有改变我的看法。"

对方忽然这样道了一句，封雅颂一时没理解，不由反问："看法？"

"这段时间，我的生活其实发生了很大变故。就像你之前所说的，倾听一个人的生活，帮助他进行改变，自己也能够获得力量，反而能够从当前的生活中跳脱出来。"

这是她当时打在微信里的那句话，如今却被他用真实的声音念了出来，封雅颂不由得怔住了，只觉耳垂微微发烫。

对方长长地出了一口气，好像又将突然的情绪压了回去，恢复了平静。

"你好好上学，如果遇到压力和困境，可以继续制订计划，我会督促你完成。"他说，"随时联系。现在工作时间，我得挂了。"

封雅颂回过神来，赶紧说："嗯，那你去忙。拜拜。"

"再见。"

没等她再说一声"再见"，电话便挂了。

封雅颂抱膝坐在地上，待了一会儿，才起身收拾纸箱。

不一会儿，封妈打电话叫她出门吃饭。

吃完大餐，封妈又带她去超市逛了一圈，买了酸奶、水果，屯了几盒咖啡，还有她爱吃的各种零嘴。

明天，就是高三了。

封妈一边开车往回走，一边跟她闲聊。封雅颂随意地应了几声，侧头望向车窗外的夜幕。路灯晃过，车灯流淌，她心里默默地划过一个想法：之后的学习生活，仍然有他陪在身边。

车子慢慢降速，驶入小区。

人们都说，高三生活令人难忘。

封雅颂非常确信，她的高三生活，一定格外精彩。

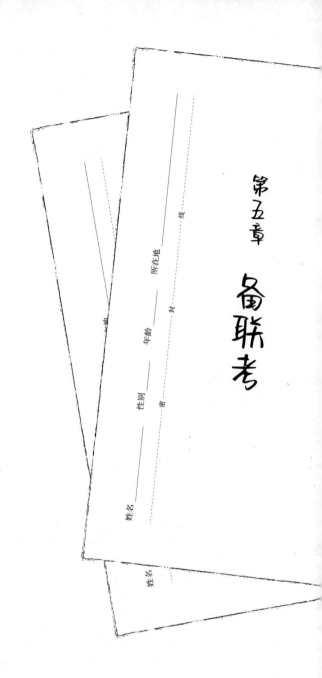

第五章　备考

学校七点开始上早自习，六点四十左右，校门口就已经堵成长龙了。

车前车后喇叭声此起彼伏，封妈探出车窗，不断向前张望："这么多车啊……"又挪了几百米，封妈把车子开到路边停下了。

"就在这里，走过去吧。"

封雅颂下了车，把书包从座位上拽下来，挂在肩上。她刚关上车门，封妈又招呼："等一下，水果没拿！"

封雅颂走过去，伸手接过封妈递来的小饭盒。

封妈透过车窗看着她："书包好好背着，那么沉，背在一边肩膀上，身子都被压弯了……"

封雅颂说："知道啦，知道啦，你快走吧，这么多车你都该迟到了。"

封雅颂背好了另一边书包背带，退后一步挥挥手，看着封妈把车又挪进了拥挤的车流里。她拿着小饭盒，沿着人行道朝学校走去。

夏秋交接，朝阳蓬勃，路旁的大树参天耸立，枝繁叶茂。道路边停满了轿车，学生背着书包下车，又跟家长一起从后备厢里拖出行李箱。

封雅颂所在的高中为了更好管理，要求学生住校，每个学生都安排了宿舍。但封雅颂的家离得比较近，封妈也有时间，便给封雅颂办理了走读。封雅颂只有中午会回到宿舍午休，每晚自习结束后都回家睡觉。

封雅颂走到校门口，抬头望见熟悉的教学楼、励志的条幅警句，以及远处操场上的旗杆，不由得叹了口气。

校园有独特的风景，每天置身其中难以察觉，但假期回来，这陌生而紧促的气氛，叫人心里也悄悄地紧张起来。

教导主任和其他两名值班老师已经准时上岗，站在门口如探灯般检查每个学生的着装。

封雅颂在门口拉上外套拉链，整理一下领口，然后低着头往里走。

不过还是被逮到了。

教导主任一个箭步拦住她："这个同学，你的夏季校服呢？"

学校夏季的校服是短袖 polo 衫，老气横秋，所以即便夏天，一些学生也会选择套秋季校服外套。进了教室，外套一脱，就是自己的衣服了。

封雅颂说："感觉现在早晚还挺凉的……"

教导主任说："都要求多少次了，就算穿长袖校服，里面也要套短袖校服。放了个假回来，一个个的心又散了是不是？"他眼神一扫，又伸手去拦另一个男生，"那个同学，你的头发留那么长是……"

封雅颂赶紧趁机溜了进去。

高二升高三，按照惯例，教室都搬到了四楼。四楼是教学楼的最高楼层，有专门的自习室，比较清静。

封雅颂爬上楼梯，走进教室，看到大部分同学已经到了。她在第二排靠窗的位置坐好，从书包里掏出作业，然后又拿出文具、书本，整理了一下，预备铃就响了。

班主任杨老师走了进来。封雅颂抬头望向讲台，才发现身边的座位是空的。

她的同桌一直是衣然，不过她已经转走了。

封雅颂的心里有点空落落的，没听到班主任说了什么。微微发呆的工夫，一个书包"哐"地扔到了她边上的桌面上。

接着，陈浩伸腿往桌下一插，屁股就安安稳稳地落到了椅子上。

封雅颂奇怪地看着他，小声地问："你怎么坐过来了？"

陈浩说："刚才杨班问的啊。他说衣然转走了，有谁想坐第二排，我就坐过来了。"

封雅颂挠挠头发，还想问，看到陈浩一按桌面又站了起来。

"来来来，都交一下数学作业！"

班主任杨老师是教数学的，陈浩是数学科代表。

封雅颂把数学试卷和练习册都找出来，伸手递给他。接下来各科科代表都开始收作业，半个小时的早自习吵吵闹闹地过去了。

正式铃响后，第一节就是物理课。丁老师踱着步子走进教室，视线环顾，白板笔一拔，笔帽往讲台上一丢，教室忽地安静了下来。

"上学期末我已经说过了，高三一来，我们就开始第一轮高考复习。既然是复习，我也不会像往常讲课一样，必修一、必修二……所有章节逐个系统地讲了。

"你们做暑期作业应该也发现了，哎，这题目一下子就综合起来了。一道题，往往用到了好几个章节的公式。高考题目就是这样的，几个选择、填空，几道大题，就把知识点全都考了。所以接下来的一轮复习，我也会按照高考大纲，对每个专题进行复习。

"我上学期末也说过，基础学得不扎实的，这个暑假一定要使使劲儿。这一轮复习要是跟不上，就会越落越远了；等到第二轮复习，那可就是查漏补缺，重点拔高了。不过啊，现在高三刚开始，还有时间，每次我讲课的内容一定要吃透了，不懂的课下抓紧问，问我或者问其他同学都行啊。还有，我们发了那么多习题册，作业只是其中一部分，剩下的，自己也多花时间做做……"

丁老师苦口婆心地说了一通开场白后，终于脑袋一点，背身往白板上写大字，边写边说："下面，我们开始第一个专题的复习。"

封雅颂指尖夹着笔，轻轻地点在本子上，感觉假期里丢失已久的学习激情一下子又回来了，甚至较以往有过之而无不及。高三的事实把一切都抻得更紧。

丁老师快六十了，是少数只写板书，不用 PPT 的教师。四十五分钟的物理课，他讲足了五十分钟，下课铃声对他来说就是静音。直到下节课的老师站到了门口，他才恋恋不舍地放下笔："行，就到这儿。今天的作业我让科代表抄到黑板上。"

物理老师走出教室，英语老师站上讲台，值日生飞快地蹿上去擦白板。封雅颂抬头望着，手里紧赶慢赶，还是少抄了一部分公式。

封雅颂偏头往陈浩的桌面上看："你的笔记记全了吗？"

"啊？"

陈浩的桌子上干干净净，只有一本课本，还没打开。

封雅颂说："算了，没事……"她转身打算跟后桌借，桌面被拍了一下。

"你哪里没记全啊？我看看。"

封雅颂又转回来，把笔记本推给他："平抛运动这里的。"

陈浩一看，说："这就是基本公式，你不用抄，看书，或者看参考书总结的公式都行。"

英语老师已经开始讲课了，封雅颂望一眼讲台，然后小声地对他说："书上没有的。这个求速度和水平方向夹角，我做作业时也遇到了，当时就不太会。"

"基本公式多推一步就可以。"陈浩也压低声音，"我用铅笔给你写一下？"

"写吧，写吧。"封雅颂赶紧说。

陈浩在她的笔记本上写了两行，给她递回来："真不用死记，就是基本公式推导的，你看看。"

封雅颂接回笔记本，突然感到额头一紧。她抬起头，果然，英语老师的目光正锁定着她。封雅颂默默地合上笔记本，把英语试卷拉到了面前。

匆忙的学习生活没给人一点适应时间，就这样稀里糊涂地开始了。

封雅颂在中午放学的时候，又一次想到了衣然。她的朋友不多，在学校里走路、吃饭，包括上厕所，她都跟衣然形影不离。

封雅颂一个人走下楼，走去食堂，倒也没觉得孤单，只是有点不适应。

食堂一楼是大锅菜，二楼是几样小吃和小炒。封雅颂在二楼要了一碗拉面，面吃了一半，青菜都吃光了。

她又喝了几口面汤，起身送还了碗筷，然后走回宿舍。

放假之前，她把被褥都收进了防尘袋里，倒还干净，只是有淡淡异味。

封雅颂铺好床，在久违的宿舍床上躺平，闭上眼睛。几秒钟后她没忍住，还是把手机从书包里摸了出来。

她把脸掩进被子里，悄悄地开机。

宿舍里不仅没有 Wi-Fi，网络信号也不太好，微信上的小圈转啊转，十几秒后终于刷新出来了。

蹦出来的有新闻，有推送，也有群消息。封雅颂将它们一一删除，最后，"绳师 27 号"这个名字又回到了最顶端。

封雅颂点开与他的聊天框。

小颂："你在工作吗？"

封雅颂看了眼手机上的时间，十二点五十。

小颂："或者，在睡午觉？"

隔了几秒，对方回复了，是个硬邦邦的问句。

绳师 27 号："不是白天手机要关机吗？"

封雅颂在安静的宿舍里偷偷打字。

小颂："现在中午休息啦。"

绳师 27 号："那就好好休息，一天学习结束了再使用手机。"

小颂："哦……"

绳师 27 号："需要我监督你这件事吗？"

小颂："这个不用的。"

绳师 27 号："你昨天在电话里跟我说，白天用手机怕会分心。"

小颂："我的意思是上课的时候。"

小颂："我用手机就是为了找你聊聊天，如果我跟你聊天会分心，那你要怎样反过来监督我呢？"

停顿几秒以后，绳师 27 号："聊聊吧。"

绳师 27 号："看你说话，似乎挺精神的，不需要休息。"

封雅颂在被子里悄悄地笑了。

小颂："你没有午休的习惯吗？"

绳师 27 号："从来没有。"

小颂："哦。"

绳师 27 号："聊完了？"

小颂："不是，不是……"

封雅颂眉梢都笑皱了，她想了一下，又问："你的朋友多吗？"

绳师 27 号："朋友算多。"

绳师 27 号："好朋友并不多。"

小颂："我有一个好朋友，去外地了。然后我今天突然发现，我好像没有其他要好的朋友了。"

绳师 27 号："你之前没完成任务，理由是出门跟朋友聚会了 。"

小颂："嗯，就是她。"

封雅颂絮絮地说着，她说的每一句话，他都会给予回复，不会显得没耐心，也不会说得太多，只是很客观平静。就这样一句一句聊着，直到同宿舍的另外三个女生都起床了。

封雅颂这才看了下时间，不知不觉已经一点四十了。

她匆匆跟对方说了句"要去上课了，再聊"，然后掀开被子爬了起来。

下午两节化学课，紧跟着两节数学课，封雅颂用手撑着脸，感觉上下眼皮直打架。教室窗户半开透气，阳光被枝丫拦截，照进来只觉得暖融融的……

封雅颂的脑袋往下一沉，手向上滑进了头发里。

"喂……喂！"

胳膊被什么一戳，还挺疼，封雅颂的眼皮挣扎一下，终于睁开了。她侧头茫然地看向陈浩。陈浩手一松，把笔扔在桌子上，一副"不关我的事"的样子。

封雅颂拿起水杯喝了一口，清醒了过来。这时她感觉到班里乱糟糟的，大家都在小声地议论着什么。

封雅颂又看向讲台，杨老师的笔记本都合上了。

她小声地问陈浩："不是还没下课吗？"

陈浩说："刚才老师在说联考的事情。"

"联考？"

陈浩朝前方努努嘴："没说完呢，你继续听。"

封雅颂看向前面，杨老师继续开口：

"这次是百所高中的统一联考，很正规，题型跟高考题是一模一样的，也算是在一轮复习结束前给大家摸个底。基本考查的就是高一高二这两年的学习水平。

"我们一班是尖子班。有些同学觉得自己分在一班，就沾沾自喜，不思进取。高二期末考试，我们班有多少同学都掉到年级一百名之外了，不用我多点了吧。学校开会特别要求，从这次联考开始，只有年级前三十五名的学生能在一班，其余的就往后排。"

此话一出，班里的议论声更大了。

杨老师拍了一下讲台示意安静，然后口气稍微柔和几分：

"这是学校经过仔细讨论决定的，有其道理。你成绩好，自然就该留在学习气氛更好的班集体里；成绩不好，上课打盹，下课贪玩，会影响周围一心学习的同学。

"距离百校联考还有不到两周的时间，除了跟着老师的进度复习，建议你们找几套高考模拟题练练手感。尤其是理综大卷，要对其题型的分配有一个大致了解，免得到时候面对试卷手忙脚乱。"

封雅颂双手握着沁凉的水杯，感觉心也一下子凉了几分。

她的成绩倒不至于在年级一百名之外，不过一直在五六十名徘徊。考进前三十五名，还是有些难度的。

如果她真离开了一班，且不说父母怎么想，她自己也是接受不了的。

晚自习时封雅颂的心一直悬着，努力专心写作业。三节自习课倒没有分心，作业写完了，离放学还有不到十分钟，她把上午的物理笔记又拿出来复习。

这时，陈浩又拿笔慢动作地靠近她的胳膊。封雅颂察觉了，躲了一下，转头看他："怎么了？"

陈浩笑了一下，把笔扔在桌上，问："往年的百校联考题，你要吗？"

"往年的联考题？"封雅颂问，"和普通的高考模拟真题题型不都一样？"

陈浩说："题型是一样的，不过联考时学校都还没完成系统的复习，题目的难度和综合性应该会弱一点。"

他又把笔捡起来，点着桌面说："而且百校联考的出题人就是那几个知名老教师，他们都自有风格，所以直接刷往年的联考题，肯定是最有效的。"

封雅颂说："老师不会给我们发吗？"

陈浩说："我刚才课间时去问了，前几年我们学校都没参与这个联考，网上也搜不到原题。我刚才给我爸打电话了，让他跟别的学校要一下。"

封雅颂压低脑袋，小声地称赞："大神啊，你要到了借我复印一份吧。"

陈浩点头，神秘一笑："包在我身上。"

很快放学铃响了。

封雅颂收拾好书包下楼，给门卫出示了走读证，然后走出校门，在路边找到了封妈的车。

回家的路上，封雅颂心里沉甸甸的。尽管陈浩打包票可以弄到往年试题，她还是轻松不起来。

她的最终目标是高考，她清楚自己的基础知识不算扎实，暑假也只是做了作业，没有额外花时间复习。所以现在她必须跟紧老师的高强度复习节奏，作业一点也不能落下，这样一来，三节晚自习都是紧张的。

同时，这次联考她又必须考到年级前三十五名，刷往年试题是最有效的手段，可是她难以抽出大块时间来做这件事了。

除非……

唉，怕也只能熬大夜了。

封雅颂回家后，把晚自习看了一半的物理笔记复习完。然后她拿起手机，趴在桌上想了想，打字。

小颂："我需要制订一个计划，熬夜完成一些学习上的事情。"

小颂："你可以，监督我吗？"

开学第二天，班里的秩序彻底恢复如常。

今天的早自习是语文，语文老师站在讲台上，看着大家默写古诗文。

两首古诗加一篇《赤壁赋》，又难又长，七点半的铃声响了，封雅颂刚好默写完。她悬着笔尖，纠结"相与枕藉乎舟中"一句中到底是"藉"还是"籍"。

"好了，时间到。同桌相互交换批改，下节语文课时我收上来。"

看来课间时间也没了。语文老师没打算离开讲台，双手一揣，盯着同学相互交换。

封雅颂匆匆一划，把"藉"改成"籍"字，然后抬起头，把纸张递给陈浩。

同时，她接过陈浩的默写，翻开书核对，只看了一眼，就发现自己刚刚改错了。

"唉，是草字头的'藉'。"

陈浩一听就知道她说的是哪句，头也不抬地说："枕藉，在句子里念'jiè'，你写的是书籍的'jí'。"

封雅颂叹了一声，从笔盒里取出红笔，一行行检查陈浩默写的古诗文。

对着书从头到尾，她居然一个错字都没查出来。不仅如此，这三篇古诗文的题目底下，陈浩将作者的朝代、字、号都清楚地列写了出来。

简直是不留一丝扣分的机会。

拿出来的红笔根本没派上用场，封雅颂看完眼睛都直了，搁下笔摇头："唉，真是变态。"

陈浩没搭话，把手伸到桌子底下，低声说："你的笔给我。"

封雅颂不明所以："啊？什么笔？"

"你写字的笔。"

陈浩悄悄地瞅了一眼讲台，趁老师视线分散，迅速地把封雅颂桌面上的笔抓了过来。

封雅颂看着他用黑色中性笔帮自己偷偷地改掉了几个错字，然后重新拿起红笔，意思一下似的圈了一个错字出来。

这时语文老师敲了敲讲台："好了！每列最后一个同学起身，把默写纸收上来。"

待收上默写纸，语文老师一份一份检查，最后挑出了一小沓，把名字挨个儿念了一遍："以上同学，错字超过三个，今天第一节晚自习重新默写一遍交给我。"

"啊？"班里齐齐传出哀叹。

语文老师提点了几个易错字，把默写纸往旁边一放，开始正式讲课。

陈浩松了口气，转头对封雅颂小声地说："原本你错了四个。"他伸手，"课本给我，我把错字给你圈出来，你自己记一下。"

封雅颂感激涕零地把书推给他："恩人啊。"

"本来也没必要重新写一遍。"陈浩几下标记好错别字，然后椅子往后一撤，从自己的桌洞里抽出一沓试卷，"你看这个。"

试卷上赫然印着"百校大联考"几个大字。

封雅颂："往年的联考题？你这么快就拿到了？"

陈浩一笑，把试卷塞回桌洞里："我也是早上刚拿到，下课再看。"

封雅颂继续感激涕零，手按在桌面上："大恩人啊大恩人。"

下课后，两人在桌子中间偷偷地翻看试卷。一共三套题，看样子是收集的原卷，纸张已经微脆泛黄了。

翻看完，封雅颂问："没有答案？"

陈浩说："没有，自己做吧。"

封雅颂看着摊开的试卷，正微微皱眉，听到陈浩又说："我这周晚自习抓紧写这些卷子，周末前给你，这样你下周还有一周的时间看。"

封雅颂抬起头看他。

陈浩抓着头发笑了笑："不能让你的'恩人'白叫啊。"说完他离开座位，揽过走道里的另一个男生，"楼下，走着！"

翻开的试卷留在了他的座位上，一束阳光落在上面。

封雅颂伸手将试卷合拢，然后站起身收拾桌面，把下节课的书本换了上来。

太阳走上正空，一上午的课很快结束。封雅颂用书本挡着太阳，躲在树荫里往外走。吃完午饭，回到宿舍，她又在被子里偷偷地打开手机。

她随意地发了一句话后，对方很快回复。

绳师 27 号："以后上课阶段，中午不要聊天。"

小颂："……中午不上课的。"

绳师 27 号："中午好好休息。"

封雅颂感觉对方像是能监测到自己下午犯困似的，她抠了抠指尖，对方又说话了。

绳师 27 号："你昨晚跟我说，让我监督你熬夜学习，却列不出具体计划。你现在很有压力，又开始焦虑了，对吗？"

封雅颂不抠手指了，默默回道："嗯。"

绳师 27 号："昨天太晚了。你今晚给我打个电话，我们在电话里梳理清楚。"

封雅颂想了一下。

小颂:"下午五点半以后可以吗?"

绳师 27 号:"好。"

绳师 27 号:"现在手机关机,睡个午觉。"

封雅颂正在打字,看到对方又说:"不要回话了。"

封雅颂停顿了一下,然后把微信退了,手机也关了。

她轻声起身,把手机塞进书包,枕回枕头,闭上眼睛。

下午的课从两点排到五点半,下课铃响后,同学们纷纷抓着饭卡拥向食堂。封雅颂在座位上等了五分钟,待班里的人散去,她把手机藏在校服兜儿里,走出教室。

学校的教学楼分南北两楼,中间有露天的走道连接。由于四楼没有教师办公室,所以四楼天桥是个相对安全的场所。

在这个学校里,学生默认的胜地有三:一是晚自习的操场,一是女生宿舍前的花坛,还有一个就是四楼的露天走道。

现在是晚饭时间,整个走道上只有她一人。她抓紧时间,拨通了手机。

几秒就通了,封雅颂停顿了一下,对着话筒轻声说:"喂?"

对方的声音通过听筒传来:"这么生疏?"

封雅颂的脑袋低了一下,嘴唇开启:"27,你好。"

对面"嗯"了一声。

熟悉的声音落进耳朵,封雅颂不自觉地想找个地方靠着。

封雅颂靠着柱子躲进角落里,听到对方问:"今天的考研班结束了?"

封雅颂回答："没有，晚上还有自习。"她又补充，"这里提供了专门的自习教室，比在家里效率高。"

对方疑惑道："这个班时间安排很紧。白天讲课，晚上自习，这样你的学习任务还是难以完成吗？"

封雅颂："因为我还需要……"她顿了一下，重新思考着说，"考研的战线很长，除此之外，这半个月我还需要准备另一场考试。那场考试也重要，关系到……"

"那场考试不能占用学习班的时间，是吗？"对方打断了她。

封雅颂把编了一半的话吞了，小声地"嗯"了一声。

"不方便说的事情就不必纠结。"对方很平静地说，"下面你只回答我的问题就可以。"

封雅颂轻轻地松了口气，说了声"好"。

"自习到晚上几点结束？"

封雅颂说："到九点五十。"

"周末休息吗？"

"这周不休息。"

"另外的那场考试，估计需要多长时间来准备？"

封雅颂想了一下，除去语文作文，一套全科题的做题时间大概是九个小时。而她一共有三套题需要做，再加上梳理和对答案——

"需要三十个小时。"

"你刚才说，距离那场考试还有半个月的时间？"

今天周二，联考是两周后的周一。

封雅颂说："还有十二天了。"

"好的。那么从今天开始，每天额外学习两个半小时，来备战那场考试。这就是我们这阶段的计划。"

他的用词又是"我们",封雅颂不自觉地微笑。

同时,随着回答他的每一个问题,她的心一分一分踏实地落回肚子里。

他继续问:"能够在晚上十点半前回到家里吗?"

封雅颂说:"可以的,离得不远。"

"你白天也要上课,避免熬夜太晚,每天晚上最多学习到十二点。那么,你需要在白天额外抽出一个小时,中午,或者现在,我看你都有空闲,你认为什么时候合适?"

封雅颂说:"我可以在晚自习抽出一个小时的时间。"

"好,接下来你拿一张纸,横行列写十二天的日期,竖行列写晚自习一小时,以及晚上十点半到十二点这两部分时间。还是老规矩,完成后打钩,每天晚上跟我汇报。"

封雅颂深深地吸了口气,清晰地答:"好。"

"挂了电话,开始去做吧。"

封雅颂这时才抬起头。她的目光越过栏杆,看到道路上的学生陆续地走进教学楼。再远处,天色已经有点暗了。

她内心涌动,轻微地张了张嘴,但没有说话。

他却察觉了,低低地叹了一声,说:"小姑娘,不必给自己太多压力。就像我之前说过的,学习上的事情都不会是难事。我帮助你,本身也是一种自我疏导。你焦虑,会让我觉得有些许失职,你懂吗?"

封雅颂说:"我……"

"好了,你现在去列写计划。"

"嗯。"封雅颂把手机贴在耳边,还想继续和他说话。

"以后我说放下手机，就立即去做。不要再让我说第二遍，知道了吗？"

封雅颂说："知道了。"

"现……"

对方刚要继续开口，封雅颂把手机拿到嘴边，快速地说了句："27，再见。"

她挂掉电话，然后大大地弯起嘴角。

等了一会儿，封雅颂从柱子后面站出来，装好手机，脚步轻快地往教室走去。

窗外夜幕沉沉，教室里的空调"嗡嗡"作响。

书本、试卷翻页声清脆，时不时有人窃窃私语，老师探照灯般的目光一扫，教室里很快归于安静。

最后一节晚自习，封雅颂头脑发涨，终于搞定了今天的作业。

陈浩早就完成了作业，整个晚自习都在奋笔写联考卷。封雅颂小声地跟他说："能不能借我一套试卷看？你先做另外的。"

陈浩撑在太阳穴上的手落下来："行啊。"

他捻开试卷，分了一套出来。

封雅颂立即接过来看。陈浩伸了个懒腰，然后指着说："大致一扫，这套题最基础，我还没动，你先写这套吧。"

封雅颂点头："嗯，我用铅笔在上面写。"

陈浩说："没事，你随便画。"

封雅颂说："我肯定做错很多，之前的好多知识都忘了。"

陈浩说："不是啊，你要做就好好做。我的意思是，我只看题干，不会受别人的笔迹干扰。"

陈浩说话的声音大了些，讲台上的老师立即皱眉望过来。

陈浩脖子一缩，乖乖闭嘴做题。

封雅颂笑了笑，将试卷摊平后，决定先从数学卷开始做。

大题做了一半，晚自习下课铃就响了。

封雅颂将卷子叠好，夹在笔记本里收进书包。她站起身，眼角余光看到陈浩又拿着笔伸手靠近——

封雅颂迅速转身："不要戳我，有事说事。"

陈浩趴在桌边笑了一下："没戳你啊，还你笔。"

是上午修改语文默写时他拿走的那支黑色中性笔。

封雅颂"哦"了一声，伸手接过来。陈浩又说："你的笔真好用，下水特别浓郁，我的笔都不这样。"

封雅颂继续整理书包，问："你是在学校小卖部买笔吗？"

"对啊。"

"学校卖的都不好用。"

"那你从哪儿买的？"

封雅颂说："这种笔我家里屯了好多，明天带给你一盒吧。"

陈浩说："行啊，我跟你买。"

封雅颂说："没关系的，大神自然要配好笔。"

"正如好马配好鞍是吗？"陈浩"呵呵"笑了两声，然后说，"那我就不客气了，我晚自习前帮你跑超市吧。"

学校的超市位置比较远，跑过去一趟很费时间，一般都是男生身负重任，去超市帮女生买零食。

封雅颂把书包拿到桌上，拉好拉链，才回答："再说啦，我先回家了。"她挂上书包,挥挥手,"拜拜。"

回到家里,封雅颂打开台灯,在桌前继续写数学卷。数学卷完成,距离十二点还有不到半个小时,封雅颂又把英语卷的单选题和完形填空写了。

客厅挂钟的指针重合,发出轻响报时。

封雅颂收起试卷,拿出为期十二天的计划表,在第一天日期底下画钩。然后她舒了口气,往后一倒,在学习椅上轻轻地转动着,给他发消息。

小颂:"十二点,今天任务完成。"

等待许久,最终出现了"发送失败"的提示。

封雅颂点击重新发送,看着那个小圆圈一直在转。

她打开网页,随便点了两下,什么都打不开。

封雅颂这时意识到她的手机已经欠费。

她每个月的固定流量并不多,想必连带话费一起耗完了。

封妈习惯睡前将客厅的电源关闭,现在 Wi-Fi 也跟着关了。

封雅颂轻手轻脚地走到卧室门口,犹豫着。开门去客厅开电源,可能会把母亲吵醒,但没有 Wi-Fi,她无法给自己充话费。

纠结半天,封雅颂还是没勇气接受封妈的盘问。她关了灯,躺在床上,在黑暗中握着手机发呆。

她想起了方才只做出一半的数学题,想继续往下思考,心却一下子乱了起来。好像不能使用手机上网,她的神经都开始过敏。

这时掌心振动了一下,封雅颂把手机捧到面前,看到了一条话费充值提醒。

封雅颂精神一振,一下子从床上坐了起来。下一秒,又收到一条短信——

已充值，手机可以使用了。

封雅颂重启手机，网络恢复了正常，她赶紧点开微信。

小颂："谢谢。"

小颂："今晚任务完成了，我已经上床啦。"

绳师 27 号："好。"

小颂："谢谢你。"

绳师 27 号："不用。"

绳师 27 号："明天有个快递，方便取吗？"

封雅颂有点奇怪，心想这次的学习计划刚刚开始进行，即便对方要寄送奖励，也不是现在。

小颂："是什么呀？"

对方径自询问。

绳师 27 号："送到学府小区，还是换到你们考研班的地址？"

封雅颂自然不能告诉对方学校的地址。然而，她每天放学回家都太晚了，寄到小区她也无法签收。封雅颂托着脸，想了一下。

小颂："可不可以让快递员送到小区的十七号楼，单元楼道里有牛奶箱，可以把快递放在上面。"

小颂："那样，我晚上回去方便拿……"

绳师 27 号："好。"

安静了片刻，封雅颂还是忍不住又问："快递是什么呀？"

绳师 27 号："一个小东西。"

小颂："可是，你已经送给我很贵重的绘画工具了。"

绳师 27 号："这个不同。"

绳师 27 号："之前的礼物是奖励你完成任务。而这次的，意义不同。"

封雅颂的脑子转了转，也没联想出什么有意义的事物。

绳师 27 号："不早了，去睡觉。"

封雅颂心中疑惑着，还想问，又看到对方的消息。

绳师 27 号："记得通话时我要求了什么吗？"

——以后我说放下手机，就立即去做。

封雅颂默默地做了个"哦"的口型，手指移动，按了两个字。

小颂："晚安。"

她关掉聊天框，又不自觉地看着他发来的那条短信：

已充值，手机可以使用了。

相比于微信，短信似乎更原始，某种程度上，也更容易保存，更隽永一些。

这是他们之间的第一条短信。

封雅颂视线向上，看到备注的那个数字——"27"。

她打开手机通讯录，向下翻找，由于备注为数字的原因，他排到了最后一栏。

没人知晓这个数字的含义，但这是一个合适的位置。

卧室是黑的，封雅颂坐在床上，看着微微发光的屏幕。

手机众多的联系人里，他是藏在最深处的秘密。

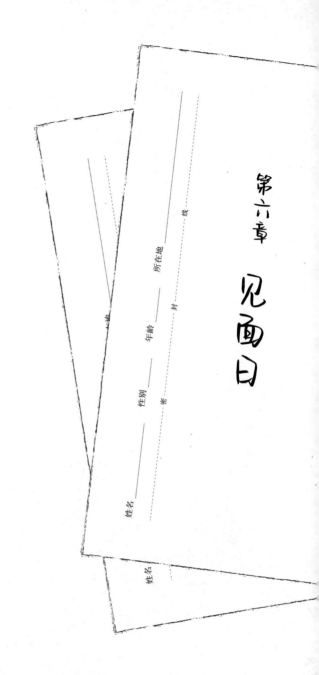

第六章　见面日

第二天，封雅颂把一盒中性笔拿给陈浩。

陈浩美滋滋地拆开盒子，抽出一支笔在草稿纸上写了两个字，继而赞美："哎，真是流畅。我跟你说，我可识货了。"

封雅颂说："也不知道你是夸笔还是夸自己。"

陈浩笑笑，搁下笔，从书包里掏出一沓复印纸："我把另外两套卷子复印了，给你吧。"他翻了一下，从底下拿出两张纸，"还有，我已经做完一套题了，这是答案，你可以对着看一下。"

封雅颂惊异："这么快？"

陈浩说："就做了数学、理综和英语，语文你也不需要我的答案吧？"

封雅颂说："那也很快了，我昨天只写完了数学。"她接过试卷，翻看一下，抬头微笑，"谢谢。"

不一会儿铃声响了，开始上早自习，继而是各科课程。

高中校园像是一把标尺，用铃声精准地划分了每个学生的生活，什么时候上课、什么时候休息、什么时候吃饭和睡觉……无论你刻意维持，还是昏昏碌碌，过的都是这样的一天。

晚自习下课，封雅颂坐车回家。封妈停车的时候，她提前进入楼道，从牛奶箱上摸到了自己的快递。

好在这个快递盒不大，约半本书的大小。

封雅颂匆忙地把它塞进了书包里。

回家后，她告诉对方拿到快递了。对方对此没有回复，只是让她先去学习。

封雅颂依照计划，做联考试题一直到十二点。接下来她迫不及待地翻出剪刀，剪开快递盒上的胶带。

撕开塑料保护纸，封雅颂从中拿出了一个蓝色金属质感的圆形物体。

她翻到另一面，看到了盘面上的刻度与表针。

小颂："我把快递拆开啦。"

小颂："这是，哆啦A梦的闹钟？"

对方没有即刻回复。

封雅颂把手机放在旁边，好奇地摆弄这个闹钟。白色的盘面上，哆啦A梦探出半个圆圆的脑袋，只是上面的时针和分针都静止不动。

她翻到背面，尝试着抠开电池盒。

小颂："似乎没电了，需要安电池吗？"

绳师27号："是坏了。"

封雅颂不由得一愣，再仔细观察，闹钟的蓝色外壳上确实有几道细细的划痕，还有些因摩擦造成的磨损，这些无不显示出这是一个旧物。

小颂："那这个……"

这会是他的旧物吗？

小颂："等你什么时候回来，我把它带给你？"

绳师 27 号:"不必了。"

绳师 27 号:"寄给你很合适。"

明亮的台灯底下,封雅颂心中暗想:这是他学生时代的东西吗?他也有一些事情难以面对吗?曾经,或者现在,他是否也有一段压抑的时光?

封雅颂想要询问,却知晓对方不想多聊,于是把心中的疑惑压了下去,只是对他说道:"我会好好保存。"

等了许久,也没有等到他的回应。

夜里封雅颂睡得不安稳,第二天早上起晚了十分钟。

封雅颂匆匆吃了早餐,拿着牛奶跑下楼。

封妈开车出了小区,手握着方向盘,眼角余光看到封雅颂接连不断地打着哈欠。

"没睡醒啊?"封妈问,"昨天学到几点啊?"

封雅颂说:"十二点吧。"

"以后早点睡,白天犯困听课效率肯定低。"

封雅颂随意地应了一声,喝了口牛奶,又问:"对了,我爸什么时候回来?"

封妈说:"快了,你爸爸'十一'之后就该休假了。"封妈聊了几句封爸工作的事情,很快就到了学校。

封雅颂进入校门,走到校园中路,学生一下子多了起来。大部分都是从宿舍方向来的,三两结伴,卡着上课时间往教学楼赶。

封雅颂贴着路边花坛走,低头看到自己的白球鞋踩在石阶上。

高中生正处于爱美的年纪,尽管学校要求穿全套校服,但学生私下还是能搞出一些花样来表达个性。有的学生会找裁缝将肥大的校裤修改成锥形裤，使其更加合身。更普遍的操作是把校服裤脚挽起来，露出一截脚踝，再配双个性化的球鞋。

但封雅颂没有做那些花样，她的裤脚自然垂着，把鞋面遮住一半，有风吹动，肥大的校裤像窗帘一样飘动，显得人很纤细。

她觉得这样更好看，也更适合自己。

身后有学生小跑过来，冲进教学楼。封雅颂抬头，看到楼上的钟表显示还有两分钟打铃，她加快脚步，往楼梯走去。

两节课程结束，大课间休息的时候，封雅颂忍不住把书包移到腿上，伸手进去悄悄地使用手机。

早上她起晚了，没来得及检查手机。一上午她的心里都痒痒的，很想知道昨晚他有没有回复消息。

手机无声地开机，封雅颂的脑袋几乎低进了书包里，呼吸回荡，她闻到了书卷陈旧的油墨气息。

消息终于刷出来了。

绳师 27 号："好。"

绳师 27 号："明天专心听课，中午午休，晚上继续汇报。"

消息来自昨天夜里，与上一条她所说的"我会好好保存"的消息间隔了二十分钟。而昨晚那个时间段里，她已经睡着了。

现在封雅颂看着这一个"好"字，不禁舒了口气。下面一行命令般的文字，带着一种回归正轨的熟悉感，她反复读了几遍，轻轻地笑了一下。

她知道这个时间不应该聊天，停了几秒钟才把页面关闭。

再抬起头，封雅颂看到陈浩靠在桌边，严肃地盯着她。他手里正拿着本生物书，方才老师通知了下节生物课要考实验流程题。

封雅颂收了表情，对他说："你继续背生物啊。"

陈浩走近一步，低声问："你带手机了？"

"对啊。"封雅颂说，"那么严肃干吗？我上课又不玩。"

陈浩说："太危险了。"他摇了下头，冲教室后面的摄像头示意，"摄像头太容易抓到你了。"

封雅颂说："安心啦，已经关机了，我就看一眼。"

陈浩继续严肃道："最近刚开学，手机查得最严了，你可别顶风作案。"

封雅颂把书包放到脚下，举起双手示意再也不玩了。

陈浩这才放过她，重新回到自己的桌边："快背生物吧。"

很快就上课了，生物老师抱着刚刚打印好的实验试卷走进教室，让同学分发下去。

封雅颂拿到卷子，提笔看题，看了很久，才写了一个填空题。

不得不说，这份试卷是很系统的，几乎把书里涉及的全部实验都总结了出来。但生物实验不算太重要，各种试剂和步骤又太琐碎，许多细节都没有记牢，好不容易记住的部分也容易混淆。整份卷子做完，封雅颂只填出了一半的空。

她悄悄地看了一眼身旁的陈浩，果然，他的卷子写得满满当当。

陈浩已经晃着脚在检查了。察觉到封雅颂的目光，他的视线瞅过来，又滑走了，一副"不借给你看，谁让你课间不抓紧复习"的架势。

封雅颂无奈地摇摇头，重新看着自己的试卷思索。

直到最后收卷，她还是有一部分题目没填上答案。不过封雅颂一点也不焦虑。往常，她考试没考好，无论大考还是小考，都会产生自我怀疑，会觉得自己对学习太敷衍，甚至会陷入短暂的自我否定中。

但现在，封雅颂觉得每一份试卷都只是一个筛子，筛出她不会的知识点。而她要做的，就是在学习计划里再添上一笔。

开学以来，她每天都学得很踏实。她知道学习上的这些疏漏，最终都可以补齐，因为有一个人在背后默默地监督她，增强她的执行力。

生物老师收上试卷，尝试着批改了两份，又都发下去了。

"你们对实验部分的掌握真是太薄弱了！自己对着书，把所有题目都填写完整，好好背一背，下次课我再来抽查。"

同学们都松了口气。

封雅颂用接下来的课间时间把实验题目都整理了出来，想着今晚的任务，除了作业和联考刷题，还有记背生物实验的知识点。

五点半下课铃响后，同学们纷纷起身去吃晚饭。陈浩站起来，问封雅颂："要我从超市里带什么吗？"

他指着窗外操场："我去打球，然后顺便去超市买个面包吃。"

封雅颂在座位上想了一下，抬起头："那给我也带一个面包吧。"

"巧克力的还是肉松的？"

"肉松的吧。"

"好嘞！"

陈浩拿上篮球，和几个男生一起拥出了教室。

封雅颂过了十五分钟才走出教室。前面一拐就是楼梯口，但她没有下楼，转身沿着空旷的楼道走到天桥上。

她躲到之前的柱子后面，拿出手机。

小颂："下午的课结束啦。"

她低着头，"你现在有时间吗？"还没发出去，对方来了消息。

绳师 27 号："方便电话聊天吗？"

封雅颂看着他的消息，缓缓微笑，重新打字。

小颂："可以啊。"

她握着手机，靠在墙上，很快掌心振动了起来。

"喂。"她接通手机，轻轻开口，"27，你好。"

"你好，小颂。"他回应，接着又问，"刚下课，吃饭了吗？"

封雅颂如实回答："还没有。"

"考研班有食堂吗？或者附近有饭店？"

"有食堂的。"

"那现在去吃点晚饭。"

封雅颂说："现在去的人太多了，需要排队，饭菜也不好吃。"

对方听完，即刻便说："我给你点份外卖。"

电话那头有轻轻响动，封雅颂不知道他是在使用电脑，还是拿起了另一部手机。

她赶紧说："不用的。"

"考研班的地址告诉我。"

封雅颂吸了口气，认真地说："真的不用。我让朋友帮我带了吃的，我自己也带了水果。"

对方没再继续坚持，平静地问："不方便取吗？"

"主要是，等外卖到了，我也该回自习教室了。"

"嗯。"对面悠闲地回应，然后说，"小颂，你的经历不算很丰富吧？"

封雅颂抿了抿唇，问："这么容易被发现吗？"

"我感觉，我为你花钱这件事，你很敏感。"

"因为……"封雅颂一下顿住了，心里的想法被人拎出来，她不知道该说什么了。

"因为不好？因为不平等？"他叹了口气，低低的，更像是一种自我调整，"普通的朋友之间，也没有绝对的平等。更何况，我们之间也不是平等的关系，这点你同意吧？"

封雅颂轻声地说："我知道。"

他继续说："我们在进行一场真实的游戏，你需要更加投入进去。就像小孩子玩过家家，穿上裙子就是公主，戴上头纱就是新娘，拿起枪来就是警察。这个游戏只有我们两个人，不受外界的影响，没有其他任何人能窥探，因此不用伪装，也不必有任何顾忌。

"每个人的内心都是一个小盒子，你的盒子找到了我，那么，我希望你用盒子内部的东西来跟我交流，可以吗？"

封雅颂听得愣住了，很低地"嗯"了一声，继续听着对面的声音。

"所谓压力，是对身边的人可能不谅解你的恐惧。没有考好，怕父母失望，怕身边的人失望，你害怕这些失望带来的后果，害怕这些后果带来的实际损失。这是压力的根源。

"而我，能够参与进去。我想帮助你变得越来越优秀，像所有人期待的那样。这些也会给我带来希望。这份希望，远比一份外卖、一份礼物来得更加珍贵，你能够理解吗？"

封雅颂轻轻地抵住墙壁。他一直是平淡地陈述，却像是温和的木槌一般，敲得她心里直发软。

她很想抓住些什么，但最终抓住的只有自己的手臂。

她没有回应，他的声音依旧低低地飘出来。

"我不是真正掌握你命运的那个人。这个游戏能够进行下去……

你需要让我了解你真实的想法。不断地了解，这是我的要求。"

封雅颂张了张嘴，这时候，晚自习的铃声响了。

她被突然响起的铃声吓了一跳，时间竟过得这么快！

封雅颂捂住话筒，匆忙地说："我……该回去自习了。"

对面明显地停顿了一下，然后淡淡地说："去吧。"

铃声一直在持续，封雅颂也一直捂着手机，等到环境安静下来，她松开手机，发现电话已经挂断了。

封雅颂跑到教室门口，老师已经站上了讲台。

封雅颂小声地说："……刚刚去厕所了。"

老师看了她两眼，然后一挥手，示意她快坐回去。

封雅颂回到座位旁边，看到桌子上放着一个肉松面包。她看了一眼陈浩。陈浩收回目光，默默做题。

封雅颂把面包塞进桌洞里，拉开椅子坐下了。

第一节晚自习课间，封雅颂才拆开面包，一口一口地吃起来。

吃了一半，一本本子放到了她的桌子上。封雅颂抬起头，看到陈浩正在发前两天上交的数学作业本。

陈浩指着她的本子说："挺好看的，你的本子。"

那是一个粉色烫金的笔记本。

封雅颂有些好笑："我的笔也好看，本子也好看，整天觊觎我的文具，没发现你还有颗少女心啊。"

陈浩挠挠头："没有，我是觉得本皮很厚实，挺耐用的。"说完他继续发作业本。

封雅颂把生物试卷翻了个面，边看边吃面包。

晚自习结束，封雅颂回到家里，抓紧写联考卷子。她怕影响思路，一口气把理综大卷全部写完了，再看时间，已经十二点半了。

封雅颂跟对方汇报了一声，起身关了台灯，躺到床上。

对方如常地说了声"好"，然后叫她睡觉。

看着平淡的文字，封雅颂却想起了今天他在电话里说的那番话。他说：每个人的内心都是一个小盒子……

他说：我想帮助你变得越来越优秀，像所有人期待的那样，这些也会给我带来希望……你能够理解吗？

不知为何，封雅颂觉得他说的话格外真诚，好像背后有某种情绪将它托住了。

封雅颂翻了个身，然后打下几个字。

小颂："其实，你的模样让我好奇。"

绳师 27 号："嗯？"

小颂："我想跟你见面，吃个饭，或者喝杯咖啡。躲在手机后面，我确实感到安全，但同时，我也会感到非常可惜。"

她一口气把话讲完了。

消息发出去，封雅颂感到有点发抖，像是耗光了所有的能量一样。

绳师 27 号："你清楚你在说什么吗？"

小颂："我清楚的。"

上方的"对方正在输入……"出现后又消失了。

漫长的两分钟……

对方并没有直接回答。

绳师 27 号："不早了，睡觉吧。"

封雅颂手指按动，又停下了，最后只是敲出一个字。

小颂:"嗯。"

对方沉默着,但此时封雅颂并没多想,翻身平躺,把手机举在面前。

小颂:"27,晚安。"

封雅颂按照计划,每天匀出两个半小时来备战联考,她写完了三套往年试卷,和陈浩对完了答案,把做错的题和不会的知识点都重复练习了好几遍。

又一个周末过去,周一的时候,百校联考到来了。

桌椅拉开间隔,书本全部收掉,监考老师站在讲台上拆开试卷。寂静的教室,只听得到牛皮纸袋撕扯的声音。

封雅颂看了眼一步远的陈浩,他双臂搭在桌上,晃着笔不耐烦地等待着。她又瞥向另一侧的窗外,树荫葱郁,校园墙外有行人。最后她的视线回到自己的桌面上,她伸手把钢笔、铅笔、橡皮等一一从笔盒里取出来排好,然后将头发重新扎了一下。

秒针"咔嚓"走正,一声铃响,老师开始快速地发卷。

上午语文,下午数学,封雅颂做得都算得心应手。语文科目本身分差不大,封雅颂字迹规整清秀,在阅读理解和作文上占优势。做数学试卷时,封雅颂甚至遇到了几道熟悉的题目,只是形式稍有变化,考查的公式和解题思路都是一样的。果然,跟前几年联考都是同样的出题人,试题换汤不换药。

到了第二天上午,理综试卷发下来,封雅颂吸了口气,按着顺序,首先从物理分卷开始做起。前面还算顺利,到了大题部分,她在一道电磁题目上卡住了。

这个题目的模型比较复杂，物块在磁场中先是直线下落，继而又是圆周运动，封雅颂花了很长时间分析了轨迹，才提笔开始计算。前两问回答完，封雅颂感觉求得的结果不大正确，她重新读了一遍，发现自己忽略了重力项。她着急地开始修改，好不容易改好了前两问，她才想起来抬头看时间，一个半小时已经过去了。

　　理综考试统共只有两个半小时。

　　封雅颂心里顿时紧张，放弃了剩下的一道物理大题，开始做卷子的化学部分。好巧不巧，这套化学题的计算也很复杂，那些材料的克数、溶剂的体积都是小数点后有好几位的，封雅颂慌乱地算了一遍后填上结果，也没时间检查了。

　　她开始做生物部分时，考试时间仅剩二十分钟了。

　　封雅颂几乎是大脑和手指齐动，一边读题，一边飞快地填写生物卷。考试结束铃响，她正好填好了最后一个空。

　　试卷被收走，封雅颂心脏"怦怦"直跳，手腕都写酸了。

　　同时，她心里知道，自己这次的理综成绩不会太好。

　　下午考完了最后一门英语，联考终于告一段落。无论考没考好，终是松了口气。

　　这两天由于排了考试，留下的作业不多，所以晚自习时同学们都轻松了一些，教室里时不时响起窃窃的聊天声。

　　封雅颂复习了一遍物理笔记，然后把错题本换到桌面，打算把开学以来作业里的错题整理一下。

　　她低头翻找练习册的时候，听到身边翻书的声音比她还大。封雅颂抬头一瞧，陈浩在座位上坐得端端正正，正在翻阅一本《读者》杂志。

封雅颂好奇地凑过去："大神居然还看闲书啊。"

陈浩说："哎，不算闲书，学习一下。"他晃了晃书皮，"看别人的文笔怎么能那么好。"

"怎么，写作文受打击了？"

陈浩说："可不，特意省了一个多小时来写作文，憋半天也憋不出美如画的句子来。"

"议论文要什么美如画，立意别跑题就好。"

"议论文也得把开头、结尾润色一下啊，总不能一上来就讲道理。"陈浩往后翻了几页书，又问，"对了，你的作文题目叫什么？"

这次的作文题目还算宽泛，在题干里列了三段材料以后，让考生谈谈对"任性"一词的理解。

封雅颂说："我的就叫《率性与妄为》，把'任性'分成了'率性而为'和'肆意妄为'两种，分别展开谈论了一下。"

陈浩捂了下脑袋："哎，我的题目叫《优秀才能任性》，会不会跑题了……"

封雅颂笑着说："别说，跟你挺合适的。"

封雅颂从书包里找齐了练习册，看到陈浩一脸苦大仇深地读着杂志美文，她摇摇头，拿出彩笔开始整理错题。

尽管这次是百校联考，但试题都是本校老师批阅的，因此出分快，考试结束第二天，各门成绩就陆续出来了。

封雅颂的理综考了 200 分整，不算特别糟糕，但是她看了看陈浩292 分的试卷，顿时哑口无言。

高三刚刚开始，还没怎么综合训练，理综就能接近满分，真是变态。

陈浩察觉到了她的目光，"嘿嘿"一笑，把试卷扣了过去。他撑着桌子离开座位："等着啊，我打探一下别人考得怎么样。"

正值课间的教室里，同学们讨论纷纷，陈浩挨个儿凑过去看。不过他这个超高分在那里晃悠纯属招人恨，不断被人嫌弃地推远。

陈浩逛完一圈，又走了回来，悄悄地对封雅颂说："我看了，理综上200分的人不多。你其他科分数也不低，进年级前三十名没问题。"

封雅颂点了下头，也不愿多想，拿出水果盒默默地吃起来。

又过了一天，考试排名出来了。或许借陈浩吉言，又或许刷题真是效用非凡，封雅颂果然进了年级前三十名。

她考了第二十七名。

看到名次的那一刻，封雅颂先是松了口气，随后心脏猛然快速地跳动起来。

因着那个网名，这个数字仿佛有了另外的含义。

就像是，她的幸运数字一样。

成绩排名张贴在教室门前的公告栏上，封雅颂站在那里看着，听到身后一个男生嫌弃道："呦，你第一名还用看？"

封雅颂回头，看到陈浩挤过来了。

陈浩勾住那个叫宁飞的男生的肩膀："怎么了？我关心一下你考多少名怎么了？"

宁飞推开他："去去去，我三十名整，还得跟你在一个班里。"

吵闹一阵后，陈浩走过来，说："哎，没被滚动出去，留在一班了。"

封雅颂转头，意识到他在跟自己说话。

封雅颂长长地出了口气，对他说："多亏了大神啊，那几套题简直是提分神器。我请你吃饭吧。"

陈浩问："请我吃啥？"

"离放假还有好几天呢，不然就吃食堂的小炒吧。今晚怎么样？"

陈浩面色动了动，腼腆了起来，说："我今晚要打球，已经约好了……"

这时宁飞在后面推了他一把："打什么球，人家都请你吃饭了。"

陈浩瞪了他一眼。

宁飞装模作样地揉了揉肚子："我也想吃小炒了，想吃食堂的麻辣鸡丝，晚上一起去吧。"

封雅颂说："行啊，你那份你自己付钱。"

陈浩赶紧说："咱们都 AA 吧，就庆祝一下我们都顺利留在了一班。"

宁飞勾着陈浩，笑呵呵地跟封雅颂说："他这人啊，不好意思单独跟女生吃饭……怕被老师看到。"

吃完饭回来，封雅颂专心致志地写作业。

前段时间每天都要在晚自习挤出一个小时来做联考卷，所以她写作业的效率特别高，如今已经形成了习惯。两节晚自习结束，她的作业已经全部完成了。

最后一节晚自习，封雅颂额外找了些习题来做。笔尖落在纸上，她心想，可以再制订一个学习计划，安排进每天的学习里。

晚上回到家里，不用再熬夜刷题，封雅颂洗漱完毕，心情轻松地躺在床上。

她很想与他分享自己考了二十七名这个奇妙的巧合。

可是上了大学之后，恐怕不用再这样排名次了吧？

她难以自洽，于是忍住了，没有说。

她换了个方式，询问对方。

小颂："我这次学习计划也圆满完成了，要不要给我奖励呢？"

绳师 27 号："有想好的奖励吗？"

小颂："嗯。我想问你个问题。"

绳师 27 号："问吧。"

小颂："你的网名，为什么叫'绳师 27 号'呢？"

绳师 27 号："就想问这个？"

小颂："嗯。"

绳师 27 号："你怎么理解，可以跟我分享一下吗？"

封雅颂望了望天花板，然后拿起手机打字。

小颂："我想，你可能是做相关工作的，然后你的号码是 27 号。"

绳师 27 号："你认为我有一份类似于技师的工作，工号是 27？"

小颂："……嗯。"

毕竟她的第一印象是，他是个社会经验非常丰富的人。

等了一会儿，封雅颂小心地问："我猜错了？"

她又问："那你是生气了，还是笑了？"

小颂："算了算了，不开玩笑啦，我其实想请你吃一顿饭。"

小颂："毕竟，快到'十一'假期了。"

绳师 27 号："最开始的时候，你对我说，单纯的沟通也很有意思。"

不知道对方是在翻记录，还是单纯在回忆，总之这个消息隔了两
分钟才传来。

封雅颂捧着脸，有些下不来台，毕竟她曾经信誓旦旦，认为自己
不会改变主意。

小颂："我这次也圆满完成了任务呢……"

绳师 27 号："与我见面，是你想要的奖励？"

小颂："嗯。"

隔了片刻，封雅颂才等到他的消息。

绳师 27 号："选一家你爱吃的饭店。"

封雅颂静静地躺在床上，捧着手机。

小颂："你说过，东方中心酒店的咖啡很好喝。"

小颂："我们就在那里碰面吧。"

对方的消息依旧是简短的，具有托载一切的力度。

绳师 27 号："好。"

漆黑的房间里，封雅颂带着一种激动和期待闭上眼睛。

小时候，封雅颂总是不敢一个人睡觉，她觉得床太大了，在她碰不到的角落会藏着什么东西。现在，她躺在床上，守着手机，感到一种真实存在的力量，静静地陪在身边。

她不自禁地在遐想中遨游，想象着即将到来的"十一"假期。天花板似乎轻轻地旋转起来，整个房间回荡着奇妙的秘密。

辗转很久，封雅颂还是没有睡着。这时手机忽又亮起来。

绳师 27 号："忘记告诉你，我输入网名那天，正好是 27 号。仅此而已。"

封雅颂为了"十一"的见面，做了许多准备。

她给自己搭配好了一套衣服，并提前换上感受了一下。她从母亲那里拿了几片面膜，每天睡前悄悄地敷上一片。

倒计时还剩一天时，封雅颂感到自己的情绪发生了些许变化，从无限的期待，到有些紧张起来。

在学校里，封雅颂有意提醒自己，不要去想"十一"的事情，可听着听着课，她的心还是忍不住飘腾起来。

她想，与他的见面真是一场计划已久，却异常大胆的决定。

放假前最后一天上课，到了下午，学生们的心都浮躁了起来。熬完了下午的全部课程，还剩下三节晚自习，封雅颂在晚饭时间又躲到天桥上，拿出手机。

等待开机的时间里，她突然意识到，在这之前他们谁都没有提过见面的具体安排。他没有说，她也没有问。

她小心地询问："明天就是'十一'了，你放假了吗？"

绳师 27 号："自然。"

小颂："那你，回京安吗？"

对方没有继续回答，而是问她。

绳师 27 号："今晚也在自习教室学习？"

小颂："嗯。是。"

绳师 27 号："明天我去小区接你。"

他没有询问，直接做了决定，是他一贯的风格，封雅颂握了下手机，只不过……

小颂："还是我自己去找你吧，可以吗？"

她怕被认识的人看见。

对方了然，也没再坚持。

绳师 27 号："好。"

绳师 27 号："我在东方中心酒店的大厅等你。"

小颂："明天几点呢？"

绳师 27 号："随时。"

看到这个回答，封雅颂轻轻地微笑，回了个"哦"。

小颂："那我明天怎么认出你呢？要不要给我描述一下，你的衣着、特征？"

绳师 27 号："不用。"

绳师 27 号："你朝我走过来，我可以认出你。"

小颂："我是怕自己认错了。万一走进大厅，里面坐着很多人，一个人朝我招招手，我就坐过去了。事实上，他是来相亲的。我跟他聊了很久，越聊越不对劲，这可怎么办啊？"

绳师 27 号："真是奇怪的担忧。"

小颂："很多电影都演过这样的乌龙呀。"

气氛松弛起来，等了一下，对方发来消息。

绳师 27 号："我手边有一件深灰色的衬衣、一件黑色的毛衫，挑一件吧。"

小颂："给你挑吗？"

绳师 27 号："你想见到我穿什么？"

封雅颂认真地想了想。

小颂："衬衣。"

绳师 27 号："好。"

绳师 27 号："希望明天来相亲的男人不会穿深灰色衬衣。"

封雅颂又笑了下。

这时只剩五分钟了。

对方也记牢了她的时间点。

绳师 27 号："你该去自习了。"

封雅颂还想最后再聊两句，她正好还有个问题。

小颂："你是自己开车回来吗？"

小颂："假期路上大概会很堵。"

绳师 27 号："没关系，我已经回来了。"

封雅颂感到很意外，他又说："我现在就住在东方中心酒店。"

绳师 27 号："等着明天与你见面。"

第七章

履承诺

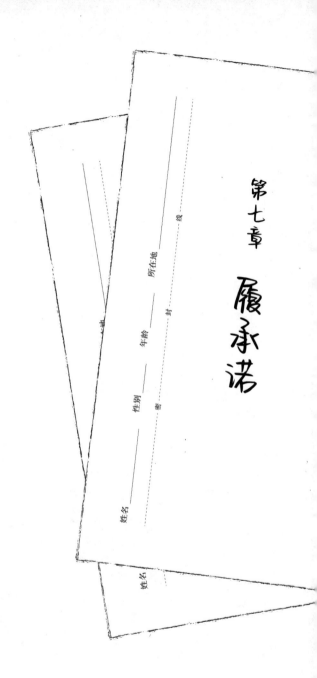

姓名_____ 性别_____ 年龄_____ 所在地_____

密_____ 封_____ 线_____

地_____

姓名

卡着最后时间，封雅颂匆匆地回到教室坐下。

桌上摊着一份假期作业，是哪科，不知道，封雅颂连一道题目都没读完。她用笔点着下巴，一整节晚自习都心神不宁。

课间的时候，陈浩终于打断了她："你怎么一直发呆啊，要放假了，学不进去了？"

封雅颂回过神来，抬头看着他："啊，我没发呆啊。"

陈浩一脸不信，笑了笑，然后说："你把语文作文借我看一下吧。"

"什么作文？"

"联考卷的作文，关于'任性'的那篇。"

"哦……"封雅颂找出文件袋，翻了几下，把语文试卷抽出来给他。

"谢了。"陈浩抖抖卷子，靠着桌边直接看起来。

封雅颂看了一眼教室的钟表，距离放学还有不到两个小时。距离明天见面，或许还有不到十二个小时了……

封雅颂把胳膊放上桌面，努力专心地看着面前的作业。

第二个课间，陈浩站起来伸个懒腰。

"写得是好，学不来，学不来……"

他拎着封雅颂的卷子，悠悠地读了一句："……过分包藏心性，会使生命之花萎靡凋零；太久隐藏秉性，会使凌云梦想轰然倒塌。唯有率性而为者，才可惊奇发现，原来生命光彩可与日月争辉！"

"喂，别读啊……"听着自己的作文从别人的嘴里念出来，莫名地尴尬。封雅颂赶紧抢试卷，一伸手，忽然看到了自己五指亮晶晶的指甲油。陈浩也看到了。

封雅颂垂下眼皮，抓到卷子，把手缩进校服袖子里。

她几下把卷子塞回文件袋里，继续做题。

陈浩站在旁边，上课铃响了，他才小声地提醒了一句："你下巴上有道笔印。"

封雅颂一愣，伸手抹了一下，又看了眼陈浩的表情，看来没有抹掉。封雅颂拿出小镜子，照着擦了半天，下巴都搓红了。等收好镜子，教室已经安静下来很久了，封雅颂重新拿起笔，却发现再也静不下心来了。

晚上回家的路上，封雅颂跟封妈说明天要跟衣然出去玩。

封妈目视前方，问："作业不多啊？"

封雅颂说："还行，后面剩下几天抓紧写嘛。"

封妈点头："出去玩玩吧。寒假之前，你们也就剩'十一'这个大假期了。"

封雅颂联考考了二十七名，比上次有了很大的提升，封妈对她也更宽松了些。

封妈认为封雅颂学习状态很好，而自己要做的就是少影响她，多做些有营养的伙食，当一名合格的后勤兵。

封雅颂失眠到很晚才睡着，第二天却早早地醒了。她去卫生间洗了澡，吹干头发，又停在镜子前面磨蹭了半天。

封妈简单地做了些早餐。吃完早饭，封雅颂回到房间换衣服。

她穿上了无袖的棉麻白裙子，外面搭了齐腰的牛仔外套。

封雅颂整理好小挎包，走到门口准备穿鞋时，封妈路过，立即皱眉："怎么穿这么少？太冷了，今天外面又刮风了。"

封雅颂镇静地说："之后越来越冷，更没机会穿裙子了。"

封妈放下手里的抹布，往卧室走去："想穿裙子也行，但别直接露着腿，着凉了……"

封妈从衣橱里翻出了一条肉色裤袜，递给封雅颂："加上这条袜子。"

封雅颂哭笑不得："这么穿也太丑了。"

封妈说："哪里丑了？这袜子就是肉色的，不是跟光腿一个效果吗？主要是保暖啊，出门玩一圈冻感冒了，岂不是得不偿失？回头开学……"

封雅颂赶紧接过袜子："知道了，我穿上还不行吗？"

封雅颂把裤袜穿好，再次来到门口，穿上白球鞋，然后她喊："我出门啦。"

封妈的声音从屋里传来："零花钱还够吗？"

"够的。上次给我的还没怎么用。"

封妈说："嗯，去吧去吧。"

封雅颂下了楼，站在楼道外面，大大地呼了口气。

她没有直接往小区大门走，而是沿着小区道路先走到了公共厕所。

封雅颂进入一个隔间，锁好门，交替抬脚，把裤袜脱了下来。

光滑的小腿重新露了出来，封雅颂感觉舒服多了。她扶着门框，赤脚蹬进鞋子里，然后看着手里的一团裤袜，也没有别的处置办法，只得把它塞进小挎包里。

封雅颂从公共厕所走出来，感到外面的温度一下低了几分。风微微吹着，带来料峭的秋意，裙摆拍打着小腿，无尽清凉。

她迎着早晨的太阳走，心里感到有些不安，又有些紧张。她仰起头呼吸，在那些紧张情绪的背后，又体会到了更深处的自由。

封雅颂在小区门口坐上公交车，两站之后，她下了车。

公交车门关闭，从面前驶过。东方中心酒店就在马路对面。

封雅颂等到交通信号灯变绿，然后过马路。这个路口的人很少，斑马线上只有她一个人在走。

东方中心酒店是一个很老的五星级酒店。封雅颂小的时候，听说一些大型宴会都会在这里举办。不过这些年过去了，各式各样的酒店、饭店层出不穷，东方中心酒店也几经装修，变得接地气了一些。

酒店占地面积很大，门前留了一块很阔绰的空地作为停车位，两名保安站在路口巡视。封雅颂路过他们，心里感到更紧张了。一个保安正好看向封雅颂，她冲他笑了笑。

她匆匆走到大门口，呼了口气，走进旋转门。

玻璃转动间，封雅颂看到酒店侧面有很大一片咖啡区。

他说在酒店大厅等她，想必不会站在门口干等。封雅颂沿着几盆绿植，朝咖啡厅走去。

远远的，她看到那边摆了十来张咖啡桌。每个桌子前都摆着一圈沙发，大约一半座位都坐了人。有的人面对着她，有的人背对着她。

她要找一个穿着深灰色衬衣的男人。

视线扫过去，封雅颂看到了一个人，一个长相很周正的男人。他穿着深灰色衬衣，坐在不远处的沙发上，不过他正在使用笔记本电脑。

封雅颂的目光首先落在他的手上。他的手指曲起，按动键盘，看上去干净而有力。

封雅颂一时间犹豫了，她站在原地，手伸进包里摸手机。

指尖碰到手机的那一刻，男人手上的动作突然停了，接着，他抬起头来。

他看到了她，同时认出了她，然后他伸手把电脑合上了。

封雅颂一时间忘记了打招呼。

男人双手交叉，对她开口："你好啊，小颂。"

他微笑，目光落在她的身上，那样的目光与态度，叫作"你比我想象的更好看"。

封雅颂瞬间心跳如擂鼓。

她伸手拉了一下胸前的包带，又松开了，平复了一下心情，迈脚朝他走过去。

他始终注视着她。

封雅颂悄悄地想，自己的第一眼印象没错，如果用一个词来概括他的模样，那就是"周正"。他的五官分布均衡，下颌收窄，使得脸型偏狭长，是很耐看，也很克制的男人长相。

在这之前，她幻想过他的模样吗？

或多或少吧。不过这一刻，她想，这个人比她预期的，或许要更好。

封雅颂一只脚跟着另一只脚，最终并拢停在沙发前，跟他说了声："嗨。"

他的双手交叉放在桌面，封雅颂不自觉地挪动目光去注视那双手，然后听到他问："怎么跟我打招呼？"

封雅颂目光一抬，"啊"了一声。

"要叫我什么？"

封雅颂看着他的眼睛，轻轻地开口："27。"

他的眉骨很高，眼帘抬着，形成一种似笑非笑的专注神情。听到她称呼的那一刻，他的唇角微抬，真实地笑了。然后他手掌朝着自己："周权。"

封雅颂意识到这是他真实的名字，她点了下头。

他又说："坐吧。"

封雅颂先看了一眼他对面的沙发，才朝那里走过去，摘下挎包，在座位上坐下了。

封雅颂把两只手放到咖啡桌上，很乖地握在一起，然后开口："我叫封雅颂。"

"喝点什么？"

两人同时说话，封雅颂愣了一下。

周权看着她，慢速度念了一遍："封雅颂。"他问，"可以继续称呼你'小颂'吗？"

"嗯。"

周权点头，再一次问："想喝点什么？"

封雅颂说："我喝拿铁。"

"热的综合豆拿铁可以吗？"

"可以的。"

周权转头跟服务生交谈。不一会儿，服务生端着托盘走了过来。

这时，封雅颂注意到他的电脑旁边搁着一个空的咖啡杯。

他似乎已经坐在这里工作一段时间了。

封雅颂又抬头，服务生把两杯新的咖啡放好，将空杯拿到托盘上收走。

服务生走远了。

封雅颂身体向前倾，手指搭在咖啡杯上，看着里面的液体微微摇晃，逐渐静止。

周权开口问："今天一整天都有时间？"

封雅颂点头："嗯。晚上回家就可以。"

"好。"周权抬腕看了一眼时间，问，"一会儿想去做点什么？"

封雅颂一时迷惑，她只是想见一见他，后续的安排倒没有考虑太多……

周权仿佛可以洞察她的想法，在桌子对面看着她，说："这次见面是你要的奖励。只是喝咖啡，显然用不了一整天的时间。而且坐在这里，你似乎有些紧张，我们不如一起找点事情做。"

封雅颂的确紧张，被他指出了这一点，她甚至都无法伪装成不紧张。

封雅颂局促地想了一下，问："那，你想看电影吗？"

"电影？"

"附近不远就有一家电影院。"

周权询问："现在上映的影片，有哪部很想看吗？"

"最近有一部动作片，叫……"封雅颂卡住了。她只是听同学讨论了几句，没记住名字，至于主演是谁，她也没想起来。

她的声音低了一些："……我没太关注。不过，我们可以去电影院看一下。"

周权听她说完，突然唇角一扬，笑了下。封雅颂不由得想，他和自己聊天时偶尔轻笑的语气，原来就是伴随着这样的表情啊。

周权收起笑容，端起咖啡，喝了一大口。杯子放到桌上，他重新看向她："你似乎很喜欢拿电影当借口，无论是聊天时，还是现在。"

封雅颂张了张嘴。

她是真的挺喜欢看电影的……

周权摇头："在电影院里一晃几个小时过去，我们依旧是陌生人。"他看着她提议，"想去购物吗？"

封雅颂一时没有说话。

周权继续说："我带你去商场挑几件礼物，中午吃顿大餐，下午我们再回到这里。"他询问，"这样可以吗？"

他以一种放松的姿态坐在沙发上，说话的声音也是。不过偏是这样，更显出一种压迫。在他的目光注视下，封雅颂甚至不敢有什么动作。她有点渴，也没有端起咖啡喝一口。

她觉得那样的动作幅度太大了。

一个成熟的女性，此时会做出怎样的回应呢？

封雅颂故作镇定地抬起头，看着他问："你想带我买什么呢？衣服吗？"

他说："都可以，看你喜欢。"

封雅颂问："我现在穿的哪里有问题吗？"

周权认真地看着她，评价道："没有不好，很清丽，看起来很适合你。"

封雅颂说："既然没有不好，你也不知道给我买什么服饰，那跟我说去电影院，却不知道看什么电影，有什么区别？"

周权听她说完，判断似的说："不喜欢去商场。"

封雅颂的脑袋摇了摇。

这一番对话，应该显得她不卑不亢，十分成熟得体吧？

周权似乎笑了下，说了声："好。"

好？

封雅颂看着他又端起咖啡喝了一口，然后放下杯子，拿起电脑，从沙发上站了起来。

一套动作一气呵成，直到他走到自己座位旁边。

封雅颂这才发现这个人很高，身材也很匀称，非常具有压迫感。

他问："你的咖啡要喝完吗？"

封雅颂顿了一下，默默地把双手从咖啡杯上撤回来。

周权说："那走吧。"

封雅颂的心脏飞快地跳动起来，她仰头看着他："去哪里？"

"回房间。"

周权站在原地，看着封雅颂慢吞吞地离开沙发，整理一下衣服，又把包挎在肩上。

他看着她，又说了一遍："走吧。"

然后他们并排朝电梯间的方向走去。

封雅颂并不想与他并排，她走得很慢，想跟在他的身后。可是周权的脚步也放得很慢，像是故意的一样。

每走一步，封雅颂的心里就紧张一分。她有意打岔，轻声地开口："不是说要找点事情做……"

周权"嗯"了一声："你否决了去商场，所以，我们看电影。"

封雅颂偏头看向他。

前面就是电梯间了，周权一手夹着电脑，另一只手拿出房卡，敲了下电梯按键："房间的电视里有很多影片，一会儿你随便看。"

话音刚落，电梯到达一楼，门开了。

周权往旁边一侧身，示意她先进入。

封雅颂的大脑"嗡嗡"地转动着，拼命想着各种撤退的借口。她脚跟抬起，慢动作般挪进电梯里。

周权跟着迈入，站定在她旁边。他站直身体，注视着前方，直到电梯门缓缓地关闭。

他没有按楼层。

狭小的空间里，封雅颂低头看自己的鞋。她似乎听到自己的心跳声在这个封闭的金属间里回荡。

周权抬了下手，对她说："六楼，602。"

他在示意她按楼层。

封雅颂抿住唇，慢慢地伸出手去，在即将按亮楼层的那一刻，手最终还是垂落下来。

几秒以后，周权抬起胳膊，按下了开门键。

金属门重新打开了。

看着熟悉的大厅环境，封雅颂稍微松了口气，紧接着却听到他的声音："第一次聊天就撒谎了。"

封雅颂乍然抬头。

她望向他。他仿佛可以看进她的眼底。

"你没有上大学。你现在是几年级，高三吗？"

外面的走廊很安静，微微细风灌进了这个封闭的金属盒子，很快又消失无踪。

封雅颂感觉嗓子被堵住了，站在他的面前，什么也没有说。

周权点了下头："高三，是吧。"他的手指停在开门键上，等了一下，又问，"是在市实验高中吗？"

封雅颂的心里又凉又热，很复杂。她低声说了句"是"。

周权又点一下头。

他并不是在确认，而是早有定论了。那么，他佯装带她回房间，只是为了吓唬她一下吗？

封雅颂的思绪乱糟糟的。她感到很不自然，甚至有些狼狈。

不过这不是眼下最要紧的状况。封雅颂罚站似的站在原地，开口解释："我只是……"

"十二点了。"

封雅颂抬头看他。

周权说："走吧。我带你去吃点东西。"

他说完，迈出了电梯，划了两下手机。他的唇抿着，这似乎是他的一个习惯性动作，也是一种隐藏情绪的表现。

封雅颂看着他，很轻地"嗯"了一声，脚步动了。

她还试图解释什么，周权放回手机，朝前走去："走吧。"

封雅颂跟着他，沿着走廊朝酒店的大门口走去。她感受着自己的呼吸，意外地，比来的时候松弛了不少。

周权脚步不停，径直右转。封雅颂跟着他，大约走过了一条街道，来到一家有外文名字的餐馆前。

这条街道上有几座写字楼，饭店都是藏在楼与楼之间的私房小店，封雅颂来得很少。

紧跟着他走上楼梯，封雅颂终于敢开口了，她问："这是什么店啊？"

周权拉开门，说："比萨。"

走进店里，挂在墙上的一些海报是中文的。封雅颂抬头看着，知道这是一家正宗的意式比萨店。

店里的客人只有稀稀拉拉两桌，空桌很多。

周权没有选窗边的座位，他走到一盏圆形的吊灯底下，伸手拉开座椅，然后走到对面坐下。

他拿起桌子中央的菜单，同时抬眼看她。

封雅颂顺着座位坐下了。

菜单递到她的面前，周权说："你来看。"

封雅颂翻页，认真地看着，看到最后一页，她抬头问："要一个海鲜拼夏威夷的比萨可以吗？九寸的？"

周权说："可以。"

封雅颂点点头，转头找来了服务生。除了比萨，还点了一份小吃拼盘，两杯喝的。

服务生核对餐品后离开，封雅颂把菜单合上了。她双手按在上面，身子前倾，对他说："这顿饭我请你吃吧。"

周权看向她："你请我啊？"

"嗯。"

周权什么也没再说，把手机拿了出来。

眼下气氛冷淡，他似乎没有继续聊天的意愿。

封雅颂只好把自己的手机也拿了出来，随意地点了几下。她还是时不时瞥向他。

他不是五官夺人的长相，整体搭配起来却恰到好处。而且他整个人有种冷静的特质，即便认识了，似乎也熟识不起来。

像是与你擦肩而过的路人，你不会刻意留意他，不会排斥他，当然，也不敢主动与他搭话。

封雅颂以前没接触过这样的人，无论是同龄人，还是长辈。他低调而克制，却可以从容地掌握大局。在她眼中，这是一种格外吸引人的点。

封雅颂有一下没一下地玩着手机，直到比萨端上桌。

他们又安静地吃完了饭。

喝饮料的时候，店里的客人开始多了起来。他们身边坐了一桌外国人，封雅颂捏着吸管，悄悄地听着他们交流，判断他们是哪国人。

这时，对面的周权开口了。

"这次见面，符合你的预期吗？"

封雅颂的注意力迅速地回来了，她挪了挪屁股，坐直了身体。事实上，眼前这个人，比她料想的还要更好。

封雅颂"嗯"了一声。

周权说："你提出想要的奖励，是与我见面。"

封雅颂真诚地说："这对我来说，比其他礼物更有吸引力——"

"你完成了你的任务，所以我履行我的承诺。"

他说话时不容打断。

封雅颂"哦"了一声，低头含住吸管。

周权继续说："不过，既然见面了，我可以给你总结一下。

"你很可爱，性格也不错，是一个很有优势的小姑娘。你不需要通过一些复杂的渠道来证明自己。"

他的手搭在玻璃杯上，指尖点了两下，仿佛在思考措辞。

"高三有压力是很正常的，你现在要试着努力学习，听家长或老师的话。懂我的意思吗？"

封雅颂懂的。

封雅颂望着他。果然，下一秒，他开口说："等下送你回家，以后不需要再联系我了。"

封雅颂立即说："我不该骗你说我已经上大学。可是，我知道说了自己的真实年龄，我们连之前的聊天机会都不会有了……"

周权平静地说："不光是年龄。我们想要的是不一样的东西。"

封雅颂张了张口，又打算说什么。

这时周权站了起来，问她："还喝吗？"

封雅颂没有看饮料杯，抬头望着他。

周权并不想要她的回应，说："那走吧。"

他跨出桌椅，径直走向前台结账。

封雅颂愣了半分钟，然后慢慢地从座位上站了起来。

周权已经站在门外了。

等封雅颂出来，他一偏头："走，我开车送你回去。"

走下饭店门口的几级台阶，周权再回头，看到封雅颂站在门口没动。

周权眯起眼睛，停在原地看着她。

封雅颂说："我……"她顿了一下，吸了口气说，"我们真的不能再联系了吗？"

周权说："我刚才已经表达清楚了。"

封雅颂轻轻地点了下头："我知道了。"她拉了一下包带，看着他说，"那不用你送了，我自己回家。"

周权顿了两秒，然后点头："好。"

又等了两秒，谁也没有说话，他转身往酒店方向走去。

封雅颂不知道自己是怎么坐上公交车的，也不知道自己是怎样回到家门口的。

她深吸口气，用钥匙拧开家门，封妈正坐在沙发上吃水果。

"回来啦？"封妈看了眼挂表，下午两点，"就玩了半天啊。吃午饭了吗？"

封雅颂说："吃了。吃的比萨。"

换了拖鞋进屋，封雅颂说："我去写作业了。"

封妈点头，指着果盘："吃块橙子，刚切的。"

封雅颂说："我等下再吃吧。"

快速地回到房间，关上门，封雅颂才松了口气。她相信母亲没发现什么异常。

封雅颂停留在门边，又发了会儿呆，才慢慢地走向学习桌。

她心里很难受，刚才还不算强烈，现在独自在房间里，这种难受愈演愈烈。

她感到心里某一处很空。

她的鼻子发酸，又不至于哭出来，于是就这样一直难受地憋在胸腔里。

封雅颂在桌边一直坐到晚上，什么作业也没动。刚开始她撑在桌上发呆，后来她把手机拿出来，点开与"绳师 27 号"的聊天框，开始往上翻聊天记录。

他们居然说了这么多话。

他们每天都在聊天。

早上、晚上，还有偷偷摸摸的课间时光。

见过面后，他发的每一句话都立体了起来。聊天记录里的每一句话，她都能具体地带入那个人的语气，然后这些字句，就真实地在她的耳边响了起来。

大约翻了一个小时，聊天记录都没有翻到头。

封雅颂无力地趴在了桌子上。

她侧着脸继续翻看手机，最后终于忍不住，点开了聊天框。

她的呼吸一下子急促起来。

封雅颂又坐直了。她要说什么呢？

　　对不起，我不应该骗你说我是复习考研的。这个谎言很
愚蠢。

　　你睡了吗？

　　我觉得你的真实名字很好听。周权，很好听。

　　去见你的路上，我其实有些害怕。但实际上，你一点也
不危险。相反，给人非常大的安全感，我的害怕其实多余了。

　　感觉你工作很忙。你的压力，是不是也很大呢？

最后，她把这些话都发给了对方。

她想，但凡有一句话起作用，也可以啊。

可是对方始终没有任何回复。

屏幕上方安安静静的，连"对方正在输入……"的提示都没出
现过。

后来时间很晚了，封雅颂转移到了床上。她再次翻阅聊天记录，
半夜时分，终于看到了初认识时的聊天内容。

小颂："那'十一'之前，我都可以找你聊天吗？"

绳师 27 号："随时。"

封雅颂把脸埋进枕头里。

她想，他说的"随时"已经不作数了。

"十一"统共放假三天，作业大约留了一周的量。

封雅颂第二天很早就醒了，无滋无味地吃完早饭，她坐到书桌前，拿起笔。

放假前物理刚刚复习了天体运动规律的专题知识，作业也是与之相关的。封雅颂读完第一道选择题，提笔在草稿纸上写了个万有引力公式，写完重新看着题干，却不知道该带入哪个数字。

她又看自己写的公式，看着看着感觉这个公式也错了……

封雅颂心里更乱了。她想，自己状态不好，这部分物理作业太难，应该先从简单的入手。

于是她把英语试卷换了上来，这是一张完形填空专项训练。封雅颂做完形填空习惯先整体通读一遍，了解文章大概的类型与内容，再细致填空。

她花了几分钟通读一遍文章，再看第一个空，盯了半天，觉得四个选项都不合适。她重新读这个句子，读了几遍，直到读出了声音，也不知道这个句子的中文意思是什么。

封雅颂推着桌子往后退了一步，茫然地看着桌面。

她实在是没有半点做题的力气。

手机放在一旁，他始终没有回复消息。

封雅颂点开微信，看到了好久没有打开过的交流群。

带着某种目的，她想，她要在群里活跃发言。

又带着某种目的，她连续点了三个表情包发出去。

她的消息很快就被其他聊天内容压过去了，没激起什么水花。

封雅颂怔了一会儿，手指不自觉地点开群成员，看了一眼属于他的黑色头像。

这时突然有了新的消息提醒，封雅颂心里一惊，点出去看，原来是一条来自群聊的好友申请。

"河北－二战考研－晨辉"请求添加好友。验证备注写着：嗨，认识认识？

封雅颂鬼使神差地点了"通过"。

对方立即来找她聊天。

河北－二战考研－晨辉："嗨，喜欢玩游戏吗？"

小颂："什么？"

河北－二战考研－晨辉："农药，玩不玩？"

小颂："不玩。"

河北－二战考研－晨辉："原神？明日方舟？"

河北－二战考研－晨辉："其实你可以下载一个，我组车队带你上分。"

小颂："我不喜欢打游戏。"

河北－二战考研－晨辉："哦。那你喜欢玩什么啊？"

封雅颂低着头："角色扮演。"

对面发了个恍然大悟的表情。

河北－二战考研－晨辉："Coser（角色扮演者）啊！"

封雅颂已经不想跟他聊了，不过她也没有其他事情想做。

河北－二战考研－晨辉："你多高多重啊？"

小颂："不高，挺瘦的。"

河北－二战考研－晨辉："给你自己长相打分，满分 10 分。"

小颂："8.5。"

河北－二战考研－晨辉："哈哈，真的假的？"

封雅颂产生了一种深深的反胃感。

对方还在不停地说。

河北－二战考研－晨辉："哈哈。"

河北－二战考研－晨辉："你给自己打分靠谱吗？"

河北－二战考研－晨辉："你多大了啊？"

封雅颂的手指点了两下，把他删了。删了觉得不太安全，她又把对方拉黑了。

她在座位上，愣愣地握着手机，感觉对里面的所有内容都丧失了兴趣。

很快吃午饭了，封妈炒了个西蓝花，炖了香喷喷的鸡汤，又用汤下了细面条。

封雅颂用筷子卷起一小撮面条，听到封妈说："你爸后天的飞机。"

封雅颂问："已经订好票了？"

封妈说："对，大后天应该就能到家了。"

封雅颂笑笑："他终于可以休假啦。"

封妈问："需要你爸从机场带点什么吗？"

封雅颂说："我没什么要带的。"

封妈点头："那我跟他说人回来就行。"

吃完午饭，封雅颂在桌前坐了一会儿，然后躺到床上。

她闭上眼睛，刚开始，昨天的经历在她的脑中回荡，后来困意慢慢地来了。

她睡着了，并且一直睡到了晚上六点。

封雅颂醒来后，缓了半天，感觉比没睡还迷糊。

下午睡多了的结果就是晚上睡不着了，封雅颂躺在床上翻来覆去，最后终于想起了件事情要做。她搜索了他推荐过的杜琪峰的电影，打开一部，戴着耳机看起来。

一直看到凌晨，封雅颂只感觉画面很好看，结局很壮烈，其余没太看懂。

夜已经很深了，她放下手机，看着漆黑的房间，突然感觉这部电影和他的气质有点像。

这样一想，这部电影似乎也不赖啊。

封雅颂后半夜才睡着，也没定闹钟，再醒来时已经快中午了。

"十一"假期只剩下最后半天了。

封雅颂挪到桌子前面，捋了一遍需要完成的作业，只感觉心里发酸。

她知道连抄答案都抄不过来了。

封雅颂沉沉地叹了口气。开学以来，她一直井然有序地学习。每一部分知识、每一道作业题，她都是认认真真地对待的。

眼下突然断掉，她很不甘心。

可是，她感觉自己的动力突然被抽走了，只留下一点心气，徒劳地折磨着自己。

封雅颂努力地压下焦虑，想了一下，觉得无论如何先把老师应付过去。

她先从不方便抄的几项作业动笔。

刚写了几个字，她听到客厅传来封妈大声打电话的声音。停了几分钟，又打了一个。

封雅颂感到有什么事情，开门走出卧室，问："怎么了？"

封妈焦急地说："你奶奶的心脏不舒服，刚刚住院了。妈妈收拾一下坐车去看她。"

封雅颂的爷爷奶奶住在相邻县城里，之前两个老人一直身体良好，生活规律，执意不麻烦儿女照顾。

封雅颂问："我爸不是就快回来了？"

封妈说："对。我先过去。你爸下飞机之后直接去奶奶家。"

封雅颂说："我要去吗？"

封妈："你不用。明天就要上学了，你好好上课吧。别担心，爸爸妈妈都去照顾奶奶，但也可以跟你视频。"

封妈走了两步，想起来什么，说："不过开学之后，你要住校几天了。"

封雅颂说："嗯，反正我在宿舍有床位的。"

封妈又问："需要我打电话给你们老师说一声吗？"

封雅颂："不用的，我进宿舍时跟宿管打个招呼就可以。"

封妈点头，转身抓紧时间收拾东西。

出门前，她又嘱咐了许多，让封雅颂在家锁好门，记得定好闹钟，手机带在身上随时联系等等，然后给封雅颂留了一些生活费，拎着行李箱出门了。

封妈下楼的脚步声越来越小，很快消失了。

封雅颂在客厅里呆呆地站了很长一段时间，心绪越来越不安宁，一方面担忧奶奶的身体，另一方面……

家里只剩她一个人了。

那么他呢，他回北京了吗？

封雅颂慢慢地走回卧室，拉了一下学习椅，却不愿坐下。

她走到窗户前，望着外面的行道树和树冠上方廓落的天空。

他是什么时候发现自己撒了谎呢？

见面时，还是早些聊天的时候呢？

可他并没有因为她是高中生就直接断掉联系，相反，他很重视她说的每句话。他把她当成了平等的对象，督促她克服了一道道难关。

然后他心平气和地告诉她：我履行了我的承诺，这场游戏，就到这里了。

这其实是种尊重，尊重她那份幼稚的小心情。这样的细节回忆起来，让封雅颂更难受了。

封雅颂将胳膊撑在窗台上，深深地吸了口气。

他说：不光是年龄的问题，我们想要的是不一样的东西。

那么，是什么？

他说：我想帮助你变得越来越优秀，像所有人期待的那样，这些也会给我带来希望。

他需要的，是一个能够放下戒备，更加坦诚信赖他的人吗？

封雅颂视线飘远，想起在那个封闭的电梯间里，他那几秒的等待与最终按开电梯门的动作。

那不仅仅是试探。那更像是一种失望的静默。

封雅颂眼皮垂下来，几乎没有思考，迅速地做出了一个决定。

于是她立即开始行动。

封雅颂把书包拎起来，将乱七八糟的作业收了进去，又从衣柜里拿了一身校服塞进去。

她换下睡衣，套上白 T 恤、牛仔裤，将手机、钥匙等带好，没有任何犹豫地背上书包出门了。

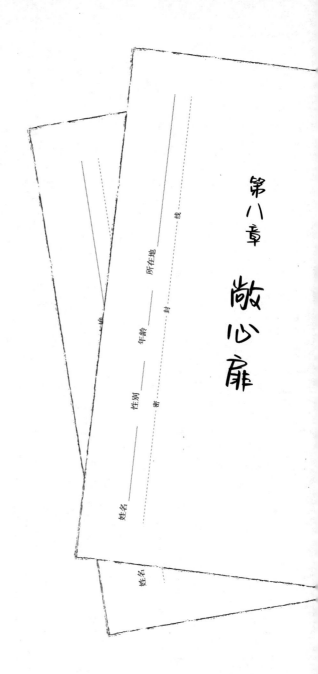

第八章　敞心扉

封雅颂抓着摇摇晃晃的扶手，坐了两站公交车。下车后，她抬起头，望着前面东方中心酒店的大门，然后抬步朝那里走过去。

她或许带着侥幸的态度，或许怀着视死如归的心情，又或许她压根什么也没有想。

封雅颂一鼓作气，进了酒店大门之后直奔电梯间。进了电梯后，她发现自己没有房卡，无法按下楼层。

于是她走了出去，转而走向楼梯。

她爬到六楼，找到 602 号房，没有犹豫，直接伸手敲了敲门。

没有人应声。

厚重的木门，敲上去声音沉闷，像是叩响了一个漫长而震颤的故事大门。

敲了许多下以后，封雅颂意识到周权并不在房间里。

如果他在，即便看到是自己，他也会打开门的。

即便不想往来，他也会先打开这扇门。

他能够做到从容不迫地拒绝，因此他不会故意躲避。

封雅颂的手垂下来。她想，今天是假期的最后一天，他大概已经开车回北京了吧。

他来到这个酒店，目的就是履行承诺。

见到了，说清楚了，就走了。

封雅颂站在门口，愣怔片刻，力气慢慢地流走了。她垂头丧气，转身朝楼道走去。

走楼梯下楼的时候，封雅颂望了望窗户外面。此时已经接近傍晚了，她不知道自己回家要做些什么。

出了酒店大门，封雅颂慢慢地穿过停车区，朝人行道走去。一辆车开进来，封雅颂往旁边避了一下。

那辆车没有停进车位里，而是直接刹住了。

封雅颂有些奇怪，脚步顿了一下，打算绕过去。这时，车窗缓缓地降下来了。

周权的胳膊搭在方向盘上，他抿紧唇，看着她。

封雅颂一下子愣住了。

她穿着简单的 T 恤和牛仔裤，背着书包站在那里，一副标准的学生模样。

她刚开始还有点冲劲，很快越来越紧张，不自觉地伸手抓了一下书包背带。

这些都被他收进眼里。

他没有说话。她先开口了，轻轻地问："你没有回北京吗？"

周权没有回答。

他的身子往座椅后靠了一下，静默地看着她。直到她不安地抬起头来，对视之下，周权出声询问："怎么了？"

不是问"你怎么回来找我了"。

只是问"怎么了"。

这样的问句，简短得令人颤抖。

怎么了？

封雅颂也不知道自己怎么了。

可她得开口。

你是故意不回我的消息吗？

你是觉得，继续跟我聊天没有意义了吗？

你已经把我删了吗？

封雅颂站在原地，望着他，归结成一句话说了出来："你可不可以不要不管我？"

清晰而脆弱的问句。

周权搭着方向盘，静了一会儿，偏头问："你想上车跟我聊聊，还是跟我回咖啡厅聊？"

听到"上车"，封雅颂才开始留意他的车，是一辆宽敞的 SUV，她的脑子有点钝，不知道该说什么，于是问："……你的车，不是被撞了吗？"

周权听完，笑了一声。然后他又叹了声气，望着她说："那我就在这儿跟你聊两句吧。"

"嗯？"

"你想让我不要不管你，可是你想让我怎么管你？"周权问，"想让我一直督促你学习吗？"

他松开方向盘，认真地与她对话："你不认为，这是你的父母、你的老师，或者是你自己的任务吗？"

"可是……"

"可是？"

他现在对她已经没有约束，可是面对这样的反问句，封雅颂还是立即把话音止了。她换了口气，轻声地说："你督促我效率很高，每天的生活都很有计划。我会觉得很踏实——"

周权打断她："小姑娘，我不是你的家长，我并没有这样的义务，这点你同意吧？"

封雅颂同意，因此她瞬间不知道该说什么了。

周权看着她："换个角度说，即便我有一些闲情逸致，愿意管教你，我也需要获得一些东西。你明白我的意思吗？"

封雅颂："你说不光是年龄的问题。"

周权双手抬了一下，无奈一笑："我的意思是，我也需要获得一种心理上的成就感。

"小姑娘，你的学习成绩不算差，我想你完全可以理解我的意思。"

封雅颂看着他说："对不起。"

周权说："不用道歉，你没有不对。"

封雅颂紧接着说："我不应该耍小聪明的，更不该假装大人欺骗你。

"你给过我很多次机会了，可是我都没有说实话，直到被你戳穿。

"是我的自我保护意识太强了。你帮助我越来越好，你想要从我身上看到某种希望。虽然不知道出于什么缘由，可是我隐约理解，只是我还是不能敞开内心的那个小盒子……

"这些，都是我不对的地方。归根结底，是我不够信任你，让你感觉被愚弄了。是我，让你失望了。"

周权望着她，眉梢动了一下。

半晌，他点头："你是一个很聪明的小姑娘。"

封雅颂重新抓了一下书包背带，深吸一口气，问："你愿意再试一次这个游戏吗？"

"试？"

"这个假期我什么作业都没有做，生活都乱套了，你可以管一管我，让我不要再这样下去了吗……"

周权又抿起了唇。

他的眼神很沉静，却又不是绝对的平静。

有其他车辆驶进了停车场，停在半路按动喇叭。封雅颂固执地站在原地，看着车窗，耳后碎发轻轻地拂动着。

周权望着她。

他记得她天真，记得她演技幼稚，记得她说起压力时碎碎念的语气，也记得那些向上的坚持和目标达成后真实的雀跃。

很意外，他原本不该参与进来的。

周权转头看向前面，同时对她说："我先把车停好，你跟我来……"

话音未完，车内的手机响了。

周权接通电话。封雅颂朝他张望着，可面前的车窗自动升了上去。

电话不过用了几秒的时间。

周权很快停好车，迈出车门，转身朝酒店对面的马路走去。

封雅颂的脚步自动地跟上了。

与酒店隔路相对的，是几栋方正的老式建筑，被一圈幽静的小院围了起来。周权径直走进院门，封雅颂安静地跟在后面。门卫认为二人是一起的，坐在门房里，也朝封雅颂点了下头。

院门口没有任何标志，楼门前也没有。

这里，是一家很低调的单位吗？

直到跟着他的脚步，走进其中一栋楼，来到一个房间门口，封雅颂才意识到这里是一家疗养院。

透过门上的大玻璃，能够瞥见房间内温馨的布局。像是一间简单的一居室，可是空气中充满了消毒水刺鼻的气息。

周权站在门口看了一眼，一个护工很快开门出来了。

他们往旁边站了站，护工小声地说："状况不太好，你还是别进去了。"

周权出声问："她几天没吃东西了？"

"两天整。"护工说，"今天上午她的神志不清醒，闹腾着把营养针拔了。我叫了医生过来看，然后就给你打电话了。"

周权看向那扇房门，没有说话。护工接着又说："到午饭时间了，刚送了餐来，我喂给她试试。"

周权点了下头："辛苦。"

护工进屋之前，好奇地朝封雅颂看了一眼。

刚才交谈戛然而止，他一定知道她一直跟到了这里。可是他对此没有阻止，也没有任何回应，只是一路沉默着，来到了这扇门前。

此刻，这份默许，更像是一种深层的疲累。

护工进去没多久，又端着餐盘出来了，满面愁容地摇头："她不肯吃，连闻都不闻。"

餐盘上有两碗荤素搭配的小菜、一碗绿豆粥，碗沿上都是汤汤水水，有些还淌了出来。

护工解释道："她非要把饭推走。我担心她激动起来喘不上气，就赶紧出来了。"

周权说："只端粥碗试试。"

护工不解："啊？"

周权伸手把粥碗端起来："她以前爱吃绿豆粥，你再去试一次。"他把粥碗递到护工的手里，另一手接过整个餐盘，"给我。"

护工两只手捧着碗，似懂非懂地点了下头。

周权替她开门，低声说了句："辛苦。"

护工还没进去，屋里的人率先察觉到了门口的动静，忽然惊声大叫："谁让他来的！让他走！走！"

沧桑尖厉的女声，似乎有些年纪了，可是发声者分明又像小孩子一样在床上跺起了脚。叫了几声后，她的声音忽然充满童真："我才是妈妈最喜欢的孩子，妈妈只喜欢恬恬，让他走……妈妈只能是恬恬一个人的。"

屋里的人一边哭，一边往门口丢东西，似乎这样就能把讨厌的不速之客打跑。

周权的手僵在了门把手上。

抱枕、抽纸等接连丢到了他的身上。一只塑料水杯狠狠地砸上墙壁，反弹到地上，滚了出来。

大家都愣住了。封雅颂上前走到门口，捡起了水杯，看到蓝色的塑料杯上印着哆啦A梦可爱的圆脸。

护工稍后反应过来，赶紧试图关门："你先走开。她不能这么激动啊……"

门还没关上，屋里的人忽然安静了。

一声细细的询问透过门缝传了出来，好像生怕戳破一个梦境泡泡。

"恬恬？"

病床上的人似乎起身了，努力地向门口探头寻找着："是恬恬吗？”

那轻弱又颤抖的声音里渗满了惊喜："是恬恬来看妈妈了吗？"

周权意识到了什么，手顿了一下，慢慢地松开了门把手。

他转过身，朝旁边的封雅颂招了下手："来。"然后他把粥碗从护工的手上端走，交到了封雅颂的手里。

封雅颂抬头看他的眼睛，一下就明白了。

她调整了一下背上的书包，一手端着绿豆粥，一手握着刚才捡起来的塑料水杯，朝屋里那张病床走去。

病床上的女人六十来岁的年纪，头发一本正经地束在脑后，几乎不见什么白发。只是她的身体异常瘦削，缩坐在床上，肩胛和膝盖都薄成一片，这说明她病况严重。

封雅颂逐渐走近，看到床边的柜子上摆放了很多物件，有海报、笔袋、漫画书，还有几件少女的衣裙。

女人在这些充满回忆的旧物当中仰高了头，眼中闪烁着炯炯光亮："恬恬回家了啊。"

看到封雅颂后背上的背包，她笑得更开心了："恬恬是放学回来了啊。"

封雅颂停在她的床边："嗯，我放学了。"

女人伸手抢过她手里的塑料水杯："是不是渴了啊？妈妈这就给你倒水。"说着赶紧伸脚在地上找鞋子。

"不用……"封雅颂张了下嘴，格外自然地吐出这个称呼，"妈，我不喝水。你看，我给你拿了粥，喝点粥好不好呀？"

女人坐在床边抬起头："恬恬给妈妈熬粥了？"

封雅颂点头："对，我熬了粥。尝一尝吧。"

女人颤颤巍巍地伸手接过碗，拿起勺子搅了搅，不可置信地问："今天是母亲节吗？"

不等封雅颂回应，女人幸福地笑了起来："母亲节，恬恬一大早就起来给妈妈做早饭了，熬了绿豆粥，煮了鸡蛋。那一年，恬恬刚六岁，才刚上小学……"

女人忽然又皱了下眉，回忆道："只是上学以后，恬恬就慢慢地不听话了，后来干脆再也不回家了——"

"尝尝粥好喝吗。"封雅颂轻声打断，双手把碗往女人面前捧了捧，"好不容易给妈妈熬的粥，再不喝就该凉了。"

"好，妈妈这就喝，这就喝。"

女人一勺一勺舀着绿豆粥，大口大口地吃了起来。其间她呛得咳嗽了两声，连忙抬头，不好意思地朝封雅颂笑了一下，然后又吃了一大口，连连道"真甜"。

封雅颂搬来旁边的椅子，静静地坐在床边。

其间她又回头望去，护工推着药柜路过门口。病房门仍然敞开一半，只是不见他的身影了。

女人喝完了粥，喝水后服了些药，嘴里不断地念着恬恬的故事，倚着枕头躺下了。

"妈妈困了，恬恬也睡觉吧。"

女人眯眼望着封雅颂，几分钟后，疲惫而安心地合上了眼帘。

护工静悄悄地走过来，收拾了饭碗以及一些杂物。

封雅颂小声地问道："他，在外面吗？"

护工连忙说："在呢。他一直等在外面。"

封雅颂朝门口望了望。护工在一旁轻声叹气："唉，这么孝顺的儿子，可是却见不了母亲……这病，还真折磨人啊。"

护工离开前又嘱咐说："你在这里多陪一会儿吧。她好久没有睡得这么踏实了，除了打镇静剂的时候。"

封雅颂的目光从门口收了回来，她轻轻地点了下头："好的。"

时间静静地流逝，封雅颂坐在熟睡的女人旁边，脑中什么都没有想。她没有觉得不合时宜，也不好奇，反而充满了平静。

后来她有些累了，双手搭在床边，趴着睡着了，书包还始终挂在背上。

封雅颂是被金属器物轻微移动的声音吵醒的。

她慢慢地抬起身子。女人靠在床头，手背上多了一块胶布，细细的输液管一直向上，引到输液架上的吊瓶里。

女人对封雅颂得意地笑道："妈妈要给恬恬做榜样，生病了不怕打针哦。"

封雅颂也朝她甜甜地笑了一下。

她慢慢地坐直，揉揉肩膀，看向窗外。天已经擦黑了。

女人的视线落到她的书包上，她忽然意识到什么，脸上涌出古怪的波澜。

"恬恬上学要迟到了？"

封雅颂顺势站了起来："是，我要去上学了。"

女人焦躁地挥起手，输液管被牵扯得晃荡起来。

"快去！快去！"

封雅颂被催促着来到了门口。

护工立即走向病床，检查女人手上的留置针。女人忽然低声说了一句："恬恬放学会回家吗？"

封雅颂想要给一个回答，转回头去，女人脸上茫然一片，似乎什么都不记得了。接着她往床里缩了缩，忽然开始带着童真哼唱一首歌。好像在她的精神世界里，已经从妈妈的角色转变成了小女孩——

那个她记忆里唯一记挂的小女孩。

封雅颂走出病房，带好了门。

她转过头，周权立即从走廊深处朝她走过来。

她都没有看到他等待的样子。

封雅颂一时间不知该开口说点什么。她像是撞破了一个秘密，又像是参与了一个秘密。这一天的冲动与经历使她异常忐忑起来。

而他只是走到她面前，平静地开口："走吧。"

封雅颂抬步跟上他，沿着原路回到了一楼的大厅里。傍晚的天色压过来，楼内的灯光显得有些昏暗。

周权伸手推开楼门，突然出声："你带了作业？"

封雅颂"啊"了一声。周权没有看她，径直走出楼门，问："书包里装了作业吗？"

封雅颂跟在后面："嗯……"

"是打算来找我写作业的？"

封雅颂有些讪讪的，忽然想到什么："你，是要回北京了吗？"

周权的下颌抬了一下，依旧问："离家出走，家人不管吗？"

封雅颂小声地说："我家人出门了。"

她的脑袋又低下来："我好像丧失学习能力了。这两天在家里，什么也做不下去……"

"作业今天必须完成吗？"

"时间已经不够了，明天要交的……"

周权直接站住了。

"直接提要求。"他转过身，目光扫过来，"你需要的是什么？"

封雅颂表达清楚："请你帮助我今晚赶完假期作业。"

周权点了下头，又望了一眼不远处灯火通明的东方中心酒店，继续抬步走去："好。你跟我走。"

再次回到了熟悉的地方，周权直接领着她进了电梯，来到了六楼，然后刷卡开房门。

封雅颂停在门口，提了一下肩上的书包背带。周权率先进屋，走到了电脑桌的位置。

房间是一个套房，卧室隐在里间，而外面的客厅空间宽敞，光线十分明亮。

周权伸手按了一下桌面，远远地看向她说："你先计划好，共有多少作业，分别几点到几点完成，然后跟我汇报。"

封雅颂立即点了下头。

屋内铺着柔软的地毯，她吸了口气，往里迈了一小步，看到周权把桌上一台笔记本折叠起来收走了，似乎在给她腾地方。

之后他走到沙发旁边，随手搁下电脑，忽然出声："你没吃晚饭吧？"

封雅颂道："没吃。"又小声地问，"你呢？"

周权没有看她，把手机拿出来："点个外卖。"

周权单手按手机，几下就点好了。

他把手机往茶几上一搁，说了句"把门带上"，然后坐进沙发，把笔记本放在膝上打开了。

封雅颂轻轻地"嗯"了声，又站了一会儿，才慢慢地关上房门。沙发那边，周权专注地看着电脑屏幕，似乎并未留意她的举动。

似乎对他来说，通过手机或者面对面相处，没有什么区别。

封雅颂放松了不少，摘下书包，轻缓地走到了电脑桌前。她又转头看了他一眼，然后拉开拉链，在书包里掏作业。

从书包底部拿笔袋的时候，他的声音传来："今晚还有时间，先定好计划。"

封雅颂再次转头。他还是没有抬头，封雅颂对他说了声"好"。

打开手机看时间，七点半了，不算太晚。封雅颂想，至少还有四个小时的学习时间。

至于作业，封雅颂把试卷和练习册在桌面摊开，一边看一边盘算着。

明天上午第一大节是化学，第二大节是数学。化学老师喜欢随堂对答案，作业不用上交；数学作业是三套试卷，她可以先挑大题写，选择题和填空题明早去了学校参考陈浩的。

明天下午的课程是英语和物理，英语作业好应付，而物理作业留了两个专题练习。这两个专题知识是难点，她原本也是需要好好学习一下的。所以，她尽量先做一部分，剩下的一部分之后抽时间慢慢补上。

思量一番，封雅颂转身对他汇报："我今天晚上，先写数学的大题，然后写——"

周权从沙发上抬起头，打断她："先说从几点学到几点。"

封雅颂回答："七点半到十一点半，四个小时。"

周权一点头："行啊，不吃饭了。"

封雅颂意识到问题，赶紧改口："哦……那学四个小时，八点到十二点。"

"嗯。"周权把袖口卷起一圈，继续问，"先写数学大题，然后？"

他的姿态自然，又显得非常干练。

封雅颂低了一下头，回答说："今晚除了数学，还要写物理的专题训练，可能只能写一部分，不过……"

"把作业拿过来。"

"嗯？"

周权已经把袖口卷好了，他扣上电脑，放到旁边的沙发上，同时抬起头，对她说："没有写完的作业，拿过来给我看。"

"哦。"封雅颂立即把数学卷、物理练习册，还有英语、化学、生物作业拿上，朝他走过去。

乱七八糟一大摞，封雅颂走到沙发前，手里还在不停地整理着。

没整理完，周权就从她的手里把作业接走了，同时问："数学和物理作业着急交，是吗？"

"是……"

一堆高中习题堆在他的手上。尽管封雅颂清楚他已经知道自己是高中生这个事实了，可她还是紧张。

周权翻了几下作业，随后问："数学是综合试卷，物理是知识点专训，是吗？"

封雅颂又说了个"是"。

周权点头，把整沓作业递还给她，说："今晚你写物理。"

封雅颂的心里产生了一种异样的感觉。

其实她也知道物理作业是更有价值的，不过那是她内心深处的想法。面对各科老师的要求，面对繁多的作业，又出于应付的心态，她的计划并没有那么清晰。

不过，他却这样要求她去做了。

他所强制要求的，是一件被她内心认定有价值的事情。

她心里感到稳而安，低声应了一句。

周权又抬头问："物理作业一共多少页？"

看着他，封雅颂回答："两个专题，大概十页。"

周权点头，把笔记本电脑重新拿回腿上，对她说："现在去写吧，写完三页再吃饭。"

封雅颂抱着自己的作业，嘴唇轻张："知道了。"

事实上，她回到桌前，一页物理作业还没写完，外卖电话就打来了。

周权起身出门，隔了一会儿才回来。他拆开外卖，兀自吃起来。

封雅颂悄悄地瞥向他那里。周权拿着筷子夹菜，眉头动了一下，朝她看过来。

封雅颂"唰"地移走了目光，笔尖动起来，继续写物理公式。

他安静地吃完了晚饭。

等到封雅颂写完前三页物理作业，一个多小时已经过去了。在这期间，封妈打来了一个电话，告诉封雅颂她已经到达奶奶家了，奶奶在医院诊疗，没有太大问题，让封雅颂不用担心。

除此以外，封雅颂都在专注地思考、做题。

而这个房间，已经保持安静很久了。

封雅颂挪开椅子，转过身去，跟他说："前三页作业，我写完了。"

周权："好。来吃晚饭吧。"

封雅颂朝沙发走过去，看到他单手搭在键盘上，注视着电脑屏幕。茶几上，一个装着用过的外卖餐具的袋子已经扎好了，还有一个袋子里是没动过的食物。

封雅颂走到他面前，意识到自己应该搬个椅子过来。

她刚打算行动，周权指着沙发的另一侧："坐过来吃。"

她看向他，他依旧视线不抬。

封雅颂轻轻地点了下头："嗯。"

封雅颂在沙发另一边坐下，跟他隔着两人座位的距离。等了一会儿，她伸手把外卖袋子拉了过来，打开，里面是一份三文鱼盖饭，还有一碗味噌汤。

她伸手摸了一下，汤尚温着。

封雅颂拆出筷子，夹起一口饭，看到盖饭除了三文鱼，还有一些赤贝和海胆。

酱汁味道很好，一份饭分量偏小，封雅颂把盖饭全部吃掉了。

吃完饭她默默地收好餐具，跟他说："那我继续去写作业了。"

周权下颌一点："去吧。"

写完全部物理作业，已经过了午夜。封雅颂将练习册轻轻地合上，笔帽也"咔"地合上了。

她转头，看到他还坐在那里。

电脑桌这里有专门的阅读灯，光线明亮，而他那边光线略暗，电脑屏幕也是幽暗的。他坐在沙发里，像是沉进了另一种静谧的时空。

封雅颂一时不知道该不该打破此时的宁静。

她后撤椅子，小声地说："物理作业写完了。"

周权看了一眼电脑下方的时间，对她说："到时间了，去睡觉吧。"

封雅颂说："我该……"

周权转头，指了一下墙壁："我去隔壁，你睡在这里，可以吗？"

深夜回家，她很担心会被邻居瞧见。

他给出的是最合适的安排。

封雅颂立即点了下头："可以的。"

"嗯。"

封雅颂想了想，又向他询问："我可以用卫生间的洗漱用品吗？"

"用吧。"

周权合上电脑，往后靠了一下，抬头问："明天几点去上课？"

封雅颂回答："六点半要出门，我们七点上早自习。"

周权点了下头："好。我送你。"

封雅颂立即指了一下外面，说："不用的，对面就有公——"

周权打断她，同时起身走向门口："洗漱睡觉吧，不早了。"

封雅颂的手指垂下。他打开了门，她冲他摆了摆手："那，晚安。"

偌大的房间忽然静下来，里间卧室开着半扇窗，纱帘轻轻地荡起来。

封雅颂走进屋，踮脚把窗户关上，然后钻进陌生的被子里。她平躺在枕头上，身体有些疲惫，但更多的是充实学习带来的满足感。

封雅颂呼了口气，冲天花板眨了两下眼睛，感觉头脑一片清静。

不该这样的。其实有很多事情应该出现在她的脑子里的。

比如，她待在陌生的酒店里，而深夜已经到来了。在正常的情况下，这样的行为是否出格了呢？

比如，她今天鼓足了勇气，对着车窗里的他问愿不愿意再试试，却不小心撞破了他的秘密。那么他的答案呢，是否已默许？

再比如，她终于有一点了解他了。这会是好事吗？

很多的事情都不同寻常，可是很奇怪的是，封雅颂什么也没有想。

她觉得很安稳。

她甚至很快沉进了梦乡。

封雅颂用手机定了六点十分的闹钟。

她从床上爬起来，简单洗漱，换好校服，在第六感的驱使下打开了房门，发现周权已经等在门口了。

好在书包已经收拾好了，封雅颂拿上书包，跟着周权一起下楼。

封雅颂穿着一身校服，朝气蓬勃的蓝白色，从大堂往外走的时候，她感到自己十分显眼。

不过时间尚早，酒店除了前台还没有其他人。周权似乎并不在意她的着装，握着车钥匙，步履如常地走入停车场。

清晨有风，阳光刺眼，封雅颂眯起眼睛，觉得并无多少暖意，秋风是微凉的。

前半段路，封雅颂抱着书包，后来她把书包背好。

停车位置靠路边，马路上声音嘈杂，时不时有车呼啸而过。周权绕过车头，按下钥匙，直接开门坐进了驾驶位。

封雅颂犹豫一下，走到车子的右后侧，拉开车门，坐进了后排座里。

车子已经发动了，发动机带着车体微微震颤。

封雅颂刚把后车门关好，周权脚下松抬，转动方向盘，朝停车场出口驶了过去。

开到公路上，车子加快了速度。

封雅颂在座椅上只坐了个边，后背的书包占了很大空间。她视线环顾，感到车里很宽敞，气氛也与自家车很不一样。

哪里不一样呢？封雅颂细想，或许是自家车的内饰是浅米色的，而他的车内以棕黑为主，因此显得更加肃穆。

快要到学校的时候，封雅颂才悄悄地看向他。

他正在开车。这个很正常的举动，放在他身上，让她感觉陌生。

封雅颂不自觉地放轻了呼吸，觉得坐他的车比坐任何人的车都要紧张。她把手撑在身体两侧，感到皮座椅有点凉。

他们没有任何交谈，前边一转，就要到学校了。

快开到路口的时候，周权出声询问："要我把你送到学校门口，还是停在这里？"

封雅颂张了张嘴，说："在这里停吧……"

周权瞥了一眼后视镜，将车子减速靠边，然后停下了。

等了两秒，封雅颂没有动静，他提醒说："下车吧。"

封雅颂"嗯"了一声，伸手开车门。这个动作做了一半，她又问："你今天要回北京了吗？"

周权反问："有什么事情吗？"

封雅颂摇头："没有，就是问一下。"

周权在驾驶位侧转身体，看着她，回答说："我这段时间都留在这边。"

封雅颂还想问什么，周权紧接着指了一下仪表盘上的时间："六点四十了，你还要走一段路。"

封雅颂闭上嘴，推开了车门，一只脚踩在地面，她还是忍不住开口："那我还可以继续——"

周权打断了她，说："去上课吧。"

"哦。"封雅颂又朝他看了眼，然后下了车。

她几步走到红绿灯口，再转身，那辆SUV已经从路边开走了。

这个路口距离学校大门还是有一段距离的，封雅颂越走越快，最后跑了两步进入校园。

伴着早自习上课的铃声，她匆匆地踏进教室。

放假回来的第一节早自习往往很杂乱，交作业，闲散瞎聊，同学们都还没有收起愉悦的心情。

封雅颂向陈浩借来了数学作业，趴在桌子上埋头写起来。

半个小时的时间紧赶慢赶，三套数学试卷总算是填满了。早自习下课铃声响了，封雅颂深呼了口气，把试卷整理一下，递给陈浩。

"交作业。"

陈浩已经收齐了全班其他同学的数学作业，就在座位上等她了。他接过试卷，把两人的分隔开，插进不同位置，然后站起身说："不行啊，你放假浪了啊！"

封雅颂活动活动手指，一本正经地对他说："我好好做物理作业了。"

陈浩说："当着我这个数学科代表的面狂抄数学作业，让我很不安啊。"

封雅颂说："可是你借给我的，执法犯法，我又没抢。"

陈浩笑了下，眼瞅着又要上课了，他拿着作业扬扬手："我交老师去了。"

假期回来，一整天的课程显得漫长。封雅颂精力集中，听课、做笔记，还被叫上讲台回答了一个问题。

封雅颂不是故意想起他的。只是从讲台走回座位的时候，她瞥见了窗户对面的教室也在上课。于是她忽然联想到，他酒店房间对着的，正好是对面疗养院的那一个窗口。

昨天在病房外，他把粥碗交给她，自己却沉默地走开了。直到今天分别，他对此一句话都没有说。

封雅颂低下头，情绪复杂。

昨晚他尽职尽责地陪伴，或许代表了他一次性的感谢。

下午的课程结束，班里有一个女生过生日，邀请全班同学去食堂吃小炒聚餐。

教室里留下了几个女生等着取蛋糕。她们聊天的时候，封雅颂悄悄地拿起自己的书包，在里面点开手机。

她并没有任何目的，只是单纯地想看一眼。

打开微信，等了几秒钟，新消息刷新了出来。

封雅颂的眼睛一下子就直了。

他的头像停留在最顶端，显示着一条未读的新消息。

封雅颂小心翼翼地去点屏幕，呼吸也仿佛停了。

绳师 27 号："可以找我。"

消息发自早上六点四十五。

"那我还可以继续——"

"可以找我。"

清早她下车以后，他拿出手机，回答了她那个没有问完的问题。然后他抬起头，转动方向盘，把车开走了。

"小颂，走啦！蛋糕到了，我们下去拿。"

门口的几个女生招呼她。

封雅颂把手机扔进书包，匆忙地抬起头："好啊，走。"

同学们簇拥着下楼梯，一个女生说："生日蛋糕还送了一套很好看的蜡烛……"

封雅颂跟着迈下楼梯，脑中晃荡着他回复的那四个字。

他说，可以找我。

是可以继续找他聊天，还是可以继续见面？或者，二者皆可呢？

走出教学楼，傍晚微风轻拂，封雅颂的嘴角不自觉地扬了起来。她感到心情愉悦，就像是自己过生日一样。

吃完生日餐，回到教室继续上晚自习。

前两节自习封雅颂把大部分作业写完了，最后一节自习时，外面的天色越来越深了，她的心思也开始不安稳。

封雅颂一边观察着讲台上的老师，一边把手机转移进校服口袋里。几分钟后，她站起身，轻轻地走到讲台，跟老师说明想去厕所。

老师挥挥手让她去。

封雅颂躲进厕所最深处的隔间，再次把手机打开来。

点开聊天框，她屏息打字。

小颂："我下午上完课才看到你的消息。"

小颂："午休时我好好睡觉了，没有玩手机。"

等了一下，她又小心地问："你现在，在做什么呢？"

你是在病房外，还是又回到了酒店里呢？

你还在电脑前，很忙碌吗？

不久，屏幕上方有提示出现。

绳师 27 号："现在是你们学校的晚自习时间。"

责问的语气。不过足够了，封雅颂看到他实时地回复了自己的消息，心里突然涌上一点感动。

小颂："我……想跟你说话。课间跟同学一起去吃饭了，没有机会。"

小颂："晚上回到宿舍，我怕网络会不好。"

等了一会儿，他问："你不是走读生吗？"

封雅颂赶紧说明情况："我父母要出门好几天，所以这些天我都会住宿舍。"

小颂："我已经很久没有晚上住过宿舍了。"

接着，她又提起兴致问："猜我现在躲在哪里跟你聊天。"

对面没有回应，而是对她说："你来我这里吧。"

简短的几个字映入眼帘，封雅颂愣住了。这是她今天一整天从来没有想过的事情。

从来没敢想过。

不过念头一起，她连呼吸都雀跃起来。她的内心深处，也很担心那个疗养院里的状况，她想要尽自己所能帮助他。

只是——

小颂："晚自习结束再去疗养院会不会太晚？"

对方回复："今天不需要你去。"

绳师 27 号："来我这里，可以更好地学习。"

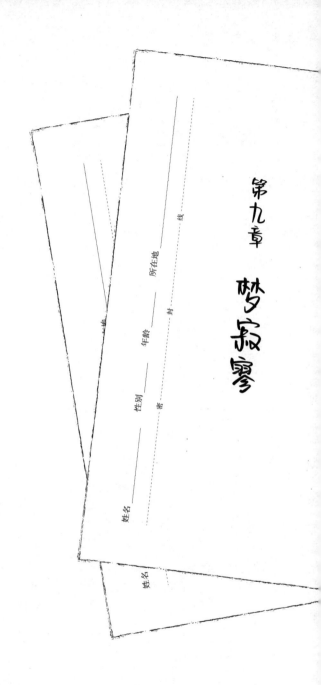

第九章　梦寂寥

封雅颂脚步轻飘飘地回到教室里坐下。她隔着校服布料，抓着手机，像是保护一个珍贵的礼物。

这样坐了几分钟，封雅颂才稍微安定下来，抬起手，拿起笔，耐着性子写了一些题目。

放学铃终于响了。

封雅颂早已收拾好了书包，她把书包挂在肩头，出了教学楼，先快步往宿舍走。

宿舍里放着她的一些洗漱用品和换洗衣物，她要拿上它们，然后再出学校与他碰面。

封雅颂进入宿舍，打开自己的储物柜。同宿舍的一个女生奇怪地问她："哎，小颂，你今晚要住校吗？"

封雅颂说："不住，我回来拿东西，一会儿就……"她顿了一下，转头对那个女生笑笑，"一会儿我还是回家住。"

封雅颂拿好所需物品，又抓紧时间往校门口走去。

学校晚上放学，只有二十分钟的开门时间，过了点就出不去了。

封雅颂对保安出示了走读证，然后抓着书包背带走出校门。

大部分走读生已经离开了，路边只停着几辆车。

封雅颂站在校门口。夜空里没有星星，只有树冠微微摇晃，被路灯映出奇幻的色彩。

她视线稍微转动，就看到了他的那辆 SUV。车子停在道路对面，驾驶位在靠着她的一边，不过车窗关闭，一片黑色。

他在车里看着自己吗？

封雅颂迈动脚步，朝那里走过去。

夜里起风，树叶打旋下落，树冠"沙沙"摇动，发出一种预见未来的声音。

如果自然能够预见，如果自然也在期待，她会悄悄地变得更好。

封雅颂在风中仰起头，轻轻呼吸。

她想，那个神秘的国王，正在召唤我呢。

封雅颂拉开后排车门，听到车里正在播放一首歌。

她摘下书包，抱在怀里，然后在座位上坐好。

车门关上了。

车内放的是一首粤语老歌，具有质感的曲调环绕。车里有点暗，仪表盘发出幽幽的光，封雅颂向前张望，看到了他的后脑。

她打招呼："嗨，27。"

周权"嗯"了一声，推了一下挡位，然后他说："走了。"

道路两旁装有路灯，照不到的树木是黑暗的。车里除了音乐，静悄悄的。

车驶到路口，封雅颂探头问他："你吃晚饭了没？"

已经很晚了，她只是随意地找了个话题交流，可没想到，周权平静地说："没有。"

"啊……"封雅颂往前移了一下，看着车窗外面的景象，说着，"前面有一家很好吃的馄饨店，开到很晚。我下了晚自习有时候饿了……"

封雅颂眼看着路边店面"唰"地就过去了，顿了一下，干巴巴地说："已经过了。"

这时，周权拨了一下转向灯，转头看着后视镜，将车子慢慢减速，最后停靠在了路边。

他拿上车钥匙，说："下车吧。"

封雅颂有些意外，不过赶紧推开车门下去了。站在路边，她问："是要去吃馄饨吗？"

周权说："对。"

是她的描述，令他转变了心意吗？

封雅颂跟着他沿人行道往回走，五百米左右就到了。灯光暖黄的一家小吃店，门口挂着透明帘子。

周权掀开帘子，侧了一下身体，让她先进去。

两人面对面坐在一张四方桌上。桌子上用透明胶贴着一份手写菜单，周权点了一下，问："你吃什么？"

封雅颂说："我不太饿的。晚上有同学过生日，我们吃了很多炒菜……"

周权点了下头，直接对老板说："三鲜馄饨，一大一小两碗。"

老板在后厨招呼了一声"好"。

桌子侧面放着自取的餐具，周权把一只碟子递给她，又拿了一个勺子，搭在碟子上。

封雅颂跟他说"谢谢"，她抬起头，又对他说："这里的三鲜馄饨是最好吃的，里面包着一个大虾仁。"

周权说："我吃过。"

封雅颂一愣。

周权给自己拿了一个勺子，说："这家店你还没出生时就有了。"

"哦。"

"嗯。"

馄饨很快就端上来了。

封雅颂用勺子舀着，慢慢地吃了两个，然后喝了几口汤。

她抬眼，看到他吃得十分认真。

连吃这样连汤带水的食物，都十分利落。封雅颂不由得想，他像自己这么大的时候，或者还是个小男孩的时候，家教应该十分严格吧。

家庭和天性，共同塑造了一个人。

周权吃完起身，走到前台，拿出手机准备扫码。

封雅颂站到他的后面，说："这顿我请你，可以吗？"

周权转头，封雅颂对他笑了笑："我还是有很多零用钱的。"

后厨是开放式的，老板在里面勤快地擦台面，用清洁球擦完，又用抹布抹，发出"吱吱呀呀"的声音。

周权看了她两秒，把手机放回去，往后撤了一步，示意："你来吧。"

他直接等在门口。

等封雅颂出来，他们走回停车位置。车子披着夜幕，在路上行驶，最后停进了酒店的车位里。

封雅颂抱着书包下车。

回到房间已经快十一点了。

电脑桌上放着几样文件和笔记本电脑，看来他白天曾在这里工作。

周权简单地整理一下，把桌子收拾了出来。

封雅颂把书包放上去，拉开拉链。她正在思考要学什么内容，他在身后开口问："今天的作业完成了吗？"

封雅颂转头说："晚自习的时候写完了。"

她又补充道："前两节晚自习，跟你打电话之前就写完了。"

周权点头。

封雅颂想了一下，跟他汇报："从十一点到十二点，我用这一个小时时间来整理一下错题本，可以吗？"

周权问："哪科的错题本？"

"物理。"

周权在沙发上坐下，他敲了几下电脑键盘，评价说："你很看重物理。"

封雅颂摸摸头发："我物理学得最不好了。"她一边把错题本和笔袋拿出来，一边继续说，"我其实很想制订一个学习计划来提高物理成绩，可是光完成物理作业就很难了，每道题目都很费时间的，再做其他的练习题，感觉用处也不大——"

他打断她，说："错题本拿给我看。"

封雅颂看向他。

周权弯了一下手指："我看你的物理错题本。"

"哦。"

似曾相识的场景。

封雅颂的错题本里还夹着乱七八糟的试卷，她赶紧对着桌子倒了倒，然后合拢错题本，朝他走过去。

周权伸手接过错题本，放在自己的电脑上翻阅。

封雅颂站在他面前。他看了大概一分钟，封雅颂悄悄地挪到沙发侧边，小心地坐下了。

他并没有什么意见，继续看着。

封雅颂的错题本很工整，题目抄写用黑笔，下面的解答用蓝笔，重要知识点还用彩笔专门标注了出来。

周权的手指停在页侧，认认真真地看完一整面，然后他又往后随机翻了几页，抬起头来，把本子合上了。

封雅颂探究地望着他。

周权说："你的字很清秀，这个错题本是你们老师布置的一项作业吗？"

封雅颂："不是的，这是我自己专门整理的。"

"只是自己总结，给自己看的？"

"嗯……"

周权缓缓点头，对她说："你的学习态度是认真的，只不过，誊写错题的目的是把它弄懂，下次遇到类似的题目可以轻松地解决，并不用像摘抄一样，把它装扮得很完美。"

封雅颂说："我弄懂了的……"

"是吗？"周权看了她一眼，说，"你坐过来。"

封雅颂犹豫地看着他。

周权重复："过来。"

封雅颂乖乖地挪过去了。

周权翻开一页，挑了一道不用笔算的选择题，用手掌盖住下面的解答，问她："这个选什么？"

封雅颂探头，仔细地看着。

这道题目她有印象，是关于静摩擦和动摩擦的，很容易搞混。封雅颂紧张地呼吸着，想了半天，小声地说："选 B。"

周权把手掌拿开，答案是"C"。

他往后靠了一下，对她说："把正确答案抄了一遍，不代表你就懂了。"

事实胜于雄辩，封雅颂弱弱地"嗯"了声。

周权拎着她的错题本说："这里面都是你缺漏的知识点，反复弄熟这些知识，对你来说是最有针对性的，比另外做许多试卷更有意义。"

封雅颂理解他的意思了。她心里也承认，自己整理错题本确实追求美观，却很少去翻阅它。

她开口："那我……"

周权说："从第一页开始，每天复习五道错题，这就是你提升物理的学习计划。"

封雅颂犹豫一下："可是，我每天新整理的题目都没有五道。这样，错题本很快就会看完的。"

周权："那就再从头开始看，错题需要反复做，只看一遍并不能完全掌握。"

封雅颂恍然，"哦"了一声。

周权格外耐心地说："每看完一道错题，在题前标注一下，比如画一个小三角形。

"当大部分题目前面都标注了三个以上的三角形，说明你已经进行了大量复习。那时我相信你的物理成绩会有提升的，起码物理不再是你的短板。"

他把错题本还给她，同时说："每天五道题，自己规划一下学习时间。"

封雅颂接过本子，默默地想，这些错题里大题居多，选择题、填空题的知识点也复杂，弄懂每道题至少需要十分钟。

她回答说："一个小时。"

周权点头："好。晚自习完成作业以后，你就做这项任务，时间不足，放学后继续补上。"

"嗯。"封雅颂乖乖应声，吸了口气，把错题本抱在胸前。

周权："今晚开始，去做吧。"他看了一眼时间，现在十一点半了，他说，"学到十二点半。"

封雅颂正准备从沙发上站起来，随着他的话语，瞥了一眼电脑上的时间。

无意地，她看到电脑屏幕开着密集的网页，都是各大医院的详情。

封雅颂心里有些不舒服，纠结了一下，小声地说："其实，最近我奶奶也生病了，我父母这几天不在家，就是去医院照顾她了。"

周权转过头来看她，没什么表情，似乎不打算回应。

封雅颂的脑子转不过半圈，又立马解释："我的意思不是你跟我父母是同辈人……我只是……"

只是，她也有类似的情况，她可以感同身受。

周权没有等她磕磕巴巴地说完，他"嗯"了一声，终结了话题。

封雅颂也不知道该说什么了。

她从沙发上站了起来，捏了一下错题本，又轻轻地问："可是你母亲的病情，主要是——"

"这不关你的事情。"他打断她，同时看着她，"现在十一点半了，去学习吧。"

他的目光没有温度，好像所有事情都是隔开的。我可以帮助你很多，但我的事不用你操心。

封雅颂感受到了他的威严，半点儿不敢耽搁，快速地坐回了电脑桌前。

她把错题本翻到第一页，拿出草稿纸，遮住答案，从第一道题开始演算。

集中注意地写了两道题，做到第三道时，封雅颂的笔尖在纸上顿住了。

一个念头滑过她的心头。

在微信聊天中，他对她说，来我这里，可以更好地学习。

他，是希望获得一些陪伴吗?

封雅颂悄悄地回头。他仍然坐在沙发上，安静地看着电脑屏幕，似乎不希望被打扰。那里灯光微暗，像是包裹着一个寂寥的梦。

起了个头，封雅颂就再也静不下来了，她不自觉地越想越多。

那天下午，她站在停车场，鼓足勇气，问他愿不愿意再试一次。

而他同意了。

或许，不单是她的话语打动了他。

封雅颂想起不久前，晚自习后，他寄给她一只旧的哆啦 A 梦闹钟，并且没有过多解释。

现在想来，那天他应该是在病房里遭遇了什么，导致心情很糟糕。可是他依然平静地与她交谈，认真地帮助她完成了任务。

或许，他在她身上真的寄托了某种希望吧。

直到他的母亲把她错认成了那个叫恬恬的女孩，一下子使这种寄托更加具象化了。

他对她，开始负有责任。

封雅颂手中的笔停滞很久了，即便她呼吸的声音很轻很轻，但在这个安静的屋子里，仍能够听得清楚。

她的视线低垂了一下，感觉他的形象一下子立体了起来，也复杂了起来。他也有情感，有弱点。她似乎，能够触碰到他了。

她的心思不断跳动着，突然听到身后传来声音："十二点半了。"

封雅颂吓了一跳，转头看向他。

周权问："五道错题，做完了吗？"

封雅颂噎了一下，迅速点头，从桌上拿起一支彩笔："做完了，我还没有标记三角形。"

她趴在桌上，心"怦怦"跳，赶紧把前五道题一个个画上标记，刚画完，错题本被一只手抽走了。

封雅颂抬头，看到周权站到了桌子前。

这个房间的地毯太厚，走路都悄无声息。

周权拿着错题本从上到下浏览，然后错题本被搁回桌上，他用手挡住第四题的解析，问她："这道题的思路给我说一遍。"

封雅颂的心跳得更厉害了，她屏息，认真看题。

一个质量车上用细绳悬挂了一个小球，球上和车上分别作用外力时，求加速度关系和细绳的拉力关系。

这道题她虽然刚刚没有复习，不过一个月前整理错题本的时候，她是做过的。

封雅颂慢慢地思考着说："对车子和小球分别建立平衡方程，然后就可以求解了。"

"这样就可以得到正确答案了？"

"嗯。"

周权把手掌拿开，指节敲了一下错题本："自己看。"

封雅颂定睛看了一会儿解析，越来越尴尬。

这道题目应该先对整体建立平衡方程，而不是分开列写，那样得到的答案是错误的。

她之前似乎就是犯了这个错误，才把这道题抄到错题本上的。

封雅颂心跳如擂鼓，慢慢地抬起头来："我……"

周权站在顶灯底下，把一部分光源挡住了，他说："你刚才一直在走神。"

封雅颂张了张嘴，瞥到桌面上的草稿纸，弱弱地说："我做了的……"

并不是一直在走神，就走了一小会儿……

"哦？"周权眉头动了一下，"又开始撒谎了吗？"

封雅颂急促呼吸着，几秒之后，她的肩膀塌了下来："对不起……"

周权看了她一眼，不语，重新坐到沙发上，拿起一瓶矿泉水喝。

沉默。

令人不安的沉默。

封雅颂小声地说："我今晚多做两道题，一共做七道。"

说着她立刻铺平错题本，又往后挪了一下椅子。这时他的声音传来。

"站起来。"

封雅颂双手扶着椅子，望向他。

"把椅子拿走。"周权拧上瓶盖，用瓶子指了指她桌前的地毯，"七道题，今晚你就站在那儿做完。"

封雅颂下意识地"嗯"了一声。

周权把电脑重新拿到膝盖上，不再看她。封雅颂停顿片刻，挪开椅子，把脑袋埋下去看题，又很轻地补充了一句："知道了。"

封雅颂站在桌前，规规矩矩地把前七道错题都做了一遍，然后汇报。周权这才离开房间，放她去睡觉了。

第二天，周权依旧按点送她去上课。

他晚上，会来接她吗？

封雅颂下车的时候没有问。她想，可以傍晚时跟他联系。

可是不如人愿，中午时分，封妈给封雅颂打了个电话，告诉她自己下午就回家了。

封雅颂有些意外。

接电话时，她刚从食堂吃完饭出来，快步走到了宿舍前面的花坛边。

借着树丛掩映，封雅颂问："奶奶不是正在住院吗？"

封妈说："你爸已经回来了，留在医院照顾。奶奶是年纪大了，有一点慢性肺心病。这个病得吃药观察一段时间，情况平稳后回家静养就可以。"

封妈又说："我也想留在医院帮忙，可是你爷爷奶奶都不放心你，说你高三了，学习紧，又怕我耽误工作，执意让我回来的。"

封雅颂视线低垂，"哦"了一声。

封妈说："我下午四点左右就到家了，晚上开车去学校接你。"

"嗯，知道了。"

封雅颂装好手机，回到宿舍，躺了一个中午，一丝睡意都没有。

下午漫长的课程结束，封雅颂躲到天桥上，给他发消息。

小颂："我妈妈回来了，今晚我要回家住了。"

一条消息发过去，她还想再补充一句，手指点在输入框上，却一个字也打不出来。

很快，对面回复了消息："好。"

简短而果断。

小颂："你会留在京安很久吗？"

绳师 27 号："这段时间都在。"

这段时间，是多久呢？

小颂："我们学校每个月休一个周末，'十一'刚放完假，下次再休假是十一月初。"

小颂："到时候，我可以去找你吗？"

对面停顿了一段时间，说："到时再联系。"

小颂："哦。"

封雅颂的头低了一下，这时又收到他的消息。

绳师 27 号："你的物理学习计划，每天五道错题，做完打标记。"

小颂："我要每天跟你汇报吗？"

绳师 27 号："睡前跟我汇报。"

她的眼睛一下子又亮了。

小颂："好的。"

绳师 27 号："好了，去上课吧。"

封雅颂握着手机，她想问问他的情况。这段时间他会回家吗，还是要一直住在酒店里呢？

也想问问他母亲的病究竟是什么导致的，好治疗吗？还需要她去帮忙吗？

可是她想起了他说的那句"这不关你的事情"。

也想起了他毫无温度的表情和语调。

最后，她手指按动，只是跟他说："27，再见。"

封雅颂感觉自己的生活步入了一种平和的状态。

在学校里，她紧跟老师进行高考复习，课上专注听讲，课下认真完成作业。回到家里，每晚睡前，可以跟他聊上十几分钟。

有一天下午课程结束，封雅颂正打算去吃晚饭，在书包里偷看了一眼手机，发现微信里有个陌生人的好友申请，来自手机号码查找。

她点了通过以后，对方自报家门，原来是在疗养院里照顾周权母亲的那个护工。

护工说，病人今天一整天的状况都非常不好，各项治疗都不配合，想请封雅颂想办法安抚一下她。

封雅颂第一时间想要请假过去。对方又说，请封雅颂打个视频就好，主要还是要扮演"恬恬"。上次病人见到了"恬恬"，心情愉悦，连续几天状态都不错。

封雅颂自然应允，躲到天桥上，给对方打了将近半个小时的视频。她叮嘱病床上的女人要配合治疗，多吃有营养的饭菜，一切都要给恬恬做榜样，不要让恬恬担心。

那端手机由护工举着，女人凑在屏幕前面欢喜了一阵，忽然又产生怀疑，用手戳着屏幕，质疑恬恬为何不回来看她。

封雅颂把自己上高中了，需要住校的事情耐心地讲了一遍。她讲了学校满满的课程，讲了宿舍严格的制度，还讲了食堂极不稳定的做饭水平。她讲的都是自己的事实，女人听着听着却高兴地流下泪来，好像真的看到恬恬上高中了一般。

最后挂了电话，封雅颂感到有些难过，在天台愣了好一阵。

后来每隔三五天，封雅颂都会主动打一个视频电话。护工也说，病人只要和"恬恬"聊上两句，比打了镇静剂还管用。

手机号码最开始是不是周权给护工的，封雅颂并不清楚，她也从来不提。他们聊天时，她还是只分享自己的困惑。

有一次，她数学小测没有考好，于是在晚自习前躲到天桥上，打电话跟他抱怨。

周权说："你说过数学是自己擅长的科目。"

封雅颂："嗯。我之前数学成绩都很好，感觉数学比物理更容易学。"

周权："那你应该很清楚这次考试反映出了哪些不足。"他又问，"需要我给你分析下试卷错题吗？"

"不用的，我知道哪些知识没掌握好，我只是……"

封雅颂握着手机，望着校园花坛里的绿植。秋意越来越浓，那些树木却越发森郁了。

她轻轻吸气，说："只是我有时觉得自己小时候还挺聪明的，越长大脑子越不够用了。"

那边周权"嗯"了一声，听到她继续说："我在一个尖子班，其实压力有些大。有时候我看到其他班里的同学虽然成绩不好，但玩得很开心，我就觉得还挺羡慕他们的……"

封雅颂讲着这番话，突然觉得自己有点迷茫，不好意思地笑了一下。

周权保持安静，等她说完，然后思索着开口。

"其实每个人都要先创造一个舒适圈，它是你生活安逸的基本保证。步入社会后，一份稳定的工作、一定的财富和地位，才能塑造舒适圈。而学生时代简单很多，成绩好就基本保证了你的舒适。"

他的声音低沉，像是在随意陈述。他停顿空隙，封雅颂很轻地应了一声。

他继续说："在你们这个年龄，成绩不好，老师、家长会给各种压力。一时玩得开心，背后也会有很多苦恼。你现在处于一个舒适圈里了，不必羡慕苦苦追逐这个圈子的同学。"

封雅颂说："可是，在舒适圈里也要不断努力，比如我学习一点也不能落下。那又谈何安逸呢？"

"许多安逸是相对的。当你考上一所不错的大学，步入了一个新的舒适层次，那时候，你可以歇一歇。这是你曾经努力所换来的。"

封雅颂点了下头，又轻声问："那你现在处于舒适圈吗？"

话语问出去，她突然觉得有些不妥当。

对方停顿一下，只是回答："任何舒适圈都需要维护。"

他又说："到时间了，你该去自习了。"

大部分时候，封雅颂想到他，却想不出一个好的话头可以聊天。那时，她就会偷偷地看一眼他的头像。

见面时接触太近了，有些东西不能及时感觉到。

可现在，他们有一定的距离，封雅颂越来越觉得，他真的是一个很成熟的人。

成熟到无论她说什么，他都能完全理解她的心情。

十月中旬的时候，封雅颂知道了一个好消息。

那天大课间，教室里大部分同学都在安静学习。封雅颂做完一道作业题，双手交叉伸了个懒腰，这时体育委员宁飞风风火火地跑回了教室。

宁飞站上讲台，大声说："我们马上要开运动会了！"

他的话没在教室里激起什么水花。有同学搭腔："早知道了，有什么用？又不让我们参加。"

宁飞说："不是啊，我刚收到的消息，高三学生也能参加运动会了。"

这时有些同学兴奋了，也有人怀疑："真的假的？"

"骗你们干吗！"宁飞一摆手说，"嗨，一会儿等老师通知吧。"

果然，下节课上，班主任杨老师宣布学校为了给高三学生减负，同时鼓励大家劳逸结合，强身健体，让高三同学也参加运动会。

同学们一阵欢呼。

课后，杨老师又嘱咐体育委员抓紧时间统计大家报名的运动会项目。

封雅颂没有太擅长的体育项目，可是班里女生不多，最后她凑数报了一个 4×300 米女子接力跑。

随着日期临近，运动会的日程排出了表格，张贴在各个楼层的告示栏里。

封雅颂站在告示栏前，看到运动会在 16 日、17 日两天举办。女子接力初赛在 16 日上午，决赛在 17 日上午。

16 日当天没有晚自习，而运动会时学校的管理也会比较松散。

封雅颂在告示栏前站了几分钟。

她想，16 日那天，她是否能够出去呢？

当天晚上，封雅颂躺在床上和他聊天。

她首先汇报："今天的五道物理错题复习完了。"

绳师 27 号："好。"

她手指按动，小心翼翼地询问："16 日，你有空吗？"

她又补充："16 日是下周四。"

对方停顿了一下，问："有什么事情吗？"

小颂："我们学校那天开运动会，不用上课，也没有晚自习。"

小颂："所以，我想……"

她想，她的想法用省略号应该可以完美表达了。

对方却进一步问："你想？"

绳师 27 号："来找我上自习吗？"

封雅颂感觉他是故意这么问的，咬了下嘴唇，不知道说什么合适。

绳师 27 号："这段时间除了那次数学测验，学习还顺利吗？"

小颂："还挺顺利的。昨天有个物理小测验，我考得也还可以。"

绳师 27 号："这段时间表现不错。"

随后，他说："出来吧，带你放松一下心情。"

封雅颂看着屏幕，仿佛能够感受到他清晰的语气中的包容。

她不自觉地笑了。

小颂："那天上午我有一个接力跑比赛，中午就可以出去了。"

绳师 27 号："好。我去接你。"

封雅颂捧着手机，一直兴奋着。她觉得自己睡着以后，在梦里都是笑着的。

接连几天的课程过去，运动会很快就到来了。

封雅颂的班级被安排到了操场看台的最左侧。按秩序坐好后，封雅颂悄悄地环顾，觉得这个位置很完美，离大门口最近。

今天天气不错，天蓝云舒，太阳也不算太热烈。

操场上同时进行着几场比赛，看台上时不时爆发出欢呼喝彩声。有的同学激动地跑到跑道上喊"加油"，又被老师驱逐回了座位。

封雅颂穿着一身运动服，捧着脸在座位上等着，很快就要到女子接力跑了。

她被排在了第二棒。

第一棒的女生反应敏捷，跑得也很快。看她越离越近，封雅颂伸出手，紧张地等候。

握住接力棒的那一刻，封雅颂的心反而安定了，抬脚跑了出去。300 米的距离，大半圈操场，她把接力棒成功传递给了第三个女生。

第三棒女生拔腿继续跑。

封雅颂的额头出了一点汗，微风拂过，凉爽舒适。她停在原地喘息，看着那个女生飞快地跑远，竟有一瞬出神。

直到有老师提醒她："喂，那个同学，把跑道让出来。"

封雅颂这才回神，赶紧转身走回了看台。

日头升高到头顶，时间接近中午，比赛渐渐少了。

最后一项跳远比赛结束，同学们纷纷离开看台，奔赴食堂吃饭。

大部队都走远了，有几个男生留在看台上搬运矿泉水，陈浩正在登记上午的新闻稿。

封雅颂走下看台的时候，陈浩一转头，截住她。

他扬扬手里的新闻稿件："还差两篇，你下午凑一篇呗。"

封雅颂走过去，把提前写好的稿子递给他。

陈浩很惊讶："你写完了啊。"他简单一读，又说，"下午的三千米长跑还没开始，你居然把感想都写了！"

封雅颂笑笑："不都是那些台词拼凑一下？"

她向下走了一步，站在他下方的台阶上，想了一下，又回头说："我下午有事情，你能不能……帮我打个掩护？"

陈浩微微一愣："你要出学校吗？"

"嘘。"封雅颂示意他把声音压低。

陈浩又悄声问了一遍："你要出学校？"

"嗯……"封雅颂说，"下午应该不会点名，万一老师发现我不在看台上，问起来的话，你能不能……"

封雅颂很纠结，她觉得指使别人撒谎不大好，而陈浩又是光明磊落的好学生。

没想到陈浩插话说："我就说你去厕所了，行不？"

封雅颂抬头看着他。

陈浩挠挠头发："我就说你中午吃坏肚子了，跑厕所。"

封雅颂张了张嘴："嗯。你也可以说我身体不舒服，回教室休息了。"

陈浩说："行。"

他又说："没事。反正你下午的稿件也交了，有在场证明，随便编点什么我都能圆回来。"

封雅颂点点头，又要开口，这时后面的男生招呼陈浩帮忙搬水桶。

陈浩冲她一抬手就跑了。

封雅颂走下看台，沿着校园林荫路往外走。她想，自己以前果然不了解陈浩——他居然是个这么好说话的人。

学校的走读证对中午、晚上都有效，因为小部分学生中午也离校

214

回家。

封雅颂在门口出示了走读证，顺利地出了学校。

她背着书包，站在台阶上等着。待没车通过的空当，她穿过马路，朝那辆 SUV 走了过去。

中午光线好，透过黑色的车窗玻璃，能隐隐看到他坐在驾驶位上的身影。

封雅颂冲那个身影挥了挥手。那个身影纹丝不动。

封雅颂走至车边，绕过车尾，习惯性地拉开后车门。而后她的手顿了一下，又松开了。

或许是刚参加完氛围轻松的运动会，或许是现在的阳光太明媚了，她觉得自己身上带着一点朝气。

封雅颂走向副驾驶位，打开车门坐了进去。

她对他笑了笑。

她想把那一点阳光与朝气，带到他的身边。

第十章

陪伴者

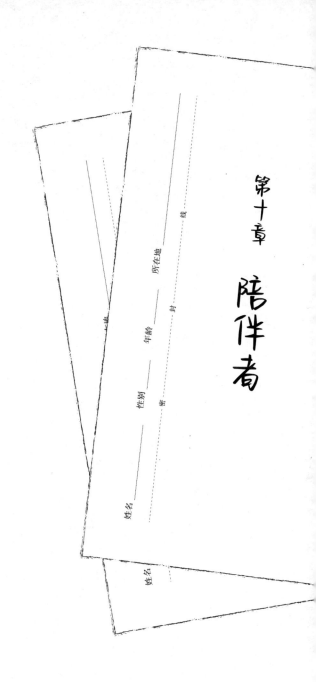

姓名 _____

性别 _____ 年龄 _____ 所在地 _____

　　周权对她的座位选择似乎并不关注。他看着后视镜，伸手推了一下挡位，说："走了。"

　　车子开出车位，汇入车流里。

　　他手握着方向盘，注视前方，认真地开车。

　　封雅颂微微转头，用眼角余光看到他的侧脸。她将下巴抵在书包上，轻声问："我们去哪里啊？"

　　周权问："有想去的地方吗？"

　　封雅颂摇摇头，然后问："你吃午饭了吗？"

　　周权听她又这么问，笑了一下。车子驶入环城路，他搭着方向盘，等了一会儿才说："我带你找个地方坐坐。"

　　十多分钟后，车子贴路边停下了。

　　封雅颂透过车窗，认出这是城市边缘的一条商业街，离她家位置较远，她很少来这边。

　　周权已经下车了，封雅颂紧跟着推开车门。

　　周权锁了车，沿着道路，走进一家装有彩色玻璃的店面。

　　店里光线很暗，封雅颂转过前台，首先看到了一个架着乐器和话筒的舞台。舞台周围错落地摆放着沙发卡座。

她意识到这是一家酒馆。

中午，店里没有演出，只是放着舒缓的乐曲。

周权走到店面深处，停在靠墙的卡座旁边，指示说："坐吧。"

封雅颂坐进座位里，看着他在对面坐下。

店内灯光昏暗，一切东西都显得不真切，比如，她分辨不清对方的神情。

她只知道对方注视着她，然后对她说："这里的下午茶比较简单。"

封雅颂赶紧摇摇头："没关系，我也不是很饿。"她尝试着问，"你常来这里吗？"

周权说："对。"

她又问："你爱吃这里的什么？"

周权说："一般来喝酒。"

"哦……"

周权手指交叉，搁在桌面，继续问："你吃一份西式全餐，可以吗？"

封雅颂点头。

周权或许打算起身点餐，封雅颂这时突然询问："我可以喝酒吗？"

周权看向她。

封雅颂用手指比画了约五厘米的高度，小声说："我可以喝一点的……我在家里聚餐时喝过。"

她的心轻轻跳着，觉得对方会为她点一杯酒。他既不是师长，也不是朋友，他是一个特别的存在，他会认真对待她的每一个想法。

她抬起脸看着他。

周权唇角抿了一下，随后点头。

他站起身，对她说："好，一杯无醇热红酒。"

一份午餐很快上桌了，而他给自己点了一杯凉茶。

周权示意："先吃饭吧。"

封雅颂点点头，握起叉子，挑了一些炒蛋放入嘴里。

刚开始，封雅颂吃得小心谨慎。几口炒蛋后，她叉起一块牛肉，刚送到嘴边，牛肉就掉了下去。

她立即抬头看了他一眼。

周权静静地坐着，什么表示也没有，可封雅颂莫名觉得丢脸。

她低下头，放弃了那块牛肉，叉起一块西蓝花吃。

周权的胳膊动了一下，将自己的杯子端过来，然后拿出手机，不再看她。

封雅颂吃完了餐盘里的大半食物，感觉已经很撑了。她悄悄地将盘子推远，把那个圆胖的红酒杯移到面前。

饮品微烫，封雅颂用手捂了一下，将里面碍事的肉桂条拿出来搁在盘子里。

她把杯子移到嘴边，抿着尝了尝。虽然不含酒精，但有一种酒的醇厚。

然后她抬起头，看向他。

周权端起杯子，以茶代酒朝她示意，自己也喝了一口。

封雅颂轻轻地笑了，她的手指搭在玻璃杯上，过了一会儿，问："你今天工作不忙吗？"

周权说："电脑在车上。"

封雅颂"哦"了一声，她顺着问："那我们是要聊天吗？"

问出口，她发现这是个傻问题。

周权的下颌点了一下，回答她："嗯。半天时间，来这里坐会儿。"

这里环境舒适，令人昏沉。沙发松软，桌子偏低，使得两人对坐的形式像是一种非正式座谈。

很安逸，只是封雅颂不知道要聊些什么。

他又端起杯子喝了一口，而后将玻璃杯搁回桌面，碰出轻响。

气氛一安静，封雅颂就有些紧张了。她嘴唇张开，问："你一般都会聊什么？"

周权又拿起玻璃杯："一般出来都是聊工作，这样单纯地坐一坐，比较少。"

他把杯子送到嘴边喝了一口。

封雅颂趴在桌前。

气氛再次安静了。

周权握着杯子，往后靠了一下："聊聊你学校的事情吧。"

"学校？"

"在手机里，你总是有很多学校的事情跟我讲。"

封雅颂托住脸："我平时除了上课就是写作业，想找你聊学校以外的事情也找不出来。"

周权思索了一下，慢慢说："你在学校里，应该是个很受欢迎的姑娘。"

封雅颂说："我吗？"她笑了一下，"我的朋友不是很多。"

周权说："你待人温和，也很有上进心。校园环境比较简单，清清爽爽，都是好看的。"

封雅颂倒有些不好意思了起来，说："你在夸我啊……"

周权对她说:"你这个人,可以比现在更自信一些。"

封雅颂望向他。他坐在沙发里,随意而安静,可是他的话语,却带着能够触及她心底的力量。

她轻轻地"嗯"了一声。

他与她闲散地聊着,饮品喝完了,他又要了两杯柠檬水。

店里的光线太昏暗了,待得久了,封雅颂甚至忘记了这是白天。直到周权点开桌面上的手机看时间,然后问:"学校的运动会几点开完?"

封雅颂反应一下,才回答说:"五点左右。"

周权:"到时间了,我送你回去。"

封雅颂立即说:"学校今天不上晚自习的。"

周权看着她。

封雅颂局促地笑笑:"我没有告诉家里提前放学,他们晚上才来学校接我的。"

周权摇了下头,说:"我现在送你回家。"

店里的萨克斯曲换了一首,依旧委婉而悠长。

封雅颂站起来,跟着他朝外面走去。

傍晚时分,外面天还亮着,封雅颂踏出店门,深深地吸了口空气,有种如梦初醒的感觉。

他们并排走向车子,走了一半,封雅颂突然想到了什么,问:"我们是不是没有结账?"

周权看了她一眼。

封雅颂:"真的没有结……"

他们刚才从沙发起身,直接就出了店门。而在店内期间,他既没

223

有去前台，也没有使用手机付款。

封雅颂的脑子转了一下，小声问："这个酒馆不会是你的店吧？"

周权开口回答她："是我朋友开的。"

说话间两人已经走到车前，他按动车钥匙，拉开车门，对她说："上车吧。"

车子平缓地驶了回去，停在距离小区一段距离的路口。

车头朝西，夕阳微微晃眼。

封雅颂解开副驾驶安全带，转过头："那我……"

周权突然伸手，打开了她座位前面的化妆镜。

封雅颂不明所以，依旧看着他。周权把纸巾盒递给她："嘴上有东西，擦一下。"

"哦……"封雅颂赶紧抬头去照镜子，看到嘴巴上有一圈紫色，是吃东西时沾上的。

她接过纸巾，说了声"谢谢"，然后对着镜子认真地擦了好几遍。

终于擦干净了，封雅颂将镜子合好，把用过的纸抓在手心，又看向他。

周权下颌一点，对她说："下车吧。"

封雅颂说："我十一月初会放月假。"

周权："好。再联系。"

"嗯……"封雅颂把书包拎到腿上，犹豫了一下，抱着书包说，"你心情不好的时候，也可以找我聊天的……"

周权看着她，只是说："回去吧。"

封雅颂轻点了下头，打开车门，又对他摆摆手："27，再见。"

车子朝着夕阳下落的方向驶远了。

封雅颂背好书包，沿着道路走到小区大门。进入小区，走到楼下的时候，她正好碰到封妈往楼道里走。

封雅颂吓了一跳。

封妈更惊讶，看着她问："怎么这么早就放学了？"

封雅颂开口说："我们不是开运动会嘛，通知可以不上晚自习，我就回来了。"

封妈问："坐公交回来的？"

封雅颂："对啊。"

封妈："也不打电话跟我说一声，我正好去接你啊。"

封雅颂说："我有同学也回家，正好一起回来了。"

上楼的时候，封雅颂又随口问："现在都快六点了，你刚下班吗？"

封妈说："没。我刚在车里接了个电话，打了半个小时。"

封雅颂松了口气，那她应该没有看到自己在小区外面从一辆陌生车上下来。

今晚作业不算太多，封雅颂坐在桌前，一边回想着今天的碰面，一边做了一些题目。

更晚一些的时候，她换下运动服，去洗了个澡。

封雅颂插上吹风机，正打算吹头发的时候，封妈突然在客厅跟她说话。

封雅颂把吹风机放下，走过去问："怎么了？"

封妈翻着手机日历，问："你说我是下个周末去看奶奶，还是下下个周末呢？"

"看你的时间……"封雅颂话说一半，反应了一下，"下下个周末我不是放月假吗？"

"对啊。"封妈以为她想要一起去，说，"你奶奶特别嘱咐了不让你去，怕耽误你的学习。"

封雅颂的头发湿漉漉的，带着清晰的凉意。她把头发往耳后别了一下，开口说："下个周末我也要上课的，早上坐公交车很不方便，要等很久。我觉得你下下周去比较好。"

封妈说："那你放假就要一个人在家了。"

封雅颂："没关系啊，我在家里点外卖，或者去小区里的快餐店吃都可以。"

封妈思索着说："也是，你在家里学习，我还总怕打扰你。"她点了下头，"行，我跟你爸商量商量。"

封雅颂回到卫生间，站在镜子前，若有所思地把头发吹干。

吹完头发，封雅颂回到学习桌前整理学习资料，拉开抽屉时，她看到了藏在书本下面的那盒水彩。

她伸手把水彩拿出来，搪瓷盒厚重而冰凉，打开盖子，有种淡淡的墨香。

封雅颂突然灵机一动，她想画一幅画，下次见面时送给他。

用他送的礼物，来制作一份回礼。他大概会觉得惊喜吧。

封雅颂充满兴致，立即把水彩本摊开了。

画什么呢？她思索着点开了他的微信头像。

头像是一栋漆黑的大楼，只有一扇窗户是亮着的。

她也要画一栋大楼，在同样位置开一道窗。不过画面是彩色的。

封雅颂趴在桌前，耐心地用铅笔先把大致画面勾勒了出来。

等她想起看时间，发现已经十二点过了。

封雅颂打了个哈欠，把水彩本合上，上床与他聊天。

他的语气依旧如常，可封雅颂隐隐感到，经过今天下午的相处，似乎有什么悄悄地变了。

比如，她今天忘记复习五道物理错题了，也大胆地没有跟他汇报。

比如，她跟他说"27，晚安"之后，他也回复了一句"晚安"。

封雅颂每晚回家，都守在桌前画一个小时。

一周时间，她完成了一幅作品。不过她左看右看都觉得颜色太幼稚了。之后她换了一张纸，参照视频上星空的画法，重新画了一栋配色浪漫的大楼。

封雅颂撕下画纸，在台灯下欣赏了好一会儿，然后将它卷成一卷，找了一条丝带扎起来。

十一月的假期很快到来了。

休假第一天，封雅颂睡了个自然醒，起床时封妈正在收拾行李。

封雅颂走过去，看到地上堆放着好几盒营养品。

封雅颂帮着把它们装进一个大行李箱里，说："带这么多啊，奶奶家那边也有大超市啊。"

封妈说："心意不一样。"

又整理了一会儿，封雅颂问："你不是十一点的车吗？"

封妈点头："嗯。收拾好了，这就出发了。"

封妈出门前不放心地叮嘱了封雅颂很多，穿好鞋子，又突然说："要不我跟李阿姨说一声，你这两天去她家里吃饭吧。"

封雅颂赶紧说："不用了，我去楼下吃快餐挺好的。去她家还要走很远。"

封妈拎上行李箱，又说："那妈妈晚上七点左右给你打电话，记得接。"

封雅颂说："知道啦，我手机不离身。"

封妈点点头，这才出门了。

封雅颂先回卧室收拾好书包，等了约半个小时，确定封妈已经到达了车站，她才走到客厅里，给他打电话。

电话响了几下就接通了。封雅颂在沙发上坐下，对他轻声道："27，中午好呀。"

电话里"嗯"了一声，对方说："十分钟后下楼。"

"还是小区外面的那个路口吗？"

"对。我停在那里等你。"

挂了电话，封雅颂握着手机伸了个懒腰。

等了十分钟，封雅颂背上书包下楼了。

她出了小区，走到路口，刚好看到那辆 SUV 贴着路边停下了。

封雅颂抱着书包坐进副驾驶。

周权正在调试歌曲，转了几下按钮，换到一首还不错的英文歌。

封雅颂系好了安全带，抬头望向他。他点了下头，说："走了。"

车子行驶在路上，封雅颂问："我们要去吃午饭吗？"

封雅颂问完，笑了一下。

她发现自己每次都问类似"吃了没"的问题。这并不是她的习惯，只是她每次上车时都是饭点。

周权回答说："去吃火锅。"

车子停到了一家川味火锅店门前。

店里飘着正宗的牛油与香料混合的气息。

在座位坐下，周权把电子菜单递给她。

封雅颂翻了两页，对他说："我们点双人餐就可以了吧？有一个鸳鸯锅底，特色菜也都有了。"

周权询问："喝什么？"

封雅颂又看了眼菜单，才发现这个双人套餐是没有配饮品的。他似乎是这家店的常客，对餐单都很熟悉了。

封雅颂抬起头，笑了笑："吃辣锅当然要喝豆奶啊。"

周权向服务员点餐，又加了一大壶豆奶。

火锅热气腾腾，刺激味蕾。他们来的时间偏早，客人陆续入座，一段时间后店里才变得热闹起来。

快吃完的时候，周权的手机响了起来。他放下筷子，说："我接个电话。"

封雅颂看着他接通电话，走出店门，然后转回头，百无聊赖地喝着豆奶。

很快周权就回来了，他坐进座位里，如常地又吃了几口。

封雅颂一口一口喝着豆奶。周围客人都在交谈，只有他们这一桌很安静。

封雅颂在热闹的蒸汽前发起了呆，突然听到对面开口问："这段时间，物理学习计划进行得怎么样？"

封雅颂猛然抬起头："啊？"

周权推了一下面前的碟子："每天五道物理错题，你已经两周没有跟我汇报过了。"

封雅颂心里顿时一紧。自从上次见面后，她就淡忘了这项学习任务，每天晚自习回家后都在画画。

周权又"嗯"了一声。

封雅颂赶紧道:"我每天都做了。"

周权注视着她。

封雅颂心"怦怦"乱跳,努力平静地解释说:"我忘记跟你汇报了,但我每天都有做的。"

周权说:"错题本给我看一下。"

封雅颂的大脑"嗡"地一响。她的错题本并没有按要求打上标记。

封雅颂张了张口:"可是……我没有带出来。"

"没有带?"

"嗯。"

周权问:"你的书包就在车里吧?"

他看着她,进一步问:"介意我检查一下吗?"

封雅颂的脸都开始发烫了,谎言把她整个人都揪得紧紧的。

蒙了几秒钟之后,她开始后悔自己说谎了。没有完成的错题本就装在书包里,这证据实在是太清晰了。

封雅颂的声音顿时小了:"我……"

周权什么都明白了。

他缓缓地点了下头,说:"我发现之前你自己制订的计划都能坚持得很好,而我建议的,你却总是用谎言应付,是这样吗?"

封雅颂低下头:"……不是的。"

对方没有说话。

火锅在他们之间"咕嘟咕嘟"地沸腾着。

封雅颂越来越不安,看向他,小声地问:"你生气了吗?"

周权靠在椅背上,手搭在盘子旁边,没有回应。

这时有个服务员走来,询问:"两位,火给你们关小一点行吗?"

周权说:"关了吧,吃完了。"

他站起身,经过封雅颂身边,说了句:"走。"

封雅颂跟着他上了车。车子径直朝着一个方向行驶。

音响里的歌曲自动续上了,低缓的曲调,封雅颂却听得心里越发
紧张了。

攒了半天勇气,她小声地对他说:"我不该撒谎的……"

她以为他多半不会回应,没承想他"嗯"了一声。

封雅颂又看向他,他的侧脸很平静。

车子沿着环城路跑了一段,如果回酒店,就要从前方路口下了。
可是周权没有减速,略过路口,直接朝她家小区的方向开去。

封雅颂顿时紧紧地盯着他:"我不要回家。"

周权说:"由不得你。"

两旁的行道树飞快地向后退去。封雅颂犹犹豫豫地伸出一只手,
轻轻地晃了晃他的小臂。

她望着他。而他不为所动,如常地搭着方向盘,淡声说:"松手。"

封雅颂问:"刚刚那个电话,是有什么状况吗?"

周权的目光瞥过来,先看向抓在自己胳膊上的那只手,又看向她
的脸。他盯着她,命令般道:"松手。"

封雅颂小声地说:"如果你母亲那边……"

方向盘猛然打过半圈,车子往路边一靠,刹住了。

周权双手一收,指了指车门:"下车。"

封雅颂只是呆呆地望着他,一时间僵在座位上,没有动。

等待了半分钟,周权推门下车了。

他绕到她这一侧，把车门拉至最大："下车。"

空气灌进车里，他的声音坚定，不留一点余地。

封雅颂的鼻子有些发酸，脑袋不由得低了一下。

周权单手箍着门框，后又让开一步，声音变得更淡了："拿着你的书包下来，不要让我再重复了。"

封雅颂咬住唇，不自觉地看了他一眼。

他的语气，让她觉得如果再拖下去，恐怕他会连人带车把她扔在这里。

她探出一只脚，慢慢地迈下了车子。

转身拿书包的时候，她的手指忽然碰到了插在侧面的画纸。她低了下头，看到了自己脚上特意搭配的小白鞋，也看到了路边的灰尘与落叶。

周权转身走向了驾驶位。

陌生的马路上，不断有车辆疾驶而过。路旁的树冠连绵叠映，阳光从叶子的缝隙里泄露出来。

站在斑驳的阳光里，封雅颂抱紧了书包，吸了吸鼻子，微微发着抖。

她不知道自己为何这么难过。有些话，她不知道怎么去讲，只觉得像受了天大的委屈一般。

他已经拉开了车门。

封雅颂胳膊一松，书包掉到了地上，她也蹲在了地上。

她抱着胳膊，开始默默地哭泣。

周权站在车的那边，停了几秒钟，朝她走过来。

他走到她的面前，说："你起来。"

封雅颂的身体动了一下，一下子抓住了他的裤子。她的肩膀耸动，一瞬间哭得更厉害了。

周权定在了原地。

她蹲坐在路边凌乱的落叶上痛哭。

过了会儿，她终于说话了："我不想这样……"

她的声音像头顶的树叶一样，抖一抖，就撒下来了。

她说："我不想看到你发生不好的事情……"

她说："我有一点了解，有一点心疼，也想要帮助你……"

她又说："可是我不能问。我不是故意的……"

最后，她只是哭着说："对不起，不要不管我……"

她知道自己在说什么吗？

周权胸口起伏，张开了口，命令的话却再也说不出来了。

他认命似的抬了抬手，默默地定在原地。

片刻，他弯腰想要扶她起来，可她哭得太厉害了。

他一时间居然不敢触碰她。

周权又站直了，隔了一会儿，低头对她说："起来吧。"

四下一片安静，荒草寂寂，连风声、鸟鸣都远了，唯有一辆车、两个人。

周权看着她的头顶，听着她的哭泣。

你的心在发抖吗？

为什么我也是呢？

最后周权还是把她拉了起来。

封雅颂僵在他面前，低着头。

这样面对面站了一会儿，周权弯腰捡起了她的书包，拍了拍灰尘。然后他转身拉开车门，把书包扔了进去。

"砰"的合上车门，他抬步往驾驶位走。他刚走一步，封雅颂在后面说："我不想回家。"

周权回头。

封雅颂的声音还有点颤，却很执着："我们一个月只放一次假。"

她又抹了一把脸说："对不起，我不是故意——"

周权开口打断："你喜欢待在这里吗？"

封雅颂微微摇头。

周权说："那就走。"

他迈到车头，拉开车门坐了进去。

等了一会儿，车门响了一声，她上车了。

不过这回她没有坐在副驾驶，而是躲在了后排。

周权真不知道自己该作何反应，伸手往方向盘上一握，直接把车开动了。

车子沿着平直的道路跑着，他朝后面瞥了一眼。

她恰好也在看他。

她的眼眶还有点红，不过眼睛是明亮的，带着一点畏惧，更多的是期冀。

视线触碰的那一刹，周权意识到了她的年轻。

与年龄、长相都无关，而是看待问题的角度，解决事情的方式——直截了当，却充满希望。

像是青涩的水果挂在枝头，迎着阳光，每一滴露水都是亮晶晶的。

无他可比。

周权保持着沉默，开车回了东方中心酒店。

走入大堂，他在咖啡厅找了个靠里的位置坐下。

封雅颂在对面坐下了，她把书包放在膝盖上，开始从里面翻找东西。

这时一个服务生走过，周权刚打算点杯喝的，一卷画纸突然伸到了他的面前。

周权看向她。

封雅颂说："我画了一幅画，用你送的那盒水彩画的。"她稍稍地向前递了一下，"送给你。"

画卷上一根丝带打着蝴蝶结，很标准，连尾部的长短都是一样的。

周权看着那个蝴蝶结，伸手接过，放在一旁："谢谢。"

封雅颂慢慢地收回了手。

她期待他打开看，却不敢主动说。

服务生又一次路过，周权没有提咖啡这件事。

他双手交叉，头抬起来："我是个直接的人……"

他刚开了个头，有些许停顿。封雅颂立即在这间隙中点了点头。

周权看着她：

"我做事习惯目的明确，但关于我们两个，我始终没有找准定位。

"你是个娇气的小姑娘，又很积极。我对你有种本能的保护欲，也产生了一些责任感。但这些，不需要你拿等价的帮助来换，你懂吗？"

封雅颂没有回答，她觉得他只是在陈述。这不是一个提问。

她想了一下，说："我只是隔几天跟她视频一下，不耽误时间的。"

周权说："'十一'假期的时候，你的奶奶生病了，可你在病房陪她待了一下午。"

封雅颂低声说："她只要看到我就很开心，我真的觉得是有意义的。希望你不要觉得我侵犯了你的隐私。"

周权说："与隐私无关。你做这件事的初衷，是在尝试着迎合我。"他看着她，进一步说，"你是在依赖我。"

封雅颂眼神闪动了一下："可……我知道你也会有很多压力。你帮助我，可我却什么也不能为你分担，你会很累的……"

周权听她的声音越来越小，开口说："其实相反。"

封雅颂愣了一下。是哪句相反呢？

周权却没有再继续往下说了。

他的意思是，即便没有其他，他也喜欢跟她相处吗？

封雅颂很钝，转动很慢，但有些事变得清晰了。她很认真地慢慢说："我会成长的，我很快就参加高考了。如果你愿意等等我……"

周权说："你是该成熟一点的。"

封雅颂看向他，他又不说话了。

安静了好一会儿，封雅颂视线低垂下来，把膝盖上的书包挪动了一下。

周权这时说："你写作业吧。"

封雅颂抬头："在这里吗？"

周权看着她的书包，仿佛退了一步。

"写吧。"他点了下头，按着桌面站起身来。

封雅颂转头，看到他大步走出了酒店。

她又转回头，从书包里找出作业，悬着心翻看了好一会儿，周权才回来。

他夹着薄薄的电脑包，手上端了两杯咖啡，一杯搁在她的桌边，一杯搁在对面。

封雅颂抬起目光。

他不再说话，坐在沙发上，端起咖啡喝了一大口，然后把杯子往旁边推了一下，将电脑打开了。

下午阳光明亮，咖啡厅里暖洋洋的，他的沙发背后摆着大盆大盆的绿植，挺拔而阔大的叶片在光线里微微发光。

封雅颂握着笔，听着对面敲击键盘的轻响，感觉心慢慢地落回原位，最后变得安宁起来。

她做完一页题，翻页的瞬间，目光偷偷向前，看到了他的手。

他的手指节舒展地搭在桌面上。几个小时前，这只手捡起书包的动作是那么迁就。

封雅颂一时间心情复杂，她不知道他究竟需要什么，可她觉得这个男人值得拥有更好的东西。

她想要快点长大，想要更好地帮助他。

过了九点，咖啡厅人就少了，封雅颂获得默许般，跟他一起上了楼。

她走进门，在电脑桌前放下书包，环顾熟悉的房间，竟然有种回家了的感觉。

他们坐在沙发上简单地吃了晚饭。吃到一半，封雅颂小心翼翼地问他："你要一直住在酒店吗？"

周权只是"嗯"了一声。

封雅颂的筷子尖悬在碗边，问："套房会不会很贵啊？"

周权扭头看着她，说："我母亲住在医院，家里有其他人，我回去不方便。"

"其他家人，你母亲还认得吗？"

周权静默地看着她。

封雅颂低下头，迅速地用筷子夹饭："吃饭，吃饭。"

她将米饭填进嘴巴里。

吃完饭，封雅颂在桌前写作业到十一点半，第二天起床后又学到中午，全部作业都已经完成了。

傍晚周权开车送她回小区，周末就这样结束了。

晚上八点左右，封妈也回家了。

封雅颂和封妈一起在家里吃晚饭。封妈讲述着奶奶家的事情，封雅颂却不断走神，回想起昨天和周权一起坐在沙发上的时光。

他们再次见面是十二月初的周末。

那时封雅颂奶奶的身体恢复得差不多了，封雅颂的父亲也归家了。

周六上午，封雅颂起了个大早，专注地学习了一上午，中午跟父母说明想跟同学去逛商场放松一下。

封雅颂的父母开车把她送到了商场。

待父母离开后，封雅颂又溜出商场，来到了路边的公交站点。

天气已经开始寒冷了，封雅颂穿了一件小棉服，帽子上有一圈毛茸茸的毛领，样式很好看，但其实衣料是偏薄的。

她的双手缩在袖子里，站在公交站牌底下研究了很久，终于确定了合适的线路。

她换了两班公交车，来到了城郊那家有彩色玻璃的酒馆。

走进店里，萨克斯乐曲舒缓，暖烘烘的热气一下子扑在身上。

封雅颂双手凑到嘴边哈了哈气，转过前台拐角，看到他坐在靠墙的老位置上。

封雅颂兴致勃勃地朝他走过去，在对面沙发坐下了。

周权安静地注视着她。

封雅颂对他微笑："嗨，27。"

她把双手放在桌上搓了搓，说："今天外面好冷啊。"

这时，周权视线轻瞥。

一个服务生从她身后端来了一杯热饮，一声轻响，玻璃杯搁在桌面上。

封雅颂握住玻璃杯，感觉很温暖。

周权问："今天没有带书包？"

封雅颂说："我上午抓紧写作业了，明天再继续。"

上次运动会时，他们来这家酒馆里坐了半天，他没有带电脑，这次她也没有带作业。

半天时间，只是简单地聊天，简短而奢侈。他们都能够腾出时间，这像是一种默契。

周权问："这段时间学习压力大吗？"

封雅颂托住脸，笑了一下："你猜？"

周权说："从平时的聊天感觉你的心态很平稳。"

封雅颂很轻地点了下头："我们就要一模考试了，同学们大多很紧张，可是我觉得还好，就尽自己的能力去学习就好了。"

她想起来，又补充说："我这段时间每天都复习了五道物理错题，坚持得很好。"

其实，她每天都有跟他汇报，不用专门说，他也知道的。

周权说了声："好。"

然后他伸手，从桌子内侧拿过一个小盒子。

封雅颂的目光落上去。很简约的红盒子，她刚刚以为那只是桌面上的一个装饰物。

她问："这是？"

应该不会是小玩具吧？毕竟这个盒子很小，也有些扁……

周权说："这是你能够坚持物理学习计划的礼物。"

封雅颂在他的注视下打开了盒子。

里面是一条细细的项链，项坠上一圈碎钻包裹着一小块绿玉髓。很秀气，很精致，似乎也很昂贵。

封雅颂抬起头来。

周权说："也是你送我那幅画的回礼。"

他把盒子扣上，往她面前推了一下："收下。"

不容一点反驳，说完他端起面前的杯子喝了一口。

封雅颂看着他，轻轻地点了下头，"嗯"了一声。

她也抿了一口无醇热红酒，然后握着杯子，小声地对他说："谢谢你。"

既是谢谢礼物，也是其他。

周权不由得问："你一直很喜欢感谢我，你是习惯这么客气吗？"

封雅颂不好意思地笑了一下。他们的相遇是机缘巧合，她只是一个不成熟的小姑娘，可他没有放弃她，还带给了她很多信心和鼓励。这让她想说感谢。

封雅颂很真诚地说："跟我相处会浪费你很多时间，我知道的。当一个同学来打扰我，或者执意要跟我聊天，我也会不耐烦的。所以……谢谢你的耐心。"

周权看着她，低声叹了口气，开口说："这个世上有很多事情，就算花费再多的时间，付出再多的努力，也是做不到的。"

封雅颂理解他指的是什么，她轻声问："你母亲……"

这段时间，封雅颂依然定期给那个护工打视频。可是很多时候护工都说时机不好，匆匆地挂掉了。从护工的只言片语里，封雅颂得知他母亲的身体状况逐渐变糟，常常躺在一堆医疗设备里，有时连说话的精力都没有了。

她的问题未完，他就继续说着："我母亲曾经是一名教师，也是个非常骄傲的人，对我极其严格。她当上中学校长的那一年离婚了，后又再婚，而恬恬，是我同母异父的妹妹。"

他把手掌搭在桌上，语调平静地回忆："其实有很多年，我跟家里并不联系。有一次，恬恬不知道从哪里弄到了我的电话，跟我聊了几句。我记住了她的电话，后面她再打，我就不接。恬恬没有上高中，她初中毕业那年，从楼上跳了下去。我不清楚发生了什么，但从那以后，我母亲的精神就出了状况，隔了一年，身体也出了严重的问题。"

封雅颂安安静静地坐在他的面前。

"曾经我可以做些什么，可是我没有插手。现在我不缺钱，也空出了时间，可是要把她治好，我办不到了。"

周权的眉头轻蹙了一下，很快又舒展了。他抬起头，对她说：

"你想要变得更好，想要有人监督，又找到了我，所以，我可以帮你。

"这是我能做到的事情。"

店内环境昏暗，透过彩色玻璃照进来的一些光影，随着悠缓的曲乐，随着流淌的情绪，浮动着。

封雅颂看着他，轻声开口问："我对你来说，是一个好的陪伴者吗？"

周权好像被这个问题问住了。半晌，他缓缓地点了下头，端起杯子喝了一口。

他瞥向窗边，那里的玻璃是不透明的，什么也看不到。

第十一章 大梦醒

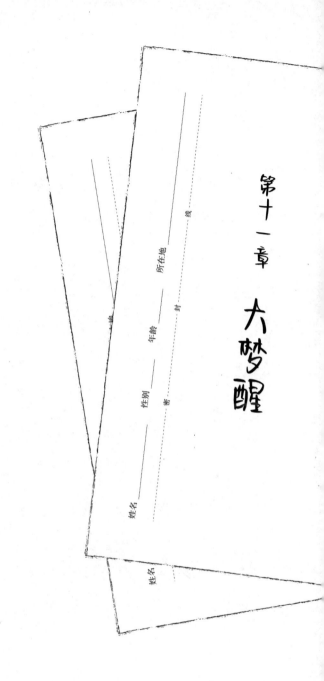

一轮复习接近尾声时，第一次模拟考试也就近了。

有人说，一模考试的题目往往很难，目的是要考查学生高中三年来的基本功；也有人说，一模考试的题目不会太难，要避免考生在后续复习过程中心态失衡。

封雅颂对一模没有太完整的概念，只知道这是一场与高考形式相似的大型考试，她要认真对待，努力考好。

冬天越来越寒冷，班里的学习气氛也越发浓郁了。

课间大部分同学都在座位上争分夺秒地学习。有人进出教室，门页带进一阵凉风，令人不由得打哆嗦。

封雅颂从书桌上抬起头来，看到讲台上方悬挂的高考倒计时牌，视线偏转，又看到了一片安安静静的头顶。

她深呼吸，突然有种鲜明的感觉涌上来，自己比大多数人都幸运。

她有一个那样安稳的后盾。她不是一个人在战斗。

晚上回到家里，封雅颂坐在沙发上，拿起一个苹果吃。

父母跟她简单地聊了两句。

封爸问："你们学习进度怎么样了？是不是要开始复习了？"

封妈立即伸手打了他一下："什么开始复习啊，这学期都快复习完了。"

封爸不好意思地笑笑："哦，高三不学新知识了啊？"

封妈解释："现在高二就学完所有的课程了，高三一上来就开始复习。"

封雅颂啃着苹果，点了下头："嗯。我们第一轮复习快结束了。"

封爸说："一轮复习之后，还有第二轮复习？"

封雅颂说："对。等到考完一模考试。"

封爸："听说一模考试还是很重要的，好好考，考完爸带你吃顿好的。"

封雅颂低头看苹果，说："没什么重不重要的，就是一次平常的考试，考完我们也要上晚自习的。"

封妈："那还是妈妈给你做点好吃的，晚上回家来吃。"

封雅颂笑了笑，把快啃完的苹果丢进了垃圾桶里："吃不下啦，我要去学习了。"

她洗了洗手，然后回到房间，关上门。

封雅颂在书桌前细读了两篇英语作文范文，把里面值得借鉴的句子背了背，然后又拿出物理错题本，复习了五道错题。

十二点的时候，她关了台灯，躺进被子里。

小颂："今天学习完毕啦。"

绳师 27 号："好。"

绳师 27 号："你前两天对我说，一模考试结束后不上晚自习。"

小颂："嗯。"

封雅颂看着屏幕，以为对方会提出一些安排。可没想到，对方先询问："一模考试紧张吗？"

她如实说："有一点。"

小颂："不过我这段时间学得很踏实，不太怕接受考验。"

停顿一下，她说："考试结束后，有一个晚上的空闲。"

绳师 27 号："我去接你。"

一模考试前一天晚上下雪了，雪花细密，漫天飘落下来。

封雅颂打开了卧室的窗帘，窗外黑幕深沉，像是播放着流淌的雪花点。她睡着的时候，感觉那些雪花悄悄地飘进了她的梦里。

第二天早上出太阳了，温度未到零下，道路没有结冰。

封雅颂在校门口下车后，一脚踩进了浅浅的水坑里。她跟封妈挥了挥手，小心地避着水坑，朝校门走去。

第一天考了语文和数学。全天考试结束后，教室里稍有躁动，外面湿漉漉的，封雅颂在座位上专心自习，觉得心里平静极了。

第二天上午考理综，下午考英语，封雅颂做题始终精力集中，直到思路流畅地写完了最后的英语作文。

她抬起头，看到时间还剩下十分钟。她再翻回试卷前面，想检查一遍单选题，却感觉心里的小草一茬接一茬地长了出来。

封雅颂上了十多年学，参加了那么多场大考小考，头一次数着倒计时，盼望着收卷。

结束铃终于打响了。

收卷人还没走到封雅颂的座位，她就站起来，把试卷塞给他，然后拎上书包往外走去。

出了教学楼，她回头看到四楼的窗口明亮，吵吵嚷嚷的。同学们大多在讨论考试内容，尚未离开教室。

校园大部分路面已经干了，路牙边上覆着雪水，整条路上空无一人。她是第一个走出校门的学生。

封雅颂站在马路边，朝对面看着。

突然，她看到那辆 SUV 的车门开了，周权迈下车来，走出几步，站定后望向她。

封雅颂等在路边，双脚踮起又落下，远远地冲他笑了。终于一轮红灯变绿了，她快步朝马路对面走去。

她快走到车边时，周权迎过来一步，抬了一下手中的手机。

"本来想带你吃顿好的，只是刚才医院来电话了。"

封雅颂立即说："没关系，我跟你一起去。"

车子一路开进了酒店对面的疗养院，缓缓停进了一个车位里。

封雅颂下车关好车门，周权走过来，伸手拎住了她肩膀上的书包背带。

"书包给我。"

封雅颂微微愣了下，转身摘下了书包。

周权接过书包挂在肩上，动作非常自然。

接着他下颌朝前扬了一下，对她说："走。"

昏黄的路灯下，他们一起朝着大门走去。

封雅颂悄悄地调整步伐，与他同步。而他步子不快，似乎也在刻意等她。

这样向前走着，封雅颂一会儿看看他肩上的书包，一会儿又看看他的侧脸，感觉一步比一步更踏实。

好像他们已经这样彼此陪伴，走过很远的路了。

到了病房门口，一行穿着白大褂的医生刚好从门里出来，周权跟着他们走进隔壁的办公室交流。

封雅颂独自走进了病房。

与上次见面比起来，女人明显又瘦了一大圈。她并没有穿病号服，而是套着一件碎花睡衣，只是这样柔软的布料，把她瘦骨嶙峋的身体衬得更加可怜了。

女人的脸上扣着呼吸机，没有办法说话，可是当封雅颂走近，她浑浊的眼睛却亮了起来，颤颤巍巍地伸出手。

封雅颂走上前，握住了她的手。

封雅颂陪在她的床边，絮絮地说了很多话，接着上次视频时的话题，讲了许多她学校里的事情。

女人的表情越来越平稳，时不时浮现出欣慰的笑意。护工在旁边小声地说："你一来，她的状态好多了啊。"

护工看着旁边的仪器，对封雅颂道："还是要拜托你，多来看看啊。"

一段时间后，周权站到了门口，拜托护工把封雅颂叫出来。

而这个时候，病床上的女人由于精力不济，已经进入了沉沉的睡眠。

两个人沿着走廊往外走着，周权拿出手机看了一眼，说："快九点了，我送你回去。"

封雅颂有些不舍，她宁愿一直待在病房里，好像这才是更令她安心的事情。

周权继续说："我送你回学校门口，你家长要来接。"

回去的车上，封雅颂难得有些安静。

路程过半，周权开口问："一模考得怎么样？"

封雅颂想了想，回答说："发挥得还可以，除了理综……"

他随意地低声问："理综问题出在哪里？"

封雅颂小声地说："感觉做完物理就没时间了，化学和生物发挥不好。"

周权的手在方向盘上抬了一下，说："你应该先做化学。"

封雅颂看向他："可是，物理占的分值大……"

周权说："化学也是能拉开分差的科目，你的化学学得不差，这应该体现在你的成绩上。下次综合考试，你先做化学，再做物理，最后留出适当时间写生物。"

此时外面的车辆很少，车子一路匀速向前，而他的声音也仿佛带着一种韵律，稳稳地落进她的耳朵里。

封雅颂轻轻"嗯"了一声，然后说："那我下次考试这样做。"

她又说着："我们接下来的考试可多了，每周都有……"

封雅颂从他的车上下来后，天已经黑透了，她拿出手机看了看时间，九点半。

她没有进入学校，在校门口稍微走了走，看到自己家的车开了过来。

她迎着走过去，车灯刺眼，她伸手遮住眼睛，走到路边，坐上了车。

是封爸开车来接的。他说："嘿，正好赶上。"

封雅颂笑了一下："是啊，巧了。"

她本来编好了由于考试，晚自习提前下课的理由，可是封爸似乎记得她的下课时间，这个借口也没必要说了。

当人们彻底适应了冬寒，穿惯了臃肿的羽绒服，习惯了口鼻间喷出的白气，看惯了玻璃上结出的霜花时，年关也就逼近了。

高三的寒假已经被压缩得不能再短，假期刚刚开始就面临着过年了。

封雅颂的父母决定腊月二十九带封雅颂回奶奶家，正月初二就回来，尽可能地让封雅颂多在家里专心学习。

腊月二十八那天，封雅颂跟周权聊天说明了这件事情，也告诉他奶奶家网络信号可能不好。

第二天到了奶奶家，再给他发消息，果然卡着，消息半天都过不去。

封雅颂知道奶奶身体不好，而春节一年只有一次，她应该多陪伴亲人。可是无法与他聊天，她做什么都心不在焉的。

大年三十那天，一大早家里人就忙活着准备年菜。

蔬菜、肉类都被切配好，码在盘子里，摆在案台上。案台下方的大红盆里游着一条鱼，封雅颂蹲下来，伸手碰了碰，鱼尾顿时猛烈地摆动起来，甩了一地的水。

封雅颂一下子跳了起来。

封妈笑了一声，在她身后问："你奶奶刚还在问你呢，鱼想怎么吃啊？红烧，还是清蒸？"

封雅颂说："都可以的。年年有鱼，不就是图个吉利。"

随着晚饭时间临近，外面时不时传来鞭炮的声响。现在城市里都严禁燃放烟花爆竹了，可是在这个略偏远的县城，还保留着传统的年味。

热热闹闹地吃完了年夜饭，封雅颂帮着一起收拾了桌子。天至傍晚，窗外的爆竹声开始接连不断地响起来。

家人都围坐在沙发上看电视，封雅颂陪在一旁，吃了一些干果，然后她实在坐不住，悄悄地溜出了家门。

奶奶家的平房有个小院子，封雅颂拿着手机在院子里走了一圈，终于在一个墙角收获了两格信号。

她原本只想尝试着发条消息，可是在这个夜幕渐渐降临的除夕傍晚，她忍不住，拨通了他的电话。

响了许多声，封雅颂握着手机等待着，时不时望一眼屋门，生怕被父母发现。

一束烟花炸上天空，封雅颂仰起头看，同时电话终于接通了。

停顿几秒后，那边先开口了。

"喂，小颂。"

他的声音还是那样熟悉。

封雅颂的嗓子紧了一下，对他说："27，过年好。"

停了片刻，他说："你奶奶家听起来很热闹。"

"是啊，满天都是烟花。"封雅颂看着天空，"有的是好看的，有的是听声响的，我刚才还看到了笑脸形状的。"

那边没有说话。

封雅颂又问："你现在，是在酒店里吗？"

对面"嗯"了一声。

封雅颂轻声问："那你晚上要吃饺子吗？"

他说："晚一点的时候吃。"

封雅颂立即说："我们这里也是，往往看了一半春晚才开始包饺子。"

她又问："你爱吃什么馅的饺子呀？"

他说："都可以。有皮有馅，味道不会差太多。"

封雅颂对他说："我喜欢吃三鲜的，要放一个完整的虾仁。"她又转头看了一下不远处的屋门，说，"我们今晚就是包三鲜的。"

他说："好。"

手机里安静下来，封雅颂一时也说不出其他的了。这时，她隐隐听到屋子里封妈的大嗓门儿："小颂呢？要包饺子了。"

封雅颂转过头，对着手机说："我家人在叫我了。"

他说："嗯。去吧。"

封雅颂低了一下头，又抬起来，短短几句话的时间，夜幕似乎变得更深了。

她望着不远处的天空，呼吸着空气里烟尘的味道，对他轻声开口："27，春节快乐啊。"

奶奶亲手拌的饺子馅儿，有鸡蛋、韭菜、木耳、粉条，还有弹牙的虾仁。封雅颂和家人脑袋对着脑袋，一只只地包饺子。

人多力量大，很快几帘饺子就包好了，灶台上的大锅水也烧开了。

封爸在剥蒜，封妈在配蘸料，这个空当，封雅颂突然对他们说："我下学期想住校。"

封妈抬起头来："怎么突然想住校？"

封雅颂说："觉得每天早晚在路上太浪费时间了。"

封爸笑笑："哎，过着年，学习压力怎么还这么大？"他放下剥好的蒜瓣，说，"别光想学习了。走，咱们出门放鞭炮去。"

封妈冲她努努嘴："快去放鞭炮吧，住不住校再说。"

鞭炮挂在一根高高的竿子上，在院子里炸响了。

那红红的一串越变越短，鞭炮纸随着"噼里啪啦"声往下掉。

封雅颂望着这热闹的场景，心想：他现在在吃饺子了吗？

爆竹声声辞旧岁，任冬季漫长，凭世事变迁，佳节总会停留在一个时间点，等着与你相遇。

很快，就是新的一年。

寒假结束，高三最后的学期拉开序幕。

开学第一天早上，封妈又把大包小包的行李检查了一遍。

松软的被子、舒适的颈椎枕、折叠的床上学习桌，以及脸盆、毛巾、沐浴液等用品，封妈一边看，一边念叨："唉，最后关头了，非要去住校。万一不适应，晚上睡不着怎么办？"

封雅颂照着镜子梳头发，说："不会的，我之前也都在学校睡午觉啊。"走出卫生间，她又说，"住校更节约时间，大家都在争分夺秒地学习呢。"

封雅颂在门口把书包背好，说："走了，要迟到了。"

这学期刚开始，班里的气氛明显不一样了。

教室里的吵闹声少了，课间几乎都是安静的，陈浩都不去打球了，屁股一直粘在椅子上。

同学们越发紧张，老师反倒有意识地疏导起来。最严肃的物理老师丁老师，在某节课结束后，还拖堂跟大家谈心。

"高考是块敲门砖，可以为你们打开更高层次的大门，但它绝没有划分你们的人生。人生很长，会不断波折起伏，高考只是你们即将面临的一次历练而已……"

学校为高三学生专门开辟了自习室，桌椅宽松，给同学们提供更适宜的复习环境。

每天晚自习，封雅颂收好书本，在自习室找一个僻静的位置坐下，先花几分钟定好计划，然后专注地学习一个晚上。

自习室光线明亮，桌与桌的间距很远。有时她从桌面抬起头来，突然觉得自己与这个学校无关，与这场高考无关，她之所以努力学习，只是为了破土而出，获得更多的自由。

周权每周五都会来学校接她。他们会先去一趟医院。

病床上的女人清醒的时间已经越来越少，封雅颂通常只在床边默默地坐一会儿，感觉自己在安静地看着一个生命流逝。而他，依然只是等在门口。

之后他们会回到那个熟悉的房间里，她坐在电脑桌边，他坐在沙发那边，各自专注，光影宁静。

在这里，她的学习效率会特别高。

最后一学期的考试也接连不断，除了二模、三模，还有大大小小的联考、统考。这些考试穿插在高强度的复习节奏里，将同学们压得喘不过气来。

每次考完试，封雅颂都会把试卷拿给他看。他会先让封雅颂自己分析一遍这次考试有哪些进步，有哪些疏漏，考试时心理上有哪些偏差，然后他再提出几点切实可行的建议。

几次大考下来，封雅颂渐渐地总结出了最适合自己的答题规律。

比如，语文考试和英语考试，她适合先读一遍作文题目，再带着些许思考做前面的部分，这样，越做到后面，她越安心。

比如，数学考试，她适合用铅笔在试题下面直接清晰地写出计算步骤，这样检查时一目了然，很容易查出哪里有思考漏洞。

最重要的是，她找到了适合自己的做理综试卷的顺序。她会先花五十分钟做化学卷，之后开始做物理卷，物理最后一道大题往往有难度，她不会被此困扰太久，当考试时间只剩下二十五分钟时，她要抓紧答生物卷。空余时间，再回来思考物理大题。

　　以这样固定的答题顺序，她的理综成绩趋于稳定，并开始提升。

　　冬去春来，校园里先是迎春花开了，接着满树梨花开了，后来校门口的玉兰树也开花了。春意盎然之际，学生们考完了三模考试。

　　交卷后的晚自习，封雅颂难得轻松，没有去自习室，而是留在教室里整理英文作文素材。

　　陈浩也留在座位上，跟前后桌聊填报高考志愿的话题。

　　聊了一阵后，陈浩敲了敲她的桌面。

　　封雅颂抬头。陈浩问："你想好报什么大学了吗？"

　　封雅颂说："我啊，还不确定，到时候看成绩报吧。"

　　陈浩问："那你想好去哪个城市了吗？"

　　封雅颂凝滞一下，反问："你想去哪个城市？"

　　陈浩还没回答，他的前桌就抢先说："当然是北京啊。清华、北大，还能跑哪儿去？"

　　陈浩笑着冲他一挥手，仍然问封雅颂："那你想学什么专业？"

　　封雅颂把作文本立起来，抵在下巴上，想了想说："我其实有点喜欢心理学，但了解不多。到时候还是选择好就业一些的专业吧。"

　　陈浩建议："你要是没有特别爱好的专业，还是尽量卡着分先进一个好学校。"

　　封雅颂点点头，然后问他："你呢，你想学什么？"

　　陈浩一拍桌面："当然是计算机。"

封雅颂看到他桌面上放着一本《信息简史》，不由得笑了："大神，我们都在啃高考知识，你不会已经在预习大学课程了吧？"

陈浩赶紧摇头："没有没有，稍微了解一下。"

这一天正是周五，晚自习下课，周权接她回了酒店。

周权很爱喝咖啡，在这里住久了，他甚至摆上了一个小咖啡机。

他站在桌前等咖啡，封雅颂把书包放在电脑桌上，朝他走了过去。

周权问："喝一杯？"

封雅颂摇摇头："太晚了，会睡不着的。"

周权转回头看咖啡机。

封雅颂轻声问："你以后工作，还是会回北京吗？"

周权说："会。"

封雅颂说："那我……"她张了张嘴，又把话吞了。

周权顺着她的话头，问："那你怎么？"

封雅颂顿了一下，说："我们还有一个月就高考了。"

周权说："嗯。寒窗苦读，终于要见天日了。"

封雅颂点了下头，又要开口，"叮"的一声，咖啡好了。

周权端起杯子，转过身来看着她。

被他一看，封雅颂立即主动说："那我去学习了……"

她回到桌子前坐下了。

周权没有去沙发那边，而是站到了电脑桌前面。他问："高考后的假期想做什么？"

封雅颂抬起头："可能会好好放松一下吧，具体我还没有想过。"

周权问："可以出去旅游吗？"

封雅颂微微一愣，声音转小："我们吗？"

周权看着她："想去吗？"

封雅颂脑子一时没转过来，只知道赶紧点头。

周权继续问："你父母同意吗？"

封雅颂想了一下："应该可以，毕竟高考结束了，我就说跟同学结伴出去旅游。"

周权说："好。高考正常发挥，奖励是带你出去玩。"

封雅颂刚兴奋起来，周权指了桌子一下："学习吧。"

他端着咖啡杯，回到沙发坐下。

封雅颂悄悄地看了他一眼，又看回桌面的书，不自觉地想笑。她伸手捂了一下脸，把这个笑容强行收住了。

学到十二点左右，封雅颂放下了笔，扭头看看他，又看看这个舒适的房间。

这段日子以来，与其说她在陪伴他，不如说是他照顾她。

他帮她提高了执行力，带给了她自信，教会了她如何关注自己真实的内心感受。

高三对大多数同学来说，都是压抑而紧张的，可是这一年却是她生命中最踏实的时光。

她除了感激，还有一些话想对他讲。

这些话语，她正在慢慢地整理，等到高考完，她要清楚地告诉他。

天气逐渐转热，时间稳速前行，知识的网筛越来越细，经过最后的查漏补缺阶段，高考终于来临了。

高考前一天晚上，封雅颂待在自己家里，给周权拨了个电话。

第一通电话他没有接。听着电话里的忙音，封雅颂感觉心一下子坠了下去。她握着手机，一时间大脑空白，什么心情也没有了。

好在几分钟之后，他把电话拨了回来。

封雅颂赶紧接起来。电话里，他声音如常，嘱咐她高考要正常发挥。

他说："你高三学习很认真，而高考只是平日积累后的输出，只要以平常心对待，一定可以取得不错的成绩。"

封雅颂在电话这边轻轻地点头。

他又说："高考这两天不要给我打电话了，要专注。"

最后他对她说："我选定了三个旅游的地方，高考结束后，你来挑一个。"

封雅颂深深地呼吸，微笑着答"好"。

打完这个电话，她洗漱上床，很快安心地睡着了。

高考当天，也是平常的一天，只是天气格外好。艳阳高照，树冠深处藏着一声声蝉鸣。

语文、数学、理综、英语，不变的考试顺序，统一的试卷形式，好像只是平时模拟考试的一次复现而已。

封雅颂顺利地答完理综试卷，已经感觉到安心。最后一门英语考试，她的视线在一行行英文字母上移动，直到最后的作文题。

封雅颂这时稍微呼了口气，脑中构思着作文，又伸手摸了一下脖子上的项链。

那个项坠小小的，点缀在锁骨之间，已经温热。

她不自觉地微笑，提笔写下第一句——

High school is regarded as the best time of my life…

结束铃的响声格外漫长、刺耳，最后戛然而止。

就像是这十二年学海泛舟，水起潮落，几经波折，终是雕刻上了句号。

收卷刚结束，教室里只有小范围的躁动，随后声响越来越大，变成接连成片的欢呼。

封雅颂走出教学楼时，看到满地都是试卷和书本。

她背好书包，和其他考生一样，带着喜悦朝校门冲过去。

短短一段路，她想了很多。她想自己终于解放了，她想要吃许多好吃的，她想追许多落下的美剧。更重要的，她想自己终于能够以崭新、成熟的面貌见他了。

这些想法，在她踏出校门的那一刻突然停止。

远远地，封雅颂在众多考生家长里看到了父母的身影。不过，他们正在和一个阿姨聊天。那个阿姨是她同宿舍一个女生的母亲。

封雅颂的心顿时"咯噔"一下。

有些事情还没有发生，不过预感已经先至了。

随着走近，封雅颂看到父母的表情充满疑惑，她朝他们一步一步走过去。快到面前时，封妈一转头，终于看到了她。

封妈甚至没有问下午考得怎么样，直接拉住她的胳膊："你每周都有好几天不住宿舍吗？"

父亲也是一脸凝重地看着她。

封雅颂登时大脑一片空白。

校门口人头攒动，家长纷纷上前迎接学子，热闹的交谈、如释重负的表情，每个家庭都像是了结了一桩大事。

可封雅颂感到她的祸事猛然降临了。

她在心里稳了一下，勉强笑着说：“我当然住宿舍了，怎么会没住？”

　　封妈看向那个阿姨。那个阿姨说：“啊，我家孩子说你这学期和她一起住校，可是每周五都能回家，她很羡慕呢。我家是太远了，没办法让她走读。”

　　封雅颂张了张嘴，说：“阿姨，你可能认错人了。是不是说的其他同学啊？”

　　那个阿姨有些疑惑：“你是叫小颂吧？开家长会时我见过你的……”

　　封雅颂的脑子正在飞转，这时同宿舍的那个女生朝这边走了过来。

　　封雅颂立即对她做了个表情。

　　那女生有点不明所以，满脸笑容地说：“妈，我考完了！”

　　阿姨点点头：“放松了啊，这些孩子总算是放松了。”

　　阿姨又转回头，接着说：“你说的舍友就是她吧？”

　　同宿舍的女生说：“对啊，她家离学校近，每到周五就能……”

　　话说一半，她察觉到封雅颂父母的脸色不大对劲，又看看封雅颂，把话止了。

　　封雅颂在心里叹了口气。

　　封妈全然清楚了，又拽了一下封雅颂的胳膊，问：“周五到周日，你都住到哪里去了？”

　　封雅颂说不出话。

　　封妈的声音更大了几分：“我说你怎么这学期硬要住校？就是为了方便晚上跑出去吗？”

　　这样质问的声音，和此时轻松的氛围那样格格不入，几个路人投来目光。

封雅颂感觉脸皮一下子热了起来。

那个阿姨在旁边说："哎，那……我们先回去了。"说罢，她赶紧拉了拉女儿。

那女生走的时候，小声地对封雅颂说："……对不起，你也没嘱咐，我不知道有事情啊。"

封雅颂深深地呼吸，她闭了一下眼睛，然后看着封妈说："我已经高考完了。"

封妈说："什么高考完了？你这学期认识了什么人？交了什么狐朋狗友？你多大啊，居然在外面过夜？我看你的人生才完了呢！"

封雅颂说："你说话能不能好听一点？"

封妈气急败坏，又要开口。封雅颂又对她说："能不能先回家啊？"

他们站在路上僵持着。路人一边打量着，一边绕开走。

一直沉默的封爸这时动了一下，说："先回去吧。"

他转身，带头朝停车的位置走去。

车辆往回行驶，父母都坐在车前，气氛紧张。封雅颂看着窗外道路后退，离家越来越近，她的心也越来越凉。

今天是高考的结束日，父母原本是欢欣地来迎接她的，可谁知……

她以为这个秘密可以一直埋藏着的。等自己上了大学以后，它就不再是一个秘密，而是一个可以被接受的事实了。

可是在这个不恰当的节点，私密却被陡然揭开了。

封雅颂心里充满了惶恐，深吸了口气，决定任凭父母如何问，她也闭口不提。

即便父母认定她早恋了，即便父母认为她作风不好，那又如何呢？她很快就是一个成年人了，可以维护她想要维护的东西。

回到家里，父母却并没有意想中的训斥吵骂，倒像是暴风雨前的宁静。封雅颂默不作声地回到房间，在书桌前坐下了。

父母在客厅里悄声交谈着，似乎是封爸劝慰了封妈两句。

过了一段时间，封妈敲了敲房门，走进来坐在床边，说："妈妈和你聊一下。"

封爸也跟着站在门口。

封雅颂的眼睛看着桌面，没有回应。

封妈开口问："你跟……这个人，交往多久了？"

封雅颂说："我没有交往。"

封妈紧接着问："那这个人是做什么的？多大了？早不是学生了吧？"

封雅颂说："我不知道。"

"你这个孩子……"封妈拍了下床，提高声音说，"爸妈是关心你，是想保护你，你多半被什么人给骗了你知不知道！"

封雅颂说："我自己有判断，好坏我分得清。"

封妈张了张嘴："你……"

封爸这时候往前迈了一步，问："你前段时间突然说，高考完想跟同学出去旅游，是不是打算跟这个人去？"

封妈的眼神立即变了。

封雅颂看向门口："你们已经答应我去了。"

封妈立马说："不可能！你不告诉我们这个人是谁，是做什么的，你这个假期别想出门！"

封雅颂心里又紧张又酸楚，充满委屈。

她张了下嘴，还是决定什么也不再说。

她仍然想，最差不过是不能和他出去旅游了。哪怕在家憋一个假期，等她出去上大学了，父母也不能继续限制她了。

她唯一要做的，就是把与他之间的秘密保护好。

交谈陷入了僵持的局面。

漫长沉默后，封爸走过去，拍了拍封妈的肩，意思是先出去吧。

父母走出了卧室，还把她的房门带上了。

客厅里传来交谈，声音很小，几乎听不清楚。

封雅颂愣愣地坐了好一会儿，然后趴在了桌面上。窗外天已经彻底黑了，她有一点饿，可是没有任何吃晚饭的欲望。

发够了呆，封雅颂想起高考结束，还没有给他发一条消息呢。她立马站起来，在房间里走了两步，才想起高考不让带手机，她把手机留在了客厅的茶几上。

封雅颂走到门口，胆战心惊地拧开房门。

客厅里是漆黑的，没有开灯。

封雅颂有些疑惑，在屋里找了一圈，意识到父母都出门了。

她的心里涌上了一点不安，已经晚上了，父母出门去做什么了呢?

她甚至想，他们会不会去学校宿舍询问情况了?

不过事情已经暴露，恐怕怎样都不会更糟糕了吧?

封雅颂走到茶几前，发现自己的手机已经不在那里了。

她当即知道，父母把她的手机没收了。

封雅颂又赶紧打开了电脑，连接网络时始终没有信号。她蹲下来研究了半天线路，发现网线被拔掉了。

封雅颂所有的力气瞬间被抽走了。

她坐在地上，抱住膝盖，感觉巨大的孤独扑面而来。

为什么有那么多阻拦呢？

她只是想跟他说句话，想告诉他自己考完了，考得或许还不错。

她想对他说：

"27，我发挥得很好，你要兑现奖励了。

"你说要带我出去玩，你说你挑好了三个备选的地方。那三个地方，都是哪里呢？

"我考完试，走出校门，其实想看到你。

"我想看你背着我的书包，带我回到那个熟悉的房间里。

"很奇怪啊，我关于学习的记忆都在那个电脑桌上。我觉得那个房间才是我的家。"

客厅一片漆黑，封雅颂在地板上坐到很晚。后来她的腿有些麻了，她感到越来越冷，于是回到房间，躺在了床上。

后半夜的时候，她听到父母回来的声音。

她没有睡着，可是她一动也不想动。

父母在客厅里窃窃交谈了几句，也轻声去睡觉了。

封雅颂睁着眼睛，看着黑暗中的天花板，外面马路有时晃过车灯，有时很久都安安静静。

第二天早上天亮了，父母起床了，外面传来响动。

又过了一段时间，封爸敲了敲她的房门："小颂，出来吃早饭了。"

他停了一下，又劝着说："昨晚都没吃饭，你妈妈做了好吃的，快出来吃吧。"

封雅颂掀开被子，下床了。

她无意跟谁置气，她只是想保持应有的沉默而已。

封雅颂走进厨房，看到餐桌上摆着丰盛的早餐，而父母已经坐好了。封爸摆好她的碗筷，招呼道："快坐下吧。"

封雅颂拉过椅子坐下，低头一勺一勺开始喝粥。

她喝了小半碗，察觉到旁边的封爸没有吃饭，手搭在桌面，欲言又止。

封雅颂抬起头看他。封爸开口对她说："小颂，爸爸妈妈昨晚去找他了。"

封雅颂一愣："找谁？"

封爸很注意措辞："那个男的。"

封雅颂握着的勺子掉回碗里。

"你们怎么找到他的？"

她完全蒙了，紧接着又问："你们怎么知道他是谁的？"

封爸稍微吸了口气。

封妈这时开口道："你爸找了个朋友，查了一下你们学校门口的监控，顺着车牌号就找过去了。"

封妈说着，慢条斯理地把筷子放下了："别当爸爸妈妈是傻子，你们小孩子能瞒住什么啊！"

封雅颂感觉头脑里一团乱麻，扯来扯去。

她仍然问："你们去哪里找到他的？"

是东方中心酒店吗？

封爸回答说："我们去了他家。"

"他家？"

封爸点了下头："应该是他家老人的家。"

封妈接着说："本来我们想好好和他谈谈的，结果到了那里，发现他们家正在办丧事。"

封雅颂头脑里一下子炸响了。

她缓了半天，怔怔地说："那是他母亲家。"

封妈没察觉她神情不好，继续说："不过我们还是叫他出来聊了两句。他人还挺讲道理的，也没有任何狡辩。你爸就跟他说，只要他以后别找你了，我们就不追究了。"

"只要他别找我？"封雅颂呆呆地重复，困惑地问，"你们到底要干什么？你们还想追究什么啊？"

封妈说："你说追究什么？你还是个学生啊，非要爸妈跟你说得这么清楚？女孩子是要脸面的啊！"

封雅颂看着面前的父母。他们的神情都是关切的，甚至恨铁不成钢。

她想要为他辩解什么，可是她发现自己一句话都说不出口。有些情感，居然没办法用语言来描绘了。

封雅颂急促地呼吸了几下，然后站了起来，转身往门口走。

父母立马追出来。封妈在后面问："你要去干什么？！"

封雅颂说："我要去找他。"

封妈说："我们已经谈好了，他今天就走了，不回来了。"

封雅颂仍然只是说："我要去找他……"

她在门口换下拖鞋，一时间都不认识自己的球鞋是哪双了。

封妈上前拽住她："你这孩子傻啊你，爸妈做的都是为了保护你啊。"

封雅颂抓了一下头发，回头看着母亲，仓皇地开口："你知道吗？我最苦恼的时候，我最没有自信的时候，我没有朋友的时候，都是他在陪着我，是他在跟我聊天。他答应了随时，就是随时。我说什么他都回复我……

"我复习得最痛苦的时候他陪着我，我没考好的时候他把问题掰碎了替我分析。好成绩是从天上掉下来的吗？都是他在帮助我……"

她的眼泪终于落下来了，轻得就像是幻觉。

她忍住哽咽，更轻地问："那个时候，你们又在哪里啊？"

封妈拽着她的手顿了一下，说："你这孩子被影响得太厉害了吧？一个男人不哄着你，拿什么骗你啊？！"

"他没有骗我。"封雅颂的声音突然变大了，她眼眶泛红，说，"我没有受到任何身体上的伤害！任何！"

"这样说你们满意了吗？"

封妈愣住了。封雅颂一挣，封妈拽着胳膊的手就松了。

封雅颂继续说："他什么都没有做，他陪了我整个高三。在我最艰难的一整年，他比我的父母、老师都真心实意地为我着想。

"现在他母亲去世了，这是他最艰难的时候了……可是，你们为什么要这样啊……"

她的眼眶发疼，不知道自己在没在流泪。

父母站在客厅里，一时哑然。

封雅颂吸了一下鼻子，低头快速地穿上了鞋子。打开门的时候，封妈又叫了她一声。

封雅颂只是说了句："我要去找他。"

她的声音充满坚定，却不知是在对谁说。

"砰"地关上门，封雅颂快速地跑到了外面。

她身上没有手机，翻了一下，翻出了十几块钱。

封雅颂往小区大门跑去，路上碰到了第一个路人。她都没留意对方的年龄，甚至没在意对方是男是女，直接冲过去问："你好，能麻烦借我用一下手机吗？拜托你了……"

对方被她吓了一跳，站住脚步，还是把手机拿出来给她了。

封雅颂搜索着记忆中那十一位手机号码，一个一个输进去，然后按下拨号。

等着电话接通的时候，封雅颂想，陌生的手机也好，如果看到是自己的手机号，他会不会已经不愿意接起了……

久久的等待后，声音突然清晰了。

"喂，你好。"

封雅颂听到他熟悉而生疏的声音，感觉心里所有的情绪一下子都化掉了，好像什么也没有，什么也不剩。

她对着话筒，千言万语归于一句："对不起……"

她的声音发颤。说完之后，她的胸口大幅度地起伏着。

电话那头没有了声音。

封雅颂开口问："你在哪里？我可以去找你吗？"

仍然没有回话。话筒里像是回荡着荒芜的风声。

她握紧手机，说："我高考完了，我发挥得还可以。这一回，你可以奖励我见一见你吗？"

任务完成后，你总会问我有没有想要的礼物。

你说过，答应送一件礼物容易，答应做一件事情很难。

可是，我主动说了。

请你答应吧。

那几秒尤为漫长，她终于听到了他的声音。

"中午十二点前，我在酒馆。"

电话随即挂断了。

第十二章　不舍离

　　一通电话，从始至尾，他只说了两句。

　　那些沉默的停顿，或许是一个成年人在为尊严权衡。

　　现在已经上午十一点了。

　　封雅颂把手机还给路人，脱口而出："对不起……"说完又改口，"不，我的意思是……谢谢你。"

　　她胡乱地一点头，转身朝大门外跑去。

　　封雅颂原本想打一个出租车，那样会比较快。可是这个时间点，小区门口的出租车很稀少。她在路口眼巴巴地等了很久，公交车反而先来了。

　　于是她上了公交车，坐了几站后又换乘了一班。公交车不紧不慢地开着，遇车就让，每站都停，封雅颂心里焦急，坐不安宁。

　　等终于到了站，车前时间显示已经十一点五十五了，她匆忙下了车。

　　距离酒馆还有几百米距离时，她看到周权从酒馆里出来了，正朝路边的车位走过去。

　　封雅颂抓紧走了几步，张了张口。

　　她想要叫住他，可是离这么远，千言万语一时没法喊出口。

气流细微变化，他却察觉到了，停在车边，转回身来。

封雅颂感到空气一下子都稀薄了。

她的脚步慢了下来，一步一步，走到他的面前。

周权抬腕看了一眼表，说："十二点整。"

封雅颂开口对他道歉："对不起，我的父母去家里打扰到你了。"

周权说："到时间了。"

封雅颂赶紧继续说："我不知道他们能够找到你，是我没处理好……"

周权仿佛听不见她的话，转身走到驾驶位，伸出右手去开车门。

车门"咯"地开了，他的左胳膊也被拉住了。

周权转头，看到她两只手拽在他的衣袖上。手指交叠，是一种固执的挽留姿势。

他盯着她的手指，然后抬起头，看着她的眼睛，一字一句地说："你知道我从来没有伤害过你，事实意义上的，对吗？"

他终于对她说了一句完整的话。

封雅颂却更加紧张了。

她感受到了他的愤怒，藏得那样深，像是一团浓雾，破不开，融不掉。

她不知道自己除了道歉还能说什么。

她的嘴唇动了一下，问："我可以补偿你吗？"

周权深深地看着她，反倒笑了一声。然后他抬了一下胳膊，只是说："松开吧。"

封雅颂没有松开，手上拽得更紧了，他的衬衣袖子都皱了。她问："你是要回北京吗？"

周权看着自己的衣袖。

封雅颂问:"那你还……"

他不会回来了。他留在这里,是为了陪母亲……

封雅颂深吸一口气,看向他的脸:"我可以去北京找你吗?

"我的志愿都填报的是北京的大学,我去找你,可以吗?"

周权静默了一会儿,再抬起头时,神情已经很淡了。

他再次抬了一下胳膊:"放开。"

封雅颂又要开口。周权直视着她,重复命令:"放开。"

两个字那样强硬,他的眼神淡到冷漠。

封雅颂打心底颤了一下,把手松开了。

周权抻了一下衣袖,打开车门,坐进了车内。

他要关门的时候,突然听到她又喊了一声:"27。"

周权再次看向她。

她好想拦住车门,却不敢再伸出手了。

她的眼眶红了,很固执地说:"27,我会去北京上大学的。"

周权没有说任何话,车门开着,马路上有车呼啸而过,带来沥青和尘土的气息。

过了几秒钟,他仿佛才想起来似的,告诉她:"那些号码,我都不用了。"

他看回车前,关上了车门。

正午之时,阳光灿烂,空气是热的,地面是暖的,车子震动起步,然后从她面前开走了。

封雅颂转身望去,马路上都是车。那辆 SUV 微微提速,很快就被其他车遮挡住了。

一整年的陪伴、一份完整的呵护，都落在她的身上。

她想谢谢他，想对他说，我现在高考完了，我长大了。

可是，她要怎样去挽留一个人呢？

留不下了。

封雅颂没有哭，甚至没有在原地停留太久。她走回公交站牌，等了一会儿，直接上车了。

她回到家里，只有封妈一个人在家，封爸出门去找她了。

封妈迎上来，欲言又止。封雅颂什么话也没有说，直接走进了房间里。

她躺在床上，偶尔看着天花板，偶尔看着墙壁，突然觉得自己变得很轻，好像不存在了一样。

她那一天没再吃饭。晚上的时候，封妈把手机轻轻地放在了她的床头。

她看了一眼，没有去碰它。

过了十几天，高考出分了。封雅颂把电脑页面打开，瞥了一眼就回了房间。

父母停留在电脑前，赞叹议论："可以上个不错的 985 了。"

封雅颂不是有意和家人冷战的，她知道，父母没有做错任何事，这种沉默的对抗也没有任何意义。她只是觉得自己的感受都被抽走了，只剩下一具躯壳，不痛不痒，什么也不怕，也感受不到任何情绪。

事情过了好多天，她尝试着调节，尝试着去变好，可是她做不到。

有一天晚上，她站在卧室的窗户前往下看，她突然感觉那个漆黑的地面离自己很近。她的心跳声瞬间变得巨大，好像她即将要扑到那个地面上似的。

她被自己吓了一跳，猛然退后一步，离开窗前。

高考填报志愿那天，是封雅颂走出房间最久的一天。

她对照着自己的分数线，第一、第二志愿都选择了北京的大学。父母欣然同意，他们认为这些北京高校确实不错，离家也很近。

之后的假期时光，封雅颂的印象就很淡了。

她没有出去旅游，没有去和同学聚会。衣然打电话约她，她也以身体不太舒服为由推拒了。

她在房间里，大部分时间都在看电影，小部分时间看着看着就走神了。

九月很快来临了。

封爸为了送她上学，特意推迟了几天工作，和封妈一起送她去了北京的大学报到。

在宿舍安顿好后，封雅颂在大学门口送他们。

封妈嘱咐了她许多生活上的事情，让她多给家里打电话。封爸也是一脸欣慰，在大学校园，拍了很多照片。

封雅颂微笑地面对他们。

那场闹剧他们已经淡忘了，于是他们以为她也淡忘了。

这样也挺好。

封雅颂的宿舍一共四个人，其他三个女生人都很好。可是开学几个月了，封雅颂也没有结交什么朋友。

同学们对她的印象是，一个安静而内向的女生。

有一次晚上宿舍聊天，大家谈到了高考，又谈到了擅长的科目，封雅颂难得插话了。

她从上铺探头，说："我的物理考了114分。"

舍友很惊讶："你们满分也是120分吗？"

封雅颂点点头。

舍友说："物理学霸啊，我就物理考得不好……"

闲聊了一个多小时，宿舍才熄灯睡觉了。

封雅颂盖好被子，刚刚聊天的愉快心情又迅速溜走了。她茫然地想：27，我高考物理考得很好，可是我忘记告诉你了。

你是不是根本不想知道？

封雅颂升到大二后，收到过一个男生的表白信。

那个男生高大阳光，笑起来有点羞涩。他在教室门口拦住她，把一份礼物递到了她的面前。

封雅颂第一时间的感受是惶恐，她推开了礼物，请那个男生给自己一些时间考虑一下。

几天后，封雅颂拒绝了那个男生。

那个男生很执着地说："我已经暗恋你一年了，我会对你很好的，我绝对是个潜力股。我们为什么不能试试？"

封雅颂对他说："你不是我喜欢的类型。"

那个男生追问："你有喜欢的人了吗？"

封雅颂没有回答，只是对他说抱歉。

大学的恋爱氛围其实很好，封雅颂的舍友都陆续谈上了对象。封雅颂也试图去展开恋爱，可是心念稍微一动，她就发现有个人一直占据她的心，微微硌着，碰一下还会疼。

她尝试过翻篇，可往左翻一下是封皮，往右翻一下是封底。她荒唐地发现，自己的心里只有薄薄一页，只印着他的影子。

陈浩也在北京上大学，周末或者节假日，陈浩偶尔会约她出来玩。封雅颂大部分时间都答应了，毕竟她朋友不是很多，陈浩算得上很好的那一个。

大二快结束的时候，他们约在一个书店碰头。

那天是下午，书店光线明亮，他们临窗坐着复习，为期末考试做准备。陈浩给她带了一杯咖啡，她给陈浩付了一本书钱。

傍晚从书店出来，他们往地铁站走，陈浩突然说："请教你个事呗。"

封雅颂说："你说。"

陈浩的表情突然扭捏起来。

封雅颂看着他："怎么了？"她调侃，"你不会准备跟我告白吧？"

陈浩说："不是，我……"他的脑袋低了一下，"有个女生，我上课总能看见她，挺喜欢的……可是这学期的课都要结束了，我也不知道怎么跟她开口。"

封雅颂说："你直接对她表白就可以。"

陈浩"啊"了一声："直接跟她说吗？我想要不要先请她舍友吃顿饭，旁敲侧击一下……"

封雅颂说："不用的，你条件挺好的。你跟那个女生表白，如果她对你也有意思，就不会拒绝的。"

陈浩说："是吗？"

又交谈了几句，陈浩决定准备一个小礼物直接去告白。

说着也快走到地铁站了，陈浩看着前面穿梭的人群，突然说："你是知道的吧？"

封雅颂问："知道什么？"

陈浩说:"我以前,其实对你有点意思……衣然知道,全班同学都知道,你应该,也知道的吧?"

封雅颂怔了一下。完全不知道是假的,其实她心底多少是能够感受到的,只是她选择把这部分遮起来了而已。

陈浩说:"不过,我知道你一直有在意的人,所以我之前也没敢跟你说。"

封雅颂看向他。

陈浩问:"你跟那个人,现在还在一起吗?"

封雅颂说:"我……"

头一次,她想把心里憋了很久的事情倾诉出来。可是她犹豫过后,还是没有说。

陈浩停了一下,继续说:

"其实还有件事我没告诉你。高考刚结束,你父母专门来找过我,问我认不认识那个人。

"我告诉你父母,我不认识他。不过我知道他是个好人,因为你是我的同桌,我能看出来你每天的心情都是好的,你的学习状态也是越来越好的。认识一个坏人,不会有这样的表现。"

封雅颂听他说着,心里漫上来很多酸酸的感受,她很轻地叹了口气:"谢谢你。"

她维护在心底的那个影子,终于获得了别人的肯定。她对此表示感谢。

陈浩说:

"别看我现在看开了,以前我也有点不舒服。我觉得我挺优秀的呢。

"但现在我知道了，当心里装着一个人，看别人都不会再有感觉了。可能，是不想背叛自己的喜欢吧。"

封雅颂突然有种敞亮的感觉。

她不是走不出去，她只是仍有执念。

说到底，她是对根本不确定的事情保持着坚定的忠诚。

封雅颂度过了最平凡不过的大学两年。她不热衷于学校活动，没有参加任何社团，她的成绩也很普通，还意外地挂了一次科。

封雅颂几乎没有想过大学毕业之后的事情。假期回家，父母问起是否考研，她也只是说还早，到时候再说。

父母比她着急，私下为她咨询了一些出国读研的机构，也联系了一些国内的考研补习班。

而封雅颂真正对考研提起兴趣，是在她大三时旁听了一场会议后。

会议室里，外国专家和本院院长面对面座谈，两边挨着坐的都是翻译。

两位学者侃侃而谈，他们声音洪亮，神色自如。会议室的光线明亮，桌椅反射着润泽的光。

封雅颂在后排望着他们，一瞬间竟有些出神。按年纪，两位学者都属于中老年人了，可是他们容光焕发，对自己擅长的领域充满了自信。那一刻，封雅颂觉得这些科研者是那样令人钦佩，丰富的学识让他们显得极富气质。

那次会议后，封雅颂意识到，她内心是想要继续读书深造的。

他说过，每个人都先要有一个舒适圈。当你考上大学，步入一个新的舒适层次后，你可以歇一歇，这是你用曾经的努力换来的。

她处于现在的舒适圈里，已经停步不前很久了。她可以试着往更高的地方爬一爬了。

封雅颂给封妈打了一个电话，让她把之前联系的考研机构信息再给她发一下。

没课的一天下午，封雅颂换乘地铁，去那个考研机构咨询。

这里的考研辅导有线上和线下两种教学模式，由于距离学校比较远，封雅颂最终选择了线上的网课班。

从考研机构出来，已经是傍晚了。封雅颂穿过一片写字楼，来到大路上。前面不远就是一片繁华的商区，她朝那边走过去，打算稍微逛一逛，顺便解决晚饭。

商业街道很热闹，人来人往，还有不少网红小吃店有人在排队。封雅颂没有想好吃什么，一直向前走着，突然隐约听到了歌声。

她循着声音，走到一条岔路，看到路两边都是酒吧，现场演唱的歌声从那些店里飘出来。

封雅颂从没一个人去过酒吧，鬼使神差地，她在这条酒吧街上越走越深。

时间尚早，每家店都只有三两个客人坐着聊天。封雅颂看过一个个窗口，当她望向前面，脚步突然顿住了。

远远地，她看到了一家有彩色玻璃的店面。

熟悉的记忆一下子涌了上来。封雅颂感觉自己瞬间被拉回了那个光线昏沉的店里，音乐柔和，沙发松软，而他静静地坐在对面。

他双手交叉，注视着她，然后询问："这段时间学习压力大吗？"

封雅颂感觉自己的呼吸都消失了。等回过神来，她发现自己已经默默地走到了这家酒吧门前。

她推开门，走了进去。

这家店里也有人在唱歌，声音响亮。封雅颂往店里走了两步，心跳更快了。因为这家店里的装修风格，这些沙发、这些灯光都和记忆中的几乎一样。

一个服务生路过，封雅颂转身面对着他。服务生伸手一指："您坐那里可以吗？"

封雅颂紧张地开口："你们的店是连锁的吗？"

服务生说："是啊。您先坐，我给您拿菜单。"

封雅颂一边恍惚地环顾，一边顺着沙发坐下了。不一会儿，服务生把一份菜单拿给她，指着介绍说："我们店在全国有十多家连锁店，不过北京就这一家。"

封雅颂将菜单翻到封页，看到上面印着"梧桐"两个字。

封雅颂问："你们店门口为什么没有招牌？"

服务员说："不知道啊，显得比较神秘吧。"

"那这个店叫'梧桐酒吧'？"

服务员点头："对。好像是因为我们老板叫梧桐。"

封雅颂再一次怔住了。

她慢慢地问："你们老板，在店里吗？"

服务员回答说："偶尔会来，今天不在。"

"他什么时候会来？"

"这个我也说不准。"

店里的音乐声太大了，封雅颂感觉有些眩晕。她想，北京这么大，这或许是她离他最近的一次。

封雅颂愣了太久，服务员对她说："您先看菜单，点单时叫我们。"

然后他点了下头，走了。

封雅颂翻开菜单，看到这里的餐点很简单，吃的只有几样，酒也只有一页。她视线下滑，终于找到了"无醇热红酒"五个字。

封雅颂的眼睛有些酸了，她感受到曾经的温暖从后面扑上来，将她一下子包裹住了。

她很久都没有感觉过这样的温暖了。

封雅颂在店里喝完了一杯无醇热红酒，默默地留意着店内的每一个客人。直到很晚了，她才赶着末班地铁回到学校。

接下来的日子，只要没有课的下午，她都会坐地铁来到这家店里。

几周下来，连服务生都认识她了。

有一次她刚在座位上坐下，服务生就过来问她："我们老板今天来了，你有事要找他吗？"

"梧桐？"

"对啊，我们老板。"

封雅颂的心里突然静了，轻声说："不用了。"

她沉默了几秒钟，又抬头对服务生说："谢谢你，不过不用了，我没有事情找你们老板。"

她觉得自己能够等到他。

她不需要询问，也不需要通过其他人。

就像当初，她在微信里询问他愿不愿意试试，她心里确信他不会拒绝一样。

她有种笃定的直觉，她可以等到他。

封雅颂坐在靠近门口的位置，每次有客人进来，她都悄悄地留意一眼。

就这样又过去了一个月，封雅颂的考研线上班开课了。大三的课程也不算少，她每天带着电脑来回跑，上完学校的课就坐地铁来到酒吧这边学习网课。

酒吧光线太暗，她为了方便做笔记，还自带了一个 LED 小照明灯。

服务员都认为她是一位格外清奇的客人。

等到他也不是意外，是一种必然，时间早晚的问题。而那一天，时间恰好到了。

那天封雅颂窝在沙发里，抱着电脑，插着耳机听网课。两个客人走进店里，从她身边走过，径直走到了店深处的沙发上坐下。

他们衣着正式，面对面，点了两杯酒，似乎是工作之余的消遣。

他的座位背对着她，只露出一点侧影，可封雅颂一下就把他认出来了。

事实上，他从身边走过，封雅颂的视线就一直追随着他，直到他落座，直到他点单，直到他喝了第一口酒。

封雅颂把电脑慢慢地放到了桌子上。

她看着他，几乎在心里准备了一个小时，也几乎愣了一个小时。

如果他和一个女人一起走进店里，或许她就没有勇气走过去了。可是还好，他对面坐的是他的男性同事。

封雅颂扶着沙发站起来，迈动脚步，一点一点走向他的桌子。

还有一步距离的时候，他端杯子的手顿了一下，然后侧转头，看过来。

封雅颂感觉呼吸消失了，心跳消失了，她觉得自己整个人都不存在了。她愣愣地看着他熟悉的脸，凝固在了原地。

周权的视线停留在她身上几秒钟，然后冲她轻微地点了下头。

他转回头去，端起酒杯喝了一口。

他对面的同事开口问他："认识的人？"

周权说："对。"

那同事抬头看了一眼封雅颂，然后起身说："你们聊吧，我先回公司了。"

周权站起身，送同事离开座位，随即又坐下了。

他的手握在酒杯上，依旧没有转头。

封雅颂的脚步挪动了，走过去，轻轻地站到了他的身边。

周权抿着唇，静了一会儿，抬起头来问她："你现在……"

"27……"

封雅颂的嘴唇张了一下，只吐出了这两个数字。

周权的声音一下子就停了。

他望着她。他的眉骨很深，眼神是深邃而不分明的。

这样静止了两秒，他收回目光，闷声点了下头，喝了一口酒。

酒吧里乐声震人，每桌客人都沉浸在自己的世界，没人留意他们这里发生着什么。

封雅颂又轻声问："我可以坐下吗？"

她看着对面的空位。周权也看着那里，然后他说："你坐吧，我该走了。"

周权站起来，直接大步地往门口方向走去。

封雅颂也跟了出来。偏窄的小路上，他越走越快。

封雅颂距离他几步远，又叫了一声："27。"

周权的脚步顿了一下，然后继续走。

走出酒吧街，前面一拐就是地下停车场入口。周权朝那里走去，脚步渐渐荡起回音。

封雅颂跟在他身后，距离越来越远。她心里发酸，鼻子发酸，感觉这么久以来所有的委屈都一点一点被翻出来了。

她又颤抖着叫了第三声："27……"

她的眼眶湿了，边走边继续开口：

"我现在在北京上大学，我上大三了。我的学校离这里有些远，要坐二十几站地铁……

"我这学期开始准备考研了。最近正在上网课，我也想考北京的研究生……"

周权停了，他转身看了她一眼。地下车库很暗，她那个方向透出光亮。

他似乎想说什么，最终还是没说，摆了一下手，转身往自己的车位走。

封雅颂继续跟上他。她说："27，我高考物理考了114分，是我所有科目里考得最厉害的了，我还没有告诉你呢……"

她的脸上已经满是泪水了，不过还是微笑了一下，说："刚进大学，我的舍友都以为我是物理学霸呢，可实际上，我大学物理学得不好，考试都差点没及格呢。我高考物理考得好，不是我自己的原因……"

她说完这句话，忍不住哭了起来。

他已经走到自己的车边了。空荡荡的停车场，她哭泣的声音带着一股力量，把这里的空气都搅乱了。

周权沉默地站了很久，然后转回身，看着她，字句清晰地说："我都知道了。你不要再跟着我了。"

封雅颂脸上挂着泪水，执着地望着他。

周权又想要说什么，最终却只是双手抬了一下，然后转身开车门。

还没有碰到把手，他的胳膊就被抱住了。

封雅颂紧紧地抱着他的右胳膊，把脸埋在他的衣袖里。

"27，这次你不要走，可以吗……"

她抽泣了一声，哽咽道："这一次，不要把我一个人留在这里了……"

记忆仿佛重合了。

曾经她也是背着书包，站在他的车窗前，开口问："你可不可以不要不管我？"

那个夕阳，那个熟悉的酒店。

周权定在原地，任由胳膊被抻着，好像那不是他自己的。

你用心去护养过一样东西吗？

她现在怎样了呢？

她开花了吗？她被风吹雨淋了吗？外面的风景适合她吗？

再次亲手掐断，你的心，还会疼吗？

僵持了很久，周权对她说："你回学校吧。"

封雅颂仍然问："你可以……不要走吗？"

她仿佛只知道这一件事情。

周权吸了口气，感到愤怒涌上来。他甩开胳膊，转身看着她：

"我要回家，你不让我走？

"那你现在告诉我，让我在哪儿待着？你说，让我在哪儿待着？！"

他呼吸起伏，紧盯着她。

封雅颂颤了一下，始终看着他，舍不得移开目光。

周权再次吸了口气，别开脸，声音低了一些，伸手一指："你上车吧，我送你回学校。"

封雅颂说："我不回学校。"

周权说："那你要去哪儿？"

封雅颂只是说："我不回学校。"

周权气得笑起来了，他点了点头，说："行，你爱去哪儿去哪儿。"

他刚打算开车门，封雅颂又开口了："我来北京三年了，才找到酒吧这里……我回去了，以后就等不到你了。"

周权静了一下，对她说："多久的事情了，你等我干什么？"

封雅颂说："一点儿也不久，因为只有这一件事情……"

她又哽咽了一下，缓了口气，清晰地说："其实我，只有你这一件事情。"

周权再次转回头来："你不怕我结婚了吗？不怕我现在有女朋友吗？"

封雅颂望着他的脸，轻声问："那你有吗？"

周权顿住了，久久地看着她，像是在稳定情绪，然后他平静地问："你不回学校是吗？"

封雅颂摇头。

周权指了一下："上车。"

他转身打开车门，迈了一步，看着她绕到了副驾驶位。

周权又往后面一指："你去后排坐。"

封雅颂点了下头，打开后车门，坐了进去。

周权开着车子，驶出了地下停车场。

八点来钟，天色已经全黑了。路灯都开了，道路上的车灯也明晃晃的。

封雅颂向前看着，看到他的侧脸被映上了一点光影。

好像一点也没变。曾经她下了晚自习，他也是这样安安静静地开着车，接她回到熟悉的房间里。

自从再次见到他，之后每一刻，封雅颂的鼻息都是酸的。她觉得就这样坐在他的车里，一直往前开下去都那样满足。

她永远也不想离开。

车子很快拐下道路，驶进了一个小区里。

小区大门自动抬杆的时候，封雅颂意识到这里可能是他的住处了。

院里环境静谧，透过车窗，一栋栋高楼都是微暗的影子。封雅颂正在向外张望着，景色消失了，车子驶进了地下车库。

周权把车停好，钥匙一拔，直接下车了。

封雅颂默默地跟上他，绕出车位，进入电梯。

他伸手按了一下十六楼的按钮，然后站定，一直看着上行的数字。数字慢慢地往上涨，然后终于停了。

周权大步迈出电梯，站在楼道里按密码锁。最后一个数字输完，他稍微停顿一下，然后直接把门拧开了。

敞开的大门里是完全陌生的环境，封雅颂挪步进去，关上房门。客厅里没有开灯，只能看出地板光洁的影子。

她呼吸着房间里的气息，停在门口询问："我需要换……"

"去沙发那边。"

灯突然被打开了。

光线晃眼，封雅颂不由得眯起眼睛。周权站在玄关里，指着客厅里的沙发，再次道："过去。"

封雅颂看着他，脚步没有犹豫。

走到沙发前的那一刻，周权大步上前，把她按在了沙发上。

她的脸贴到了沙发冰凉的靠背上。呼吸颤抖的瞬间，她忽然感到了一种鲜活。

上大学以来，她开心过，也忧愁过，可是那些情感都很淡，像是在脑海里轻轻地拂了一下。但现在，她感受到了胸腔里剧烈的跳动，每一次呼吸她都听得那样清楚。一切感受都瞬间变得清晰了。

周权的大手按在她的颈背上。

她的身体绷紧了，下意识地挣扎了一下。

周权的动作顿住了。

她微微发着抖，头埋得更低了，却不发一语。她的后颈纤细，垂下来一些细软的发丝。

周权一时感到恍惚。

这么久了，他对她依然那样熟悉。

他好像在看一件透明的物品啊。他看到了那段理不清楚的时光，看到了自己曾经的用心，也看到了自己藏起来的全部情绪。

她从来只是个娇气的小姑娘。

她有许多害怕，她只是想要依赖他，还会以耍赖的方式抱住他。

周权意识到自己做错了。

他不该带她回来。

让她上车的那一刻，他相当于承认了自己的心软。

周权转身走回了卧室。他在屋里独处了一会儿，然后重新走回沙发前。

她依然趴在沙发上，微微低着头。

有一只抱枕方才掉落在了地上，周权看着，没有捡。

　　他静默地站着，直到她轻轻地动了一下，扶着沙发起身，抬起头看向他。

　　周权对她说："我不该这样，你想走随时可以走。"

　　说完，他又转身回了卧室。

　　周权来到窗前，拿出手机看时间，已经快十点了。

　　平常晚上八点半是他的健身时间，九点半要继续工作，不过今天已经都耽误了。

　　周权望着外面的小区环境，站了一会儿，然后回到桌前，打开了电脑。

　　他专心地处理了一些事情，听到外面客厅偶有细微响动。

　　他知道她没有走，不过他并没有因此分心。

　　似乎曾经的那一年，他已经默认了工作的时候她会在旁边。无论她是保持安静，还是发出声响，他都已经习惯了。

　　过了十二点，周权合上电脑。他去卫生间洗漱，经过客厅，她乖乖地坐在沙发上，望向他。

　　周权洗漱完毕，走出卫生间，她的目光又立即望向他。

　　周权脚步停住，冲书房旁边的屋子指了一下："你今天要是不走，就去那个房间睡。"

　　恍惚之间，曾经在那个酒店，他也是这样，让她住在隔壁房间。

　　场景都是相似的，记忆都是重合的。因为人也没有变。

　　她的眼神还是那样明亮，像是最新鲜的露珠。

　　周权低声丢下一句"你想睡沙发也没问题"，然后走回卧室，把门关闭了。

深夜静悄悄地到来了。

月光淡淡的，倾泻进每家每户的窗里。

卧室房门突然轻响了一声，然后被推开了。周权背身侧躺着，没有动。

她像是光着脚，走路的声音很小，但那脚步声像是踩在他的心尖上。

终于，脚步声在床边停下了。停了好一会儿，然后她慢慢地上了床。

周权感到身体很僵，这一晚上下来，他的理智已经被抻成了一根细弦。

他努力地凝了凝神，转过身体，对她开口："你……"

"一个人睡不着……"

她离得那么近。

周权的声音止了。

他的目光定在她的身上，下颌微抬，喉结随呼吸轻轻地起伏。

不由自主地，他低声开口：

"一个人睡不着，然后呢？

"以前你都是在隔壁睡。"

她的呼吸也很轻，在这深沉的夜里，他们的呼吸仿佛融在一起了。

她的睫毛轻颤了一下："这一次，不想这样了……"

一切都是顺理成章发生的。

周权在震颤的黑暗中，逐渐辨清她的表情。

他一时间竟感到奢侈。

重新归于宁静后，周权静躺了片刻，伸手揉了揉她的头顶，下床去了卫生间。

他清洗了一下，很快走回来。封雅颂缩在被子里看着他。

周权掀开被子躺回她的身边，问："明天起来洗澡，可以吗？"

封雅颂点点头。

周权说："那就睡吧。"

他侧转头，看到她躺在枕头靠下的位置。他把胳膊伸出来："枕着？"

封雅颂的脑袋立即挪了一下，枕在了他的大臂上。她的头顶毛茸茸的，发丝拂在他的下巴上直发痒。

周权身体转动，搂住她的腰。他低声说："睡吧。"

他身上带着暖热干净的沐浴液的味道。封雅颂眨着眼睛，一会儿听他的心跳声，一会儿听自己的心跳声，像是潮水退却，把一切冲刷得那样干净。

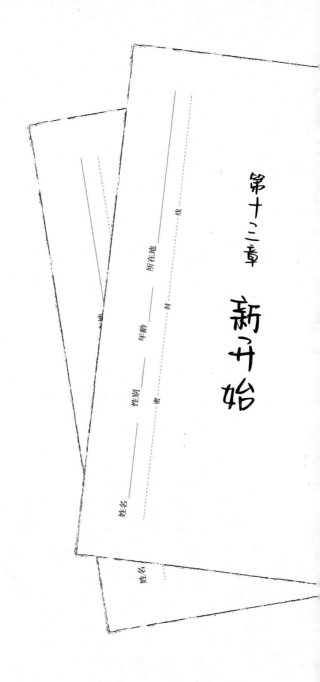

第十二章　新开始

封雅颂睡熟没多久，就听到了铃声振动。

周权迅速抬手，把床头柜上的手机给按了。

他转回头来，封雅颂已经迷糊地睁开了眼睛。

周权看着她，说："我要起床了。"

封雅颂轻轻地应了声，从他的胳膊上离开了。

周权起身，走到门口时，看到她也坐了起来。

周权停下，对她说："你用这个卧室的卫生间洗漱，淋浴右拧是热水。"他停了一下，补充，"里面的东西都可以用。"

然后他走出了卧室，脚步声消失在客厅里。

封雅颂下床后，在床角翻到了自己的裤子。她拿着裤子走进卫生间，把衣物放在干爽的洗脸台上，然后走到淋浴底下。

花洒的水花很大，淋在身上如按摩般舒适。封雅颂放松地呼了口气，仔细感受着，觉得自己的心完整了。

洗好澡，封雅颂照了照镜子，走了出去。

天亮了，封雅颂才看清客厅的模样。明亮简洁的风格，雪白墙壁，灰色大沙发贴墙而放。

周权已经坐在客厅的沙发上了，按着手机。她走过去的同时，他把手机放下了，从茶几上拿起一盒牛奶递给她。

封雅颂走过去，伸手接过来，翻转着看了看。

这是，早餐吗？

周权维持着坐姿，手肘抵在膝盖上，看着她说："我一会儿要去公司。"

封雅颂赶紧说："我自己回学校。"

周权问："今天周五，课多吗？"

周五其实课不多，只有下午一节通识课。即便点名，也可以让同学代答一下。

封雅颂对他说："我现在主要是复习考研，课都比较水。"

周权说："你留在这里学习也可以，晚上一起吃个饭。"

可以待在他家里吗？

封雅颂心生欢喜，差点就答应了，不过她头脑一动，突然想起了一件事。

她不好意思地笑了一下，开口说："我的电脑昨天落在那家店里了……我需要去找一下。"

"酒吧？"

"嗯。"

周权点了下头，然后站了起来："那一起走吧，我顺路带你过去。"

他们乘坐电梯来到地下车库。周权迈进驾驶位里，封雅颂进入后排坐下了。

车子沿着昨晚行驶过的路径开了回去。早晨阳光明朗，难得没有堵车，道路通畅。

快到商业区的时候，封雅颂微微探身，对他说："不用开进去了，我在这里下就可以。"

周权把车开到了岔道，看着前边的入口，说："我去公司，车也停到这里。"

"哦……"

停好车后，他们走出车位，周权先带她去了酒吧。

早上店里并没有营业，不过门是开着的。周权穿过前台，去后面交谈了两句，没一会儿，把她的电脑包还有小台灯拿了出来。

封雅颂伸手接过来，抱在怀里，跟着他走出了店门。

走在路上，封雅颂对他说："我在这儿附近找个咖啡店坐着上网课，可以吗？"

周权点了下头："好。晚饭前联系。"

走到了岔路口，周权回头对她说："我先……"

封雅颂赶紧用一只手抱着电脑包，另一只手掏出了手机。

她把手机举到他面前："可以加个联系方式吗？"

周权微顿了一下。朝阳底下，她眯起眼睛对他笑了笑："我的手机号没有变。"

上班高峰期，人来人往的路口，站定的两个人。周权伸出手掌，接过手机，点开通讯录，把手机号码按了进去。

输入姓名时，他下意识打了"27"两个数字，储存时发现重名了。

他看出她换过手机了，可是曾经那个号码还是保留在她的手机里。

周权注视着屏幕，在联系人那栏重新填写"周权"二字，然后抬起眼帘，把手机递还给她。

封雅颂一路找着咖啡店。时间尚早，许多店面都还没开门。

她几乎快走到考研机构的那栋楼了，终于看到一家开门营业的咖啡店。走进店里，一半书籍杂志，一半休闲桌椅，环境安静惬意。

服务员正在前台整理。封雅颂点了一杯拿铁，走到临窗的桌前坐下了。

她打开电脑，点开了昨天落下的课程，抿了一口咖啡，然后把纸笔拿了出来。

学到中午时分，封雅颂收了东西，走出去找午饭吃。

这片写字楼间的餐饮业旺盛，外卖员们脚步匆匆。封雅颂感到心情分外轻松，许多平时不留意的小细节，现在看起来充满生趣。

走在路上，她甚至想，会不会偶遇他呢？

她抬起头望着这些高楼大厦，不知道他会在哪个窗口里面。她随即想，他多半也是给外卖行业做出贡献的一员吧。

封雅颂在商业街吃了一份米线，走过几家店，又点了一杯奶茶。排队买奶茶的人很多，但多半都是打包带走的。封雅颂看到店里的环境很好，还有不少空位，她取了茶，走进去坐下了。

她在奶茶店待了一下午，外面的天色渐渐地暗了。

时间过了七点，手机振动了一下。

封雅颂立即拿起来看。

"你在哪里？"

发件人显示是周权。

封雅颂握着手机，感到一整天的期待瞬间化成暖流，一丝丝地涌出来。她不自觉地微笑，赶紧回复短信："我在商业街西区的一家奶茶店。"

对面很快传来讯息："好，现在出来吧。我在 B1 口等你。"

300

封雅颂立即站起身。

出了奶茶店，封雅颂按着指示路标走。B1口离得很近，走了几百米后一拐弯就到了。

傍晚昏黄的路口，她看到他站在道路里侧。他望着红绿灯方向，站姿笔挺，但也放松。人群在他面前匆匆走过。

封雅颂不由得深呼了一口气。

原来有的人只是站在那里，就令人心跳加速。

距离几步远时，他转头看到了她，随即抬步朝她走过来。

走到她面前，他很自然地搂了一下她的肩膀，说："向后转。"

封雅颂双手抱着电脑，转身跟着他走。

她稳定了一下情绪，抬头问："去吃晚饭吗？"

周权"嗯"了声，问："有点晚了。饿了吗？"

封雅颂笑了一下："我下午喝了一大杯奶茶，不是很饿。"

他有主动聊天的态度，气氛一下子就柔和了。

封雅颂跟着他来到一栋写字楼的侧面，坐小电梯到了顶层。

电梯门打开，诱人的饭菜香味扑鼻而来。原来这里藏着好几家私房饭馆。

周权走到一家店门口，掀开布帘子，让她先进。

店内空间小小的，只摆了六张木桌。

他们走到最后一张空桌面前。桌子一边是软座沙发，一边是长条椅。

周权直接在沙发上坐下了，拍了一下身边，说："坐过来吧。"

封雅颂看向他，他低头翻开了菜单。

封雅颂抬步过去，把电脑放在一边，在他身边坐下了。

菜单递到她面前，周权说："看看想吃什么。"

封雅颂瞅了一眼，几道手写的菜名，似乎很有风格。她转头看着他："你常来这里吃吗？"

周权也看向她，说："对。"

目光相触，封雅颂的心跳慢了半拍，她笑了一下："那你肯定知道哪些好吃啊。"

周权点头说："那吃几个推荐菜吧。"

他伸手向服务员点餐。

后厨声响热闹，很快菜就上齐了。

周权把一小碗杂粮饭递到她面前，然后拿起筷子，夹菜吃了起来。

封雅颂也把筷子拿了起来。

他吃饭从来都是安静的。

封雅颂坐在他身边，夹米饭都小心翼翼。

吃饱后，服务员又提来了一壶新茶。周权提壶倒了两杯，一杯递给她，一杯移到自己面前。

慢慢地喝了几口茶，他转头问她："吃好了吗？"

封雅颂把杯子放下，点点头。她抱着电脑包，跟着他往外走去。

出了大楼，天已经漆黑了。商业街那边灯火流淌，十分热闹。

周权的脚步这时停下了，转过身来，朝她伸出手。

封雅颂微愣，他是要帮她拿电脑吗？突然的念头却告诉她，他是要牵她的手。

下一秒，周权把这两件事都做了。

他一手接过她的电脑包，另一只手抓起了她的手。

封雅颂心跳如擂鼓，感觉脚步变得轻飘飘的。她抬头望着他的侧脸，一下子想起了以前。

而现在，他的手掌温热干燥，握紧了她的手。

他们并排朝着停车场的方向走去。

他没有邀请，她也没有询问，似乎他带她回家是一件默认的事情。

第二天是周六，学校没有课程。

封雅颂从床上醒过来，看到周权坐在不远处的桌子前。卧室的窗户很大，外面阳光灿烂，已经是上午了。

他把胳膊搭在桌上，专心地看着电脑。

封雅颂悄悄地撑起身体，想拿手机看时间，才想起手机在客厅。

"十点半。"

周权不知什么时候转过头来看她了。

封雅颂愣了一下，然后点点头："哦。"

等了一下，她问："你们周末不用上班吗？"

周权说："上。"他指了一下桌面，"我在等你。"

封雅颂又不好意思地"哦"了一声，坐了起来。

这时外面突然传来音乐声响。

卧室门是半掩着的，封雅颂听了几秒钟，才分辨出来。

"我的手机……"

周权说："去接吧。"

封雅颂出了卧室。

手机响铃不断，封雅颂赶紧接通。

电话里，大嗓门儿传来："喂，小颂！我刚才给你发了好几条消息呢！"

是她的一个舍友。

封雅颂说："哦，我刚睡醒。怎么了？"

舍友说："我刚在学生会开完会，这两天要查寝。我怕你离得远回不来，提前跟你说一声。"

封雅颂说："周末查寝啊？"

舍友："就是这么变态！没办法，你今晚还是回宿舍吧。"

封雅颂的其他几个舍友也会晚上出去玩，这三年来基本都是她留守宿舍，负责放哨。没承想，如今她倒成了那个需要舍友打掩护的人。

封雅颂赶紧说："好的，谢谢啦。"

舍友说："没事，我赶紧再通知一下其他人。"

挂了电话，封雅颂回到卧室门口，先偷看了他一眼，然后转身进入卫生间。洗漱完毕，她在心里想，总归是要回宿舍的，她毕竟没有带换洗衣物过来。

她出了卫生间，周权已经等在客厅里了。

封雅颂走到沙发前，对他说："今天我需要回宿舍了。学校要查寝，人不在会被问的。"

她不开口，刚才的电话他多半也听到了。

周权问："什么时候回去？"

封雅颂知道他下午需要工作，赶紧说："我自己坐地铁回去就可以。"

周权看着她，随即点了下头："好，吃个饭，然后我送你去地铁站。"

他站起来，朝厨房看去："那里有饮水机，去喝点水。"

然后他转身回卧室收拾。

封雅颂走进厨房，在柜子里找到了两个玻璃杯。她把杯子凑在饮水机底下，研究了一下按键，发现这个机器不分冷热水，直接就是适口的温度。

她接了两杯，喝掉了一杯，端着另一杯走回客厅，正好迎上了他。

她递上杯子："27，你喝不喝水？"

周权把电脑包换到左手，右手接过杯子，很自然地把杯子凑到嘴边。

他就站在面前，封雅颂不自觉地抬头看着，他的喉结滑动了一下，又滑动了一下，然后抿唇移开了杯口。

他看向她，突然笑了一下。

封雅颂被他笑得不知所措，赶紧移开了目光，也不知道他这个笑容持续了几秒。

周权又喝了一口，然后把杯子搁在茶几上，搂了她一下："走吧。"

他们先步行走到小区外面，在一家粥店解决了早午饭，然后回到小区，周权开车把她送到了近处的地铁站。

封雅颂下车后，朝他挥了挥手。

周权降下车窗，对她说："去吧。"

封雅颂看了他一会儿，才转身朝地铁口走过去。完全走入后，她透过玻璃，看到那辆 SUV 缓缓地开走了。

中午地铁里人少，两站过后，封雅颂等到了个空座。她坐下后捧着脸，在摇摇晃晃的地铁上发起了呆。

她的心一路上都无法安稳下来。

不过，她很喜欢这样的状态。

下午，封雅颂去学校的图书馆自习了一段时间，天擦黑时回到了宿舍。

晚上果然有人来查了一遍宿舍，见人员都齐，简单地记录后便离开了。

封雅颂松了口气，换上睡衣，把穿过的衣物收集了一下，拿到洗衣房去洗。

洗衣机"轰隆隆"地运转起来，封雅颂没有回宿舍，靠在走廊上，把手机拿了出来。

已经晚上十点多了。

她点开短信，思索一下，给他发送了一条消息："你还在工作吗？"

晚上正是洗浴的高峰期，走廊里时不时有人走过，空气里飘着沐浴液的味道。

封雅颂低头看着手机，隔了几分钟，短信回过来了。

"我在家里。"

随即，又来了第二条。

"方便打电话吗？"

封雅颂立即打字"方便的"，打完却没有发送出去。她握着手机，朝安静的楼道口走了两步，按下了拨号键。

电话响了一下，然后被接了起来。

封雅颂轻声说："27，晚上好啊。"

那边回道："晚上好。"

他们不知多久没有这样电话交谈了。他在话筒那边一开口，封雅颂瞬间被拽回了几年前。

只不过他的声音变得更加亲切了。

而且这通电话一开始，基调就是轻松的。

安静几秒后，他问："现在在宿舍里吗？"

封雅颂："嗯，我在宿舍楼道里。"她转头看了一眼走廊那边的洗衣房，说，"我刚刚洗上了衣服，正在等着。"

她又对他说："今天学校果然来查寝了，还好我们宿舍人都到齐了。"

讲完这些话，封雅颂意识到自己还是有些许紧张的。紧张，话才变多了。

他"嗯"了一声，又问："明天周日，有什么安排吗？"

封雅颂回答他："还是上网课，然后自己复习。"

他的问题似乎在朝某个方向靠拢。

她微微吸了口气，说："我们今天查过寝了，这段时间应该都不会再查了。我什么时候……还可以见你？"

他说："你把课表发给我一下，我来协调时间。"

封雅颂立即说："我这学期课很少，除了周一和周四上午，其他的课几乎都不点名的。"

他仍然问："周二、周三有什么课？"

封雅颂说："周二的课已经结束了，周三有一节通识课，可以不去的……"

"周三的课是什么时间？"

"下午。"

他思考一下，说："周一下午过来吧，周三上午回去。"

封雅颂一时没有出声。他又问："有问题吗？"

封雅颂说："不是……"她的声音低了一些，"我只是感觉，又回到高中的时候了。

"那个暑假，我作业没怎么写，开学就要高三了。我学习压力特别大，然后你就这样很轻松地帮我都梳理好了……"

她抬头，轻轻地呼吸，说："27，我已经长大了，我在别人面前都是个成年人了，我父母做事情都会征求我的意见了。有一次我坐地铁，一个小孩子还管我叫阿姨……

"可是，只有跟你说话，我才觉得自己特别小，好像特别有安全感似的。"

那边没有声音。

封雅颂有些不好意思："我就是突然……有点感慨……"

话筒里有他呼吸的声音，随后，他低声说了句："小姑娘。"

那声音很轻，好像只是一声叹息，又好像无限绵长，被温柔的回忆裏满了。

封雅颂在楼道里轻轻地笑了。

周日，封雅颂起得很早。

学校的图书馆临窗有一排明亮又宽敞的座位，是只有踩着开门时间才占得到的宝座。

封雅颂刚上大一的时候，有过几次早起占座，后面就越来越懒散了。

而今天她早早地进入图书馆，发现窗边的位置还有空。她放下书包，觉得心里轻快极了，座位舒适，她也充满了复习的动力。

封雅颂在图书馆高效自习了一个白天，临走前，她还给之后的科目复习制订了一个计划。

回到宿舍，睡觉之前，她走到楼道里给他打电话。

楼道里除了她，还有另一个女生正在讲电话。想必是在跟男朋友聊天，那女生满脸笑容，声音都不自觉地变得甜蜜了。

以前封雅颂看到有人甜腻腻地谈恋爱，都不太能理解。

不过现在，她完全懂得那种心情了。跟喜欢的人讲电话，心里的幸福藏都藏不住，不自觉就会冒出来。

电话打通之后，他们两个轻松地聊了几句。封雅颂跟他说自己今晚吃了一份很正宗的重庆小面，跟他说自己发现了一款很好喝的饮料。

可是她没有跟他分享自己的学习成果。

因为她突然有信心，自己可以复习好。她想抛掉学生的身份，以更成熟的方式跟他相处。

这是一个突然生出，令人焕然一新的想法。

这通电话结束，一觉醒来，就是周一了。

封雅颂上完早课，又留在教室跟同学讨论了一下大作业的事宜。中午她去食堂吃了午饭，刚放下筷子，手机短信传了过来。

"上午的课程结束了吗？"

封雅颂回复："上完课了，我刚刚在食堂吃完饭。"

短信回过去，他的电话打过来了。

食堂里人很多，她身边就挨着一个同学。封雅颂接通后，只是小声地"喂"了一声。

电话里，他对她说："我下午走不开，给你叫一辆车，三点等在校门口可以吗？"

他原本是想开车过来接她吗？

封雅颂赶紧说："不用的，路上太容易堵车了，还是地铁比较方便。"

她接着又说:"我过去以后,还是在那个奶茶店等你吧?"

他静了一下,没再坚持,"嗯"了一声。

封雅颂笑了笑,对他说:"那一会儿见。"

"好。"

一路上地铁十分拥挤,即将到站时,封雅颂站到门口,看到地铁门前已经排起了等待上车的队伍。

他的生活地点偏市中心,晚高峰时期,大批人潮就会往城市外部流动。

封雅颂抱着电脑包,身后的单肩背包里装了简单的洗换用品。她走出地铁,不断与步履匆匆的人擦肩而过。

在这个高速运转的城市,好像连带时间都一起变快了。

走在道路上,封雅颂抬头看着不远处的楼群,她想,留在这里生活的人,想必压力也会很大吧。

距离他工作结束还有一段时间,封雅颂也不着急,一路沿着商业街逛了逛,慢慢走到奶茶店。

她排在队伍后面,等了几个人,最后来到窗口面前。

封雅颂点了菜单上的一款奶茶。

点单员问:"您要热的还是冷的?"

封雅颂说:"热的,然后少糖。"

点单员说:"好的,一杯是吧?您扫这里付款。"

封雅颂刚点开手机页面,忽然感觉身边站过来一个人。她的心里升起熟悉的感觉,转头看去。

周权把胳膊撑在柜台上,低头看着她。

封雅颂愣了一下，然后笑了。

她转回头，对窗口里的人说："麻烦改成两杯。"

点单员改好价格，对她说："好了。"

封雅颂手机付款后，接过号单。

她往旁边移开一步，周权顺势搂住了她的腰，把她带到面前。

封雅颂仰起头，对他说："来找我了啊？"

周权看着她，轻笑，"嗯"了一声。

"你今天工作结束得好早，还不到六点。"

周权说："看时间你应该到了，就过来了。"

封雅颂笑着问："你翘班了？"

周权一点头："意思类似。"

奶茶店里语音播报了一声。

周权伸手拿过她手里的单子，看了一眼上面的号码，说："你的饮料好了。"

他在她的腰上揉了一下，然后走到窗口，把奶茶接了过来。

封雅颂看着他的背影，心里软乎乎的，觉得这真是一次太温柔的碰面。

两杯奶茶都装在打包袋里，周权把袋子递给她，然后把她手里的电脑包接走了。

他们往外走了两步，封雅颂从袋子里拿出吸管，在一杯奶茶上插好，递给他。

周权用胳膊夹住电脑包，将奶茶接了过来。

封雅颂把另一杯奶茶也插上了吸管，一边向前走，一边喝了一口。

看到他始终把纸杯握在手里，封雅颂问："你是不是不太爱喝奶茶啊？"

周权说："还好，只是人太多了，总见很多学生在排队。"

封雅颂笑了一下："那你之前上学……"

话问一半，她顿住了。

周权接过她的话，说："我上学那会儿，还不流行奶茶这种东西。"

封雅颂赶紧"哦"了一声。

又在街上走了几步，周权喝了一口奶茶，然后转头看她："先回家把东西放了，晚饭点个外卖。"

封雅颂说："好啊。"

周权脚步一转，直接朝停车场的方向走过去。

开车很快回了家。进入家门，周权打开灯，握着纸杯走进客厅。

封雅颂看到他站在客厅中央，光线照在他的头发上、脸上，有一种很不真切的感觉。

他站了两秒，然后回头对她说："明天我带你去趟超市吧。"

封雅颂"啊"了一声。

周权说："我家里没什么零食，也没有饮料。"

封雅颂笑了下，说："我又不是小孩子。"

周权的表情有些柔和，点头说："你随意坐，我去洗个澡。遥控器在抽屉里，你可以看电视。"

封雅颂在沙发上轻轻地坐下了，看到他转身去了卫生间。

她双手撑在腿上，回味刚才的对话，感觉他是想关照自己的，只是似乎不太擅长。

头一次，封雅颂意识到他居然有比较"直男"的一面，这个想法令她心里美美的。

封雅颂坐了会儿，然后拉开茶几抽屉，看到了里面的遥控器。

封雅颂拿着遥控器对着电视按了一下，毫无反应。她走近一看，发现电视根本没有插电源。

他似乎从来不看电视。这电视好像只是客厅里的一件摆设。

封雅颂将遥控器放回抽屉，把手机拿了出来。

安静的环境里，隐隐约约能听到卫生间里的水流声。

封雅颂坐在沙发上玩了两下手机就没有心思了，她再次抬头环顾客厅。门口、玄关，还有延伸到里面的卧室，都是他们亲密过的场所。

封雅颂心里痒痒的。

过了不久，周权擦着头发走出来了。

洗过澡后，他身上的疲惫感一扫而净，更精神了。

他在她身边坐下，拿起茶几上的手机："点个外卖。"

封雅颂随意问："吃什么？"

"点了饺子。"周权转过头来，朝她晃了晃手机，"这个店就在小区外面，配送得比较快。"

果然很快，不过十来分钟，门就被敲响了。

周权开门，接过外卖，下意识地朝厨房走了两步，又转回来，把袋子放在了茶几上。

封雅颂帮他拆开，一份三鲜水饺、一份牛肉水饺，还有两碟凉菜、一瓶酸奶。

周权去厨房拿了一小瓶酒回来。

他坐回她的身边，拆开筷子搭在饭盒上，然后拧开了酒瓶盖。

封雅颂把凉菜朝他推了一下。

周权看了她一眼。她指了指菜："下酒……"

周权笑了下，意思似的举了下瓶子，然后抿了一口。

他们拿起筷子开始吃饺子。

封雅颂已经习惯了吃饭时保持安静，默默地给自己计数，吃了第五个，正在夹第六个的时候，突然听到他说："明天我需要去公司。"

封雅颂把筷子收了回来，看向他。

周权说："你明天在屋里学习，或者看看电视。我晚上回来带你去吃饭，可以吗？"

封雅颂知道他今天已经提前离岗了，她不想打扰他工作的，这样待在他的家里，多少会有些叨扰。她之前一心想见到他，考虑得太不周全了。

封雅颂说："我明天可以……"

"不要回去。"

封雅颂看着他。

周权搁下筷子："你明天没有课，不要来回跑了，在家里等我吧。"

他说"在家里"。

或许是习惯用词，可是封雅颂心里一下子就热了，她不由得点头，又"嗯"了一声。

周权的手肘搭在膝盖上，说："我现在的工作时间会比较紧，跟之前的性质不太一样。"

跟她高三那一年不太一样……

封雅颂又点了一下头，想说"当然是工作重要"，可是看着他的神情，他似乎还没说完。

周权继续说："其实挺不巧的。这段时间公司新接了个项目，刚开始起步，我又想多抽出时间……"

他停顿了一下。

封雅颂认真地看着他。

他说："你这一年主要是备战考研，时间比较自由，我们的步调没有碰到一起。"

封雅颂笑了一下：

"你想多抽出时间，不会是为了监督我考研吧？

"考研复习，我自己完全可以安排好的。我想来找你，只是想离你近一点……"

她看着他，问："你想多抽出时间，是为了能够多陪我吗？"

客厅的灯光是暖色调的，照得人脸上有一层温暖的光晕。

曾经在那个酒店房间，她在电脑桌这边学习，他在沙发那边工作，相互陪伴。

你怀念曾经的工作，也是怀念跟我一起，彼此专注地学习、工作的生活吗？

周权缓缓地点了下头："我们刚开始相处，我不想让你觉得不受重视。"

封雅颂说："我可以感受到的。"

他撑着膝盖，侧头看着她。光影下，他的眼睛黑白分明，像是极昼极夜交映。

封雅颂说："你当然重视我了。以前我觉得学习是最重要的东西，你就很重视我的学习。现在我觉得，你是最重要的东西了……"

她的声音不自觉地变小了，但她仍然认真地看着他。

所以27，你要多关注自己，正视自己，我们都会越来越好的。

目光交错，周权伸手搭在她的肩膀上，把她向后放倒，然后整个人压了过去。

鼻息拂在她的脸上，他问："吃饱了吗？"

他的气息里带着淡淡的酒气，像是醉人的音符，封雅颂不由自主地轻点了两下脑袋。

点第一下时，他的唇角勾了一下。

点第二下时，他低头吻上了她。

她收缩肩膀，把他抱紧了。

神秘的国王，是你在召唤我。那个神秘的国度，我即将到达。

我已经到达。

周三中午，封雅颂赶回了学校。

通识课在下午第一节，她卡着铃声进入教室，溜到后排坐下了。

前半节课，她几乎都处于发呆的状态，回神之后，也听不进去课了。

左右同学都在偷偷地玩手机，封雅颂也把手机摸了出来。

她随意地刷了刷新闻，然后点开了手机日历。

距离寒假还有不到一个月了。

今年似乎是个暖冬，一场雪都没下，不知不觉冬天已经过半了。

封雅颂思绪飘散，感觉教室里突然一静。

她茫然地抬起头，看到讲台上的老师拿出花名册，开始点名了。

老师抽着点了几个名字，没答"到"的用笔标了记号，很快念到"封雅颂"。

封雅颂赶紧举手，答了个"到"。

老师朝她的方向望了一眼，点点头，继续念下一个。

封雅颂呼了口气，随之心里一乐。这整个学期都不一定点名的课，今天突然点名，居然被她碰上了。

有他参与的生活，似乎运气都变好了一些。

点名后不久就下课了，封雅颂留在教室里复习了一会儿，然后往宿舍的方向走去。

独自走在校园路上，封雅颂看着一棵一棵行道树，慢慢地有些怅然。她感觉自己的生活好像被分成了两段，和他在一起时缠绵幸福，回到学校后就会满心不舍。

不过思念并不会拉扯太长，耐着性子上完课程，周末她就可以再次与他碰面。

这样的生活持续了两周后，考试周来临了。

封雅颂暂时放下了考研复习，早起晚归，专心地突击几门考试。

在考试的压力下，她这周也没有去找他。

终于撑到了最后一门考试。头天晚上，封雅颂在图书馆里刷最后几页课件，不断地提笔把重点内容抄写记诵。

她的头顶后上方挂着一只钟表，表针一直动着，嘀嘀嗒嗒。

封雅颂抬头环顾四周，图书馆里空旷安静，她心里突然涌上巨大的思念。

这一刻她想，如果他能陪在自己身边就好了。

她突然明白了他说的那句话："我们刚开始相处，我不想让你觉得不受重视。"

封雅颂叹了口气，继续看课件。

第二天中午，最后一门考试收卷，考试周终于结束了。

封雅颂一身轻松，站在教室外面给他打电话。

电话里，她说："27，我终于考完啦。"

他说了句"好"，随后又说："下午四点，我开车去学校接你。"

封雅颂很惊讶："还是工作重要，你不要再翘班啦。"

他说："今天有空。你的行李可以多收拾一些，带过来放在家里。"

封雅颂轻轻地笑了，答了声"好"。

这通电话打完，封雅颂考虑着中午吃什么，抬步往食堂走去。

一路上，她碰见了许多同学拉着行李箱往校门外走。

她这才意识到，寒假就要开始了。他们这次见面，相处不了几天，然后就要过年了……

待走到了食堂楼下，封雅颂在心里落下了一个决定。

她走了两步，站在一棵高大的松树旁边，拨通了母亲的电话。

"喂，妈。

"还没有吃呢。

"嗯，考试都考完了。

"对，算是放寒假了。

"什么时候回家啊……我想跟你说件事情……

"你跟我爸之前一直问我有没有谈恋爱，最近我谈恋爱了。上个月，我在北京碰到他了，然后我跟他在一起了。

"嗯，就是他。

"我喜欢不上别人的……我不是固执，只是他真的很好，这个世上没有任何人能比得上他。

"妈，你年轻时跟我爸也谈过恋爱。你愿意跟他在一起，愿意跟

318

他结婚，那种心动的感觉，你应该也经历过吧？

"……第一次遇见他，是我年龄小，你们不相信我的判断力。可是我现在长大了，我依旧要跟你们说，他是唯一值得我喜欢的人，他是我想要一生陪伴的人，你们愿意相信我了吗？"

她细细地听着电话里的声音，几分钟后，笑了一下。

"我要说的不光是这个。其实我想说，今年过年，我打算跟他一起过。

"他一个人在北京，我很想陪他。

"过年跟往常是一样的，祝福的话不一定非要当面说，聚会也不差那几天。只是，他是一个特别的人，我想用心告诉他，以后的新年都有我陪伴他度过了。

"嗯，我决定好了。"

电话挂了以后，封雅颂透过松针，看着晴朗的天空，心情久久不能平复。

随后不久，手机振动了一下。

封雅颂点开查看，原来是一个研究生学姐邀请她明天上午去实验室与导师见面。

封雅颂有意愿考本校的研究生，所以提前联系好了一个导师，毕业设计打算跟着他做。如果读研，也希望这个老师录取她。

这个导师十分负责，专门抽时间安排了跟她的会面。

封雅颂立即回复了个"好的"。

封雅颂站在松树旁边，握着手机，觉得今天格外繁忙。她再次拨通电话，给他打了过去。

中午的风拂过脸庞，封雅颂轻轻地呼吸，微笑开口："27，我要推迟一天跟你见面了……"

周权坐在车里，挂了电话。

本来正打算出发去接她的。他手握方向盘，想了一下，把车开去了梧桐酒吧。

下午店里人不多，周权视线一扫，在窗边看到了熟人，走过去坐下了。

梧桐抬起头，惊讶地看向他："呦，我早上约你，你不是说没时间吗？"

周权说："现在有了。"

梧桐笑着问："被放鸽子了？"

周权淡淡地说："因为正事，不算放鸽子。"

梧桐往前挪了一下："我早上约你出来，就是想问问你，那项目你真的不做了？"

周权说："不了。好在刚刚开始，转手出去不算耽误。"

梧桐摇摇头："你前两年可不是这个心态，周围的人该恋爱的恋爱，该结婚的结婚，就数你工作得最凶。"

周权说："我不像你，没有家里人一直催着。"

梧桐说："哎，也别这么说……"他又问，"现在你就认定了，打算花时间好好处了？"

周权说："对。我仔细地想过很多，我想表达诚意，我看了很多礼物，还去看过戒指。可最终，我认为最好的方式还是在家里多陪她。"

梧桐点了下头："那当然，对你这样事业成功的人来说，最值钱的东西是时间。"

他又说："既然你都想开了，就赶紧的吧，趁热打铁。我家孩子可都三岁了。"

周权顿了一下，说："我总觉得她还是个孩子。"

梧桐看着他，"扑哧"笑了："你谈起恋爱原来是这样的，我可真没想到啊。"他摇了摇头，然后问，"对了，你喝点什么啊……"

饮品上来后，两个人还在闲谈着。

"追根溯源，多亏我当时建了那个群，请叫我红娘。"

"你把联系方式都留成我的，纯属骚扰，我不追究就不错了。"

"哎，这不是缘分使然嘛……说起来，你们两个应该是群里唯一成了的一对吧……"

"不了解。"

"所以，还是请叫我红娘。"

第二天上午，封雅颂按时去跟导师会面。

那是个面色和善的中年男老师，他们进行了愉快的谈话。老师向封雅颂介绍了自己实验室的情况，还鼓励她好好复习，一定要考过来。

封雅颂充满动力，向他道谢。

出了办公室，手机振动，收到一条短信。

"我在学校门口了。"

封雅颂露出大大的笑容，飞奔回宿舍拉上行李箱，然后直奔大门口。

外面车流密集，封雅颂望向马路对面，从左到右搜寻一遍，没有找到他的车。

她收回视线，稍微一瞥，看到那辆熟悉的 SUV 就停在路边。

而他站在车头旁边，安静地望着她。

似乎是一个小游戏，等你什么时候能够看到我。

封雅颂摸摸头，发笑，然后拽着拉杆朝他跑过去。

两人越离越近，周权的脸上慢慢地露出笑容，抬步朝她迎过来。

这时正是阳光灿烂的冬日，之后还有春光明媚，夏木葱茏，秋风飘扬……

这个城市很大，容纳着五湖四海的人，演绎着或悲或喜的故事。而我们只是两束小小的火苗，在那个寂寥的窗口，聚成了一盏只为彼此亮起的灯，之后灯火流淌，蓦然点亮了满城霓虹。

世界那样大，新一轮生活，江湖海底，喜乐忧悲，与你一起。

（正文完）

番外一　小盛子

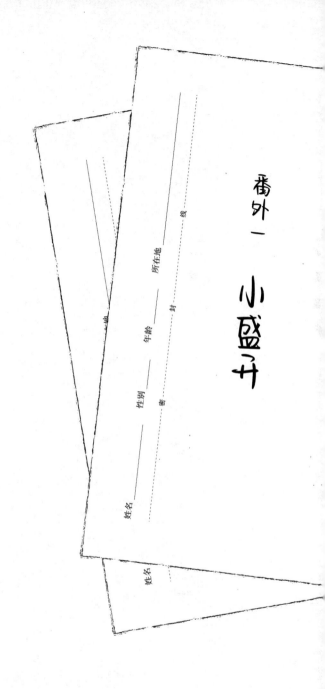

今年日子赶得紧，春节刚过，就到情人节了。城市里的年味一年比一年淡，路人脚步匆匆，没有烟花爆竹，只有那些该亮的彩灯亮起来了。傍晚的学院路起了风，冷风从南吹到北，像是催着人往团圆的家里赶。

路边新开了一家梧桐酒吧，周权推门走进，氛围彩灯与呼啸冷风顿时都被关在了外面。酒吧环境昏暗，灯光柔和，无视节日，不分冬夏。

周权脱掉外套一折，看到座位快满了，似比平常还热闹些。他走到吧台坐下，服务生麻利地倒了杯水。周权伸手，把杯子挪到纯黑色石桌面正中的位置，然后将手里的一枝玫瑰摆在旁边。玻璃水杯亮晶晶的，在玫瑰包装纸上投下一块白色光影。周权静静地看着，像是在等人。

这时一个人站到身后。周权转身看到了梧桐。梧桐递上一册窄长的硬本，抬眉笑："新菜单，看看？"

周权把外套搁在旁边的吧台椅上，然后单脚点地，完全转过身来，认真地翻起菜单。

不是为了点餐，而像是检查。周权对每道菜标注的配菜、每款酒的度数与口味都仔仔细细地看。偶尔点出一处，示与梧桐。梧桐拉过一把椅子坐近，在音乐声中用较大的声音与他讨论起来。

两个男人，一个坐在高椅上，单腿支地，身材修长，一个坐在软椅上，斜斜扶膝，姿态悠闲，如此面对面聊了起来，好像这就是周权此番前来的全部目的。

吧台前边被完全挡住了，不过无人借道。人们来到酒吧，大多挑个空位就陷进去了，并不会走来走去。倒是有一行四个女人，走进酒吧后找了找，来到了他们旁边。

一个卡座四个软椅，梧桐占了一个，剩下三个就不齐了。梧桐没有起身，女人们也没想让他让位，学着他们的样子，两个女人拉过软椅坐下了，另两个坐在对面吧台。其中一个女人拎了拎吧台椅上的外套："你们谁的衣服？"

周权说："我的。"

女人看了看周权，拎起外套递进他的怀里："那还给你。"周权把衣服一折，重新在手臂上挂好了，冲她点了下头。女人侧脸笑了笑，踮脚坐在了高椅上。

这四个女人看起来年龄适中。所谓适中，便是脱离了校园稚气，却又没染上家庭烟火，有很大可能是单身的状态。今年冬天，女性中特别流行一款泰迪熊般卷毛的厚外套，这四个女人中便有两个都穿此外套，一个"白熊"，一个"棕熊"。还有一个穿着潮牌羽绒服，而坐在周权身边的女人穿得最为单薄，只一件褐色羊绒大衣。

四个女人点了一份冷盘、几样点心，又一人点了一杯酒。

鸡尾酒杯造型精巧，容量很小，稍一饮便过半了，几个女人热闹了几句，便无事可聊。

这时，周权立起菜单，正跟梧桐讨论纸质问题。菜单虽然硬挺，但最好还是塑封保护起来，减免磨损。听了一阵，坐在梧桐旁边的"白熊"率先插话了："你们是这里的老板吧？"

梧桐转头："几位第一次来？怎么样，口味还满意吗？"

"白熊"笑了："这店不是新开的吗？去年还是日料店呢。我们常来这里聚，过了个年，发现这里变酒吧了。"

梧桐说："是，这店刚开两个月。不过梧桐酒吧是连锁，这是在北京开的第四家了。"

"潮牌羽绒服"表示肯定："朝阳那边有一家，我去过。"

"棕熊"坐在"白熊"身后，往前推了下酒杯："学院路上有四五所大学，平时来的肯定都是学生，你这里的酒可不太实惠呀。"

梧桐笑："你们点的都是烈酒，40 度，45 度，那杯接近 50 度。拿大杯子端上来，你们还能走出去吗？"

"棕熊"搭着"白熊"的肩笑了笑。

周权这时问："你们在附近上学吗？"

"棕熊"看了看"白熊"，"白熊"又看了看对面的两人，最后"羊绒大衣"歪头笑道："我们也可以是学生，对吧？"

"潮牌羽绒服"也拉长音道："我刚毕业五年，不对，六年……也没多久嘛。"

周权无声地喝了口水，然后把玻璃杯握在手里，转头问："情人节，怎么不跟男朋友一起过？"

"羊绒大衣"仍然嘬着笑："你是故意问的吗？"她抿了口酒，对面的"白熊"也喝了口："过节没人陪，我们凑到一起的。"

周权一一打量几位女士："都是单身？"他的眼神探究，语气恰到好处，那隐藏的台词便是，几位这么漂亮，不像是单身啊。

女士们都低头轻笑，只有"棕熊"摆了摆手："我倒是有男朋友，不过在外地。今天一整天连句话都没跟我说，有什么用？"

"白熊"抬头，喝了口酒："就是，还是姐妹靠谱。"

四个人面前都只剩一个杯底了。梧桐及时询问："还喝点什么？"没等回答，他便站了起来，点了点手里的新菜单，"这样，本店新品龙井茶酒，美容养颜不醉人，给你们上两壶品尝一下。"

梧桐走开后，周权握着水杯，开口问："都单身多久了？"

"白熊"直接说："我年前刚分手。"

"潮牌羽绒服"想了想："有半年了吧。"

"羊绒大衣"只是含糊答："很长时间了。"随即她反问，"你呢？"

周权说："六年了。"

"啊？这么久啊……"

周权喝完杯中水，往身后一搁："是啊，整整六年了。"

"白熊"小心翼翼地问："那你跟之前的女朋友感情一定很好吧，是出了什么问题吗？"

周权说："因为一些客观原因，不得不分开了。"

"白熊"问："家里不同意？"

周权说："算是吧。"

"羊绒大衣"问："你家人不同意？"

"潮牌羽绒服"问："她家人不同意？"

两人几乎同时开口，不由得对视一眼。

周权对她们点了下头，说："都有。"

"羊绒大衣"蹙眉，"潮牌羽绒服"抿唇，二人都带着探究又心疼的表情，示意他有苦水尽管说。

于是周权继续说："我们认识不久后，我母亲便病逝了，我的心情比较乱。她当时年纪小，不够成熟，家里人也不同意，因此这份感情没有维持下来。"

"所以就分开了？那后来呢……""白熊"问，"这六年，你们都没有联系过吗？"

周权摇头："她去了另一个城市上学，之后就失联了。"

静了片刻，"羊绒大衣"小声地说："你一直在等她吗？"

周权说："我不等了。"

"那你这六年，也不找女朋友……"

周权说："我只是，不想再从头开始建立一份感情了。"

"那，不会寂寞吗？"

周权抬起头来。"羊绒大衣"将手臂搭在吧台上，身体朝前挪："整整六年，单身一人……"

另外三个女人也动容地看着他。

周权忽然笑了一下："我又不是神仙。"

"啊？"女人不知所以。

周权微微倾身，指向玻璃窗外对面的大楼："我在那里的顶楼旋转餐厅订了一个靠窗的位置。"

女人们纷纷望向窗外。等她们转回身来，周权已经将吧台上的那枝玫瑰重新拿在手里，低低地说："在特殊的节日里，例如情人节，我会找一位心仪的女人，送她一枝花，然后请她吃一顿饭。"

他的声音听得人莫名地有点醉。"羊绒大衣"愣了愣神，感觉自己竟然脸红了。"潮牌羽绒服"不自然地理了理头发，"白熊"和"棕熊"

都局促地笑了笑。

四个女人各怀心思，亦心跳加快。她们竟没有发觉，第五个女人已经悄悄地走近了。

直到——

"请问，这里有人吗？"

四个女人顿时抬起头。小颂怀抱几本书，伸手指着周权另一边的吧台座位。

周权说："没有人，请坐。"

小颂点头一笑，坐上座椅，把书搁在膝盖上。

周权将胳膊撑着吧台，转头看着她。过了片刻，他开口问："你在附近上学吗？"

小颂说："是啊，就在旁边的理工大。"

"大几了？"

"我在读研，研二了。"

周权淡笑："看不出来，你很显小。"

小颂也看着他笑："谢谢。"

周权问："你们没有放寒假吗？"

"放假了，我只是回学校拿两本书。"

"既然放假了……"周权问，"那今晚有空吗？"

小颂看着他。

周权迈下座位，站在她面前伸出手："可以请你吃个晚饭吗？"

他面带微笑，目光静静地落在她的身上。他的指尖握着一枝红色玫瑰花。

在四个女人惊愕的目光中，周权拉着小颂径直走出酒吧。

外面的天色完全黑了下来，风已经停了，满树的节日彩灯装饰着节日氛围。小颂抱着书和玫瑰，走了几步之后笑了出来。周权停步回头看她，也笑了起来。

他们停在路口，此时正是红灯。

周权问："你要拿的书都拿上了吧？"

小颂说："拿上啦。"

"以后放假前检查好东西，不要丢三落四的。"周权接过她手里的书，另一只手重新拉着她，"我们去对面吃饭，然后回家。"

小颂点了点头，随后说："演技不错呀。"

"我还写了另外一个剧本。我们在火车上装作陌生人，从生聊到熟，最后手牵手一起下车。在地铁上也可以演哦。"

周权说："偶尔演一次就行了，影响不好。"

小颂望着他的脸。过了片刻，周权改口说："晚上把剧本给我看看，下次你放假时再玩。"

小颂顿时笑了，搂着他的胳膊，看向前边："绿灯啦。"

宽阔的路口此时只有两个人。这一天是情人节，也处于春节，千万户团圆相聚，有情人终成眷属。他们牵手穿过马路，一枝玫瑰轻轻地摇晃着。

你用心护养的那朵花，它现在盛开了呀。

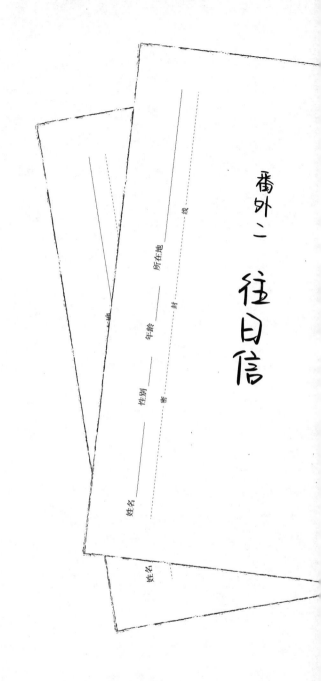

番外二 往日信

研究生第二年的暑假，通过秋招提前批次，封雅颂成功拿到了三份录用通知。

其中，有两家单位是周权推荐的——一家是老牌央企，工作轻松，福利待遇稳定；另一家是上市私企，工作环境雅致，发展空间大。剩下的一家是国企下属的新成立的院所，封雅颂在参加学校组织的招聘交流会时，被这个院所的核心介绍吸引，主动投递简历，并于一周后顺利通过了面试。

但面对这三份录用通知，封雅颂不禁陷入了纠结。

央企是各路亲朋好友都会称赞羡慕的铁饭碗，但相对应的，太稳定的工作环境可能会有些无趣。

私企的工作模式确实更灵活，封雅颂本身也对那种身着职业装，脚蹬高跟鞋，风风火火出入写字楼的白领生活很是向往。但私企工作节奏快，工作压力大，她好不容易走过高考、考研，在未来漫长的时光里，她真的要这样继续竞争下去吗？

至于那家新成立的院所倒是两者兼具，既有国企的稳定，又有私企的灵活，看起来似乎是个完美的选择。不过，在实际工作中，恐怕没有太多前辈可以请教，而且新单位发展前景如何，还是未知数。

签哪家呢？

看来，选择太多也不是件好事，实在是太让人纠结了。

封雅颂托着腮，在桌前发起了呆。桌子临窗，她的目光越过小区里深绿的树冠，穿过前方高楼的间隙，望向远处道路上连绵不绝的车流。傍晚时分，天色渐渐暗了下来，无数车灯随之亮起，像是一条流淌的星河。

忽然，封雅颂的手机"叮"地响了一声，她拿起手机，居然又是一个 offer 邮件。

她这才猛然想起，上个月课题组聚餐，几个已经工作的师兄师姐也来参加。其中一个师姐要走了封雅颂的简历，内推她参加了自己单位的面试。她原以为这事没下文了，没承想过了一个月，居然直接发来了 offer。

据那个学姐说，她们单位没什么别的优点，就是效益太好，奖金非常高。

完了，这下选择又多了一个。

封雅颂歪着脑袋叹了口气，因她实在太专注，所以并未留意客厅大门被打开的声音。

过了两分钟，一股熟悉的气息从身后传来。封雅颂不禁轻轻瑟缩一下，刚要转头，周权已经来到她的身后，大手抚在她的头顶，亲昵地揉了两下。

封雅颂靠着他的身体转过头来，自然地仰起脸与他亲吻。

缠绵过后，封雅颂朝周权眨了下眼睛，率先开口："下班啦？"

周权把手撑在桌边，看着她，"嗯"了一声。他额前垂下的发黑漆漆的，眼神微沉，丝毫没有工作的疲惫，反而漾荡着归家的轻松，还有一种专注的温柔。

"我今天煮了橄榄鲍鱼排骨汤哦，还做了虾饼和空心菜，主食是三鲜豆皮。"封雅颂挪开椅子站起身，凑到他面前，伸出一根手指头指向厨房，"都在厨房的炉灶上温着呢。"

周权认真地笑了一下："这么专业。"

"相当专业。"封雅颂得意一笑。

"那我可要好好尝尝，我去盛菜。"周权抬手捏了捏封雅颂的脸。

现在正值暑假期间，封雅颂的实验数据已经整理得差不多了，加之导师出差，她便懒得再去学校，每天窝在家里写论文，研究怎么做饭。

现在网络上菜谱很全，无论多么复杂的菜色，跟着菜谱做下来，都是像模像样的。封雅颂从前并不怎么做饭，但几番尝试下来，竟逐渐爱上了做饭的过程。当然，她更喜欢的还是周权吃到她亲手做的晚饭的成就感。

周权看她做得认真，便在她手机的买菜软件上绑定了大额储值卡，每次晚餐后，还会主动清理厨房。有时来不及收拾碗盘，次日上午，会有保洁阿姨来代替周权收拾清洗。

封雅颂这次熬的排骨汤非常成功，清淡鲜美，又甘甜润喉。两人各自喝完一碗，又添一碗。封雅颂放下汤碗，拿起筷子最后夹了一根青菜吃，周权及时伸手，扶正了她勾在碗边的汤匙，随即开口问道："三份工作，想了一整天，考虑得怎么样了？"

封雅颂扁了扁嘴："现在是四份了。"

她放下筷子，把今晚又收到了一份 offer 的事情告诉了他。

"选择越来越多了啊！"周权不禁摇头笑了下。

封雅颂闻言，肩膀一塌，望向周权："你给我个建议嘛，小小的建议就行。凭借你工作多年的经验，这四份工作，你觉得哪个更适合我呀？"

周权注视着封雅颂，她觉得他心里一定有了答案，但他只是平静开口道："工作大事，必须你自己来选择。"

这话让封雅颂的肩膀又塌了一点："不然，去那家私企好了。你曾经夸奖过那家单位，而且也算是国内数一数二的企业。"

周权闻言，不置可否地点点头。

封雅颂见状，又弱弱地说："不然去央企好了，不出错。"

周权把碗筷往前推了几寸，双手交叉，搭在桌面，开口道："这样吧，现在是暑假，我带你出去旅游一周，庆祝一下。"

"庆祝？"封雅颂眨了眨眼睛，"可我的工作还没有定……"

周权又道："这四份工作，无论你选择哪一份，你父母都会满意，对吗？"

封雅颂点点头："是的，他们觉得我能研究生顺利毕业，还留在大城市工作，就已经很让他们骄傲了。"

自打封雅颂在上大学期间和周权重逢，封雅颂的父母也渐渐学会了放手。后来，当看到自家女儿考研成功，课业安排得井井有条，生活也开心充实，他们才不得不承认，那个曾经被他们保护在羽翼之下的宝贝女儿已经成长为独立的个体了。她可以凭借自己的选择和努力，把人生过得足够精彩。所以，在就业这一方面，封父封母便完全放手，让封雅颂自己决定。

"所以，你现在身处一个十字路口，每条路都通向光明的未来。

而你现在所站的这个十字路口，本身就已经是一个颁奖台了，这便值得庆祝。"

周权这番话，让封雅颂微微愣住了，她不由咬了下唇，感觉心里暖洋洋的。

周权认真地注视着她："那就这样决定了，我们简单收拾下行李，明天出发。"

第二天上午，二人睡到了自然醒，悠闲地吃完午饭后，下午一点，二人到达机场。

直到办理值机的那一刻，封雅颂才知道他们的目的地是杭州。

杭州有西湖，有雷峰塔，还有许多其他大大小小的景点，确实值得好好游览一番啊！封雅颂默默想着。

下了飞机，酒店专车接二人前往提前订好的酒店。

路上，周权给了封雅颂一个任务 —— 用手机搜两家最想吃的饭店。

最想吃的啊……封雅颂纠结了半天，终于选出了两家店 —— 一家是漂亮的西餐厅，另一家是融合私房菜，都不是传统杭帮菜。

如果按照以往和父母旅游的经验，饭店必须选具有当地特色的大饭店，点菜也要点最有特色的那几个招牌菜。

可封雅颂一直认为这种"特种兵式旅行"很是无趣，她最喜欢的，其实是一种随意的旅行方式，去探索有趣的小店，悠闲地享受每一刻的惬意时光。如果把旅游安排得像打仗一样，又怎能真正放松呢？

于是，来到杭州当晚，他们便先去吃了封雅颂十分感兴趣的融合私房菜，第二天中午又去她心仪的西餐厅打卡，吃饱喝足后，下午他们坐上了前往苏州的高铁。

到了苏州，封雅颂发现仍有专车前来接站。

在车上，通过周权和司机只言片语的聊天，封雅颂意识到，周权在这些城市都有一些工作上的合作伙伴和朋友。这些朋友贴心地为他们安排了最舒服的住宿和高档的专车，甚至还要安排饭店，但周权拒绝了安排的饭店，他仍旧让封雅颂自己选出最感兴趣的两家店，然后一起去品尝。

除了饭店，封雅颂还选了两家咖啡馆，各有特色。

于是第二天，他们漫步在苏州街道上，开始咖啡馆探店之旅。

在第一家店里，封雅颂买到了一本心仪的小说，周权把书中间部分书页折好，递还给她："在这家咖啡店里，看一半，剩下一半我们去第二家咖啡店里看。"

从苏州离开后，他们又接连去了武汉和长沙。

在武汉，封雅颂尝到了最正宗的三鲜豆皮。而对小龙虾的探店，他们留到了长沙。

旅行最后一程，他们飞去了三亚。

直到躺在沙滩长椅上，吹着清凉的海风，喝着椰子水时，封雅颂才渐渐意识到，他们这一趟旅程，所到之地，都是周权曾经出差来过并且留有印象的城市。

他曾经独身一人，匆匆来到这些城市，被朋友招待着吃了最好的饭店，但这些美食与谈笑背后都是因为工作，没有一点私人空间。

或许是赶路时在车上的惊鸿一瞥，或许是临睡时窗前的景色动人，让他隐约感受到这些城市很美并值得去深入探索，只是当时的他，并没有闲情逸致罢了。

　　而这次与封雅颂的旅行，周权既想弥补曾经的遗憾，也想把曾经认为好的东西分享给她，同时也是在认真告诉她，两个人在一起是为了更好地感受世界，体会生活的幸福。

　　两个人的沙滩椅紧靠着，周权的沙滩椅上还放着封雅颂的粉色手提包。这只包一开始只挂着一只粉红色的挂件，但这几天玩下来，封雅颂在咖啡馆和小饰品店里买了好几个可爱的小挂饰，陆续挂上去后，现在这只手提包变得花里胡哨。

　　每次出门，周权都会帮她提包，看着他拎着挂了一堆可爱挂饰的包，封雅颂不禁轻笑。

　　在他们沙滩椅的前方，有一个四五岁的小男孩，此时正蹲在地上拿塑料铲挖沙子。

　　他似乎是想建筑一道城墙，或者搭建一座城堡把自己包围起来，再向周围发起进攻。

　　封雅颂津津有味地望着小男孩，对方似乎也感受到了封雅颂的目光，站起身子，得意地朝她展示自己的成果。

　　这时，一旁的周权问道："还喝些什么？'椰岛清风'？"

　　他举着菜单，在遮阳伞下眯起眼睛阅读。封雅颂旁边的椰子水已经喝完。"椰岛清风"应该是椰子汁特调的一款鸡尾酒。刚才一路走过来，封雅颂看到许多人都点了它，杯上装饰的小伞非常可爱，颇有海岛风情。

　　封雅颂点点头："好呀。"

　　周权转头叫来服务生，点了两杯。随后他微微探身，从那只粉色手提包里，取出了一卷细长的纸卷。

封雅颂不知道他什么时候放进去的，有些好奇地望着，那纸张的背面是黑色的，这让她隐隐感到有些熟悉。

周权快速抽掉了固定纸卷的金属圆环，然后停顿几秒，把纸张慢慢展开，递到她的面前。

纸上的字有长短几段，字迹清晰，笔锋鲜明，像是一气呵成。

这是一封信？

封雅颂轻轻抬起头，对上了周权的目光，奇怪的是，对方的眼神里居然有几分紧张。

封雅颂将视线挪回到那张纸上，只见最后一行的落款只有日期，而年份居然是六年前的六月八日。

她的内心顿时一震，这不是高考结束的日子吗？

封雅颂的心跳瞬间加快，熟悉的记忆席卷而来，她的鼻尖不自觉有些发酸，是因为感动，还是许多久违的时光与情绪一直在沉淀呢？

"高考完那天，你给我写了这段话吗？"封雅颂的睫毛颤了颤，顿了一下，又轻声道，"如果不是我父母……六年前，我会收到这封信，对吗？"

周权用沉默代替回答。

他平举着那张纸，若有所思，随后收回手："我来读。"

服务生端着托盘走来，将两杯色调清新的"椰岛清风"放在二人旁边的小桌上。周权坐直身子，伸出一只手握住那杯饮料，另一只手举着信纸抵在膝上。

夏日沙滩，海水明亮得仿佛是永远不会熄灭的明灯，一阵阵凉爽海风，好似把整个天空都吹皱了。

"我最近常想到一件事。人为什么会对其他人抱有期待，又在怎样的情况下，会对一个人完全失望。

"一个人若没有目标，别人便不会对他抱有期待。而目标一旦模糊，吸引力就会越来越往下降。而你拥有完整而宏大的目标，这件事本身便有足够的吸引力。你有压力，也恰巧证明你有考好的自信。

"有幸参与你的这段路程，我所看到的是踏实的努力、单纯的追逐和它们带来的真实的喜悦。这段为了宏大目标拼搏的经历，在未来一定会成为你的力量。从今以后，请继续保持这样的初心，即使遭遇挫折，即使偶尔摔倒，也要扬起微笑不断挑战。在我看来，这是你最吸引人的地方，而这样漫步人生的勇气使你闪耀光芒。也多亏这段时光，你的世界变得更加广阔。

"读到这段话的时候，恭喜你，此时此刻，你已经站上了新的台阶。我会等在前方，带领你继续漫步人生路。"

周权咬字清晰，声音低柔，嗓音带着一丝丝的磁性，如同封雅颂第一次接通他的电话时一般动人。

读完信，周权缓了片刻，把纸张认真卷起。

封雅颂的一颗心早已如同面前无垠的海水一般，荡起了无边无际的波澜。

那个挖沙子的小男孩，不知何时凑到他们的椅子旁，听得似懂非懂，又似是若有所思。但在周权读完信时，他忽然举起铲子，高喊一声："闪耀光芒！"

封雅颂被他搞得一愣，"扑哧"笑了。

小男孩吐了下舌头，撅起屁股冲回了自己的沙堆城堡。

等封雅颂再次转回脸时，周权将一只戒指递到了她的面前。

"闪耀光芒！"

封雅颂这才反应过来，刚才固定那卷纸张的圆环，居然是一枚钻戒。

下一秒，她的大脑再也转不动了，一颗心完全沉浸在了周权深情的眼眸里……

直到坐上从沙滩回酒店的摆渡车，封雅颂才后知后觉 ——

刚才周权向她求婚了，而她也毫不犹豫地答应了。

现在，闪耀的大钻戒就戴在她的无名指上，封雅颂用左手握住右手，深深吸了口气，望向窗外。

摆渡车绕了一圈，居然又路过了沙滩，而那个挖沙子的小男孩，高举铲子，蹦跳着，冲他们挥手。

封雅颂也笑着冲他摆摆手，阳光灿烂。

摆渡车离沙滩越来越远，这时，坐在旁边的周权忽然开口："喜欢孩子？"

封雅颂转过头来，望着他的眼睛，却是答非所问："我想，我知道要选择哪个工作了。"

周权并未接话，只是伸手搂住了她。

封雅颂靠在他的胸口上，在轻轻摇晃的摆渡车里，给出了回答："我决定选新院所，那是我自己选择的，也是我最喜欢的，更是最有挑战性的，但其实这些都是次要……"

"最重要的原因是，那家单位，离你最近。"

（全书完）

图书在版编目（CIP）数据

巴掌印 / 甲虫花花著. — 成都：天地出版社，
2024. 7. — ISBN 978-7-5455-8418-9

Ⅰ. I247.5

中国国家版本馆CIP数据核字第202475XA13号

BAZHANGYIN

巴掌印

出 品 人	杨　政	
作　　者	甲虫花花	
责任编辑	杨　露	
特邀编辑	杨晓丹	
责任校对	卢　霞	
封面设计	@Recns	
责任印制	白　雪	

出版发行　天地出版社
（成都市锦江区三色路238号　邮政编码：610023）
（北京市方庄芳群园3区3号　邮政编码：100078）
网　　址　http://www.tiandiph.com
电子邮箱　tianditg@163.com
经　　销　新华文轩出版传媒股份有限公司

印　　刷　天津鑫旭阳印刷有限公司
版　　次　2024年7月第1版
印　　次　2024年7月第1次印刷
开　　本　880mm×1230mm　1/32
印　　张　11.125
字　　数　267千字
定　　价　42.80元
书　　号　ISBN 978-7-5455-8418-9